这样一群人·这样一栋楼·这样一个时代

图书在版编目(CIP)数据
文远楼和她的时代 /《民间影像》编
上海：同济大学出版社，2017.5
ISBN 978-7-5608-7032-8
Ⅰ.①文… Ⅱ.①民… Ⅲ.①回忆录－作品集－中国－当代 Ⅳ.①I251

中国版本图书馆CIP数据核字(2017)第092180号

文远楼和她的时代
《民间影像》编
编辑执行：陈立群(1226621699@qq.com)
责任编辑：陈立群(clq8384@126.com)
视觉策划：育德文传
封面设计：陈益平
责任校对：徐春莲

出　　版
发　　行　同济大学出版社　www.tongjipress.com.cn
（地址：上海四平路1239号　邮编：200092　电话：021-65985622）
经　　销　全国各地新华书店
印　　刷　上海锦良印刷厂有限公司
成品规格　170mm×240mm　272P
字　　数　340000
版　　次　2017年5月第1版　2017年5月第1次印刷
书　　号　ISBN 978-7-5608-7032-8
定　　价　110.00元

文远楼和她的时代

《民间影像》编 同济大学出版社

年主持编辑《居住区参考图集》1982年编印的《国外居住区图集》理化馆文远楼渲染图丁耀森同学一起设计文远楼(1953) 上音宿舍(1954) 西南楼学
53) 玉渊潭合影,前排左起:朱谋隆、陈植、?、路秉杰、?、贾瑞云、?;后排左起:?、殷海云、毛梓尧、 吴景祥、徐中、赵琛、杨廷宝、?、?、鲍鼎、?、林克
、葛如亮、郁操政(1958) 十三陵合影,左起路秉杰、郁操政、葛如亮、张敬人、朱谋隆、龙永龄、贾瑞云(1958) 长城合影,左起建设部工作人员、沈院长、贾
同学、郁操政、龙永龄、朱谋隆、路秉杰、 张敬人、周可夫(1958) 前内宾馆门口合影,前排左起:张 敬人、服务员、龙永龄、管理员、 路秉杰,后排左
、炊事员、 炊事员、经理、葛如亮(1958) 前内宾馆楼顶合影,前排左起:史惠英、张敬人、朱谋隆、龙永龄、张耀曾,后排左起:葛如亮、毛梓尧 院
周可夫、杨廷宝、赵琛、徐中、贾瑞云、殷海云、路秉杰(1958) 金华县总体规划教学实习的同济大学规划专业三年级师生(1959) 同学们在金华双龙洞
学城市规划专业1961届毕业照与城规研究生胡寅元、朱恒宪听朱亚新老师讲解如何改设计图(左起)曹孝珑、潘百顺、刘溢著、范耀邦在制作动物
动物园总体规划模型(1960.5) 在中国建筑科学研究院设计的桂林七星岩茶楼前留影,前排左起:仇丽云、陈久昆、曹孝珑、李贻锦,二 排左起:颜文
、丁文魁、查名铎、何绿萍、邓继来、周丽娟、陈奇、臧庆生老师、潘百顺老师、刘 溢著、章怡维(1960.6.)在阳朔电影中刘三姐抛绣球的大榕树下(19
门化班毕业合影(朱承昌摄,1961.7.29) 国庆三好坞留影赵秀恒、徐品善(右)在西南楼前刘佐鸿寝室同学陈朝明等在修桥罗小未先生给我们上课(
影马桥现场听王吉鑫老师上课王曾纬在木工间俞文寿在马桥代社员写决心书在马桥劳动赵秀恒等在马桥星星社12队集合劳动杭州小瀛洲实习西
好坞劳动(1961) 城规68届毕业合影,前排左起:李冬生、王忠清、陈晓丽、工宣队员(后不详)、束锦华、胡秀娣、华静 宜、黄施政,中排左起:高文、
王彩、工宣队员(名不详)、夏志朴、陶佩仁、吕尚和、韩宗和, 后排左起:工宣队员(名不详)、张庭伟、徐子川、魏清朝、黄道华、杨泓城、徐官玉、金
研室在宝山罗店劳动,张振山(一排),张耀曾(二排右),三排臧庆生(左一)、陈光贤(右一),四排 (左起)庄荣、林章豪、刘云、史祝堂、朱亚新、
处前留影,前排:薛治华、曹余荣、侯海宝、赵造、洪声扬、黄 族荫;后排:肖应海、梁廷泰、沙济文、姜炜峰、张皆正(1958)。在飞跃木器厂门口留影,
、高丽英,后 排:姜炜峰、张皆正、陈金寿老师、厂方人员、梁廷 泰、沙济文(1960) 离开上海飞跃木器厂,将师傅赠送的小写字台装上 车。车上:洪声
左2 张皆正、左3 曹余荣 (1960) 扬州实习队临别联欢晚会留名录戴复东先生赠画(1964) 制做毛主席像实样和翻模(1967) 毛主席像制作完成后合
一齐子春、左二东壁、左五 薛光弼、左七孙家钵;二排左四唐世储、左五曹锋成(1967)。雕像舞蹈的少女刚进建筑系在西南楼前(1961) 当年手绘记
节与越南留学生的合影(1965) 越南留学生负责人黎光宁在做抗美救国的报告建五毕业照(1996.1) 广州市少年宫联欢厅方案(1966.5) 在广州少年宫
参观毛泽东同志故居研究生答辩会场,陈占祥先生发言,他身边是柴锡贤、钟耀华,金经昌先生在抓拍。左面第二排贴边的是翟良山。左上角第四排是文
中间抬头看的是李晓江,旁边是俞佩愈,其他各位则认不清了。前排左起:周家骧(上海规划院总工程师)、钟耀华(同济大学顾问教授)、陈占祥(中
师)、 金经昌(导师)、冯纪忠(系主任)、张庭伟(硕士研究生)、张雅青(建筑系学术秘书);后排左起:李德华(副系主任)、董鉴泓(导师)、马武定
生)、陶松龄(导师)1986年建筑规划学院成立,文远楼前同济100周年校庆,城规1963级部分同学在文远楼前编印的美术教材及平反大会上的发
楼寝室,左起黄汉达、黄吉铭、王金才、王洵当年的教材及听课笔记在校期间获得的奖状杭州美术实习写生作品拍摄平遥城墙(袁智恂摄) 榆社庙龄
祠合影五台山佛光寺合影前左起排:夏佩芳、陈文琴、李颖、施绿叶、徐波、蒋绿 野、俞文怡,中排左起:张鸣、陈宇波、吴时杰、李晓江、周钢、戴慎志
苏功洲,后排左起:韩军、阎整、 印晓勤、朱若霖、刘洪涛、任雨来、刘阳、袁智恂。摄影组,前排左起戴慎志、阎整,后排左起徐波、 李颖、袁智恂、王
、蒋绿野、吴时杰。参观云岗石窟合影平遥实习,前排左起:吴志强、吴晓勤、李卫利、史小予、熊鲁霞、刘晓红;后排左起:张伟、任雨来、苏功洲、李
干部)、阮仪三、张庭伟、李有华(当地干部)、于一丁、许毅(双林寺,1981夏) 平遥实习,阮老师住房前合影,左起:苏功洲、熊鲁霞、阮老师、吴晓勤
于一丁(1981夏) 《山西省平遥县建筑采风》肇庆七星岩合影,前排左起曹骏、罗继润,中排左起吴直方、孔宇航、蔡平、张灵,后排左起林志强、周立
习合影,左起周立群、罗继润、林志强、吴直方、蔡平、孔宇航、张灵、张振山、曹骏陈占祥先生在研究生答辩仪式上硕士研究生答辩,与(右起)陈占祥
先生、董鉴泓先生,当时导师李德华先生访美,未能出席在南平市滨江大港详细规划模型前本科时在狮子林合影,前排左起:伍江、张乐;后排左起:阮
支文军、周晓帆读研时与支文军在青岛考察罗小未先生在教研室给我和支文军(右)看底片研究生答辩后在文远楼前合影,前排左起伍江、罗小未先生
排支文军(1986) 左起沈俊涛、疏良仁、刘勇、党春红左起:曹沪华、吴凝、李政、沈婷婷、周慧、许歌、冯晓慧、刘勇、孟海宁左起:周建勤、张国全、张
和大礼堂前留影左起:朱介鸣、许歌、廖成忠452寝室留园合影,前排左起俞北华、许歌、孟海宁、李政,后排左起吴建繁、秦国庆、胡天文、周雄本科
文远楼前青年建筑学会第一届、第二届理事合影。前排左起:黄一如,周伟民,李振宇,王昕,朱婷;后排左起:孙 宗伟,彭震伟,张永勤,李志宏,端木
、冯杰八一建五部分同学在北楼教室与上海二艺美校来访同学合影。前排左起:郑刚、徐频、林文蓉、施琦华、 美校同学、张鹏、顾继红、蔡永洁、王
起:李振宇、杨政、美校同学、美校同学、王昱青年建筑学会学术活动后在文远楼213教室合影。前排左起:李振宇、吴光祖老师、詹可声老师、王 昕
:蔡永洁、端木山、徐怿人、鲁京、张鹏(1984) 部分《未来建筑师》杂志百年校庆学院庆典冯纪忠先生执教六十年庆祝大会李德华规划建筑教育思想
普利茨克奖获得者伊东丰雄参观文远楼实验室建筑系美术师资班文远楼前合影,左起:哈思庄、朱猛、黄英杰、邵恩华、陈盛铎(教授)、吴明光、徐建
(进修) 同学们围着陈盛铎教授看画册与陈盛铎(教授)在习作前合影校门口合影,左起王怀佳(进修)、徐建华、陈盛铎(教授)、吴明光、黄英杰、
孟、哈思庄1981年设计的同济大学校徽大礼堂前素描写生课 同济校门前留影(1982) 在北楼专业教室画图(1983) 骑车去看方塔园(1984) 提着自己
到绍兴柯岩写生1987年湖南郴州开发区规划,我、朱介鸣、潘志伟等和规划刘局长研究生答辩,旁听的学生后来都很牛研究生答辩后合影班主任包小

目 录

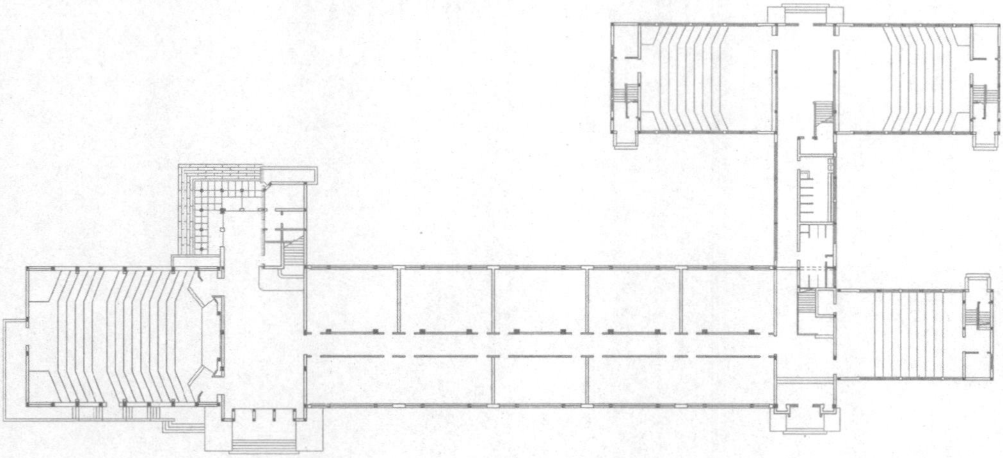

回忆学院早期的两件事

邓述平

建筑城规学院的图书资料建设

1952 年华东地区大专院校院系调整后，同济大学定位为土建类大学，也组建了建筑系，并设立城市规划教研室，由金经昌先生任主任。城市规划与设计教学特点需要有图纸及实例给学生看，讲课时采用结合课程内容在黑板上画简图的方式，让学生抄绘作笔记。

存在的问题是课后缺乏自学的图书和资料。为提高上课效果，金先生采用了幻灯教学，让学生看到完整的规划设计图及工程图纸，提高感性认识。幻灯教学在当时是创新之举，幻灯片也是金先生亲自制作，并在建筑系创建暗室，暗室设在民主楼二楼。幻灯教学也得到学校领导及设施科的支持，购买了两台高质量德国 Leitz 厂制造的幻灯机，其优点亮度高、散热性能好，一张幻灯片长时间放映，也不会损坏。到 1980 年代才发展到用投影片上课。

由于城市规划及设计涉及的内容广泛，教研室有计划地制造幻灯片，包括城市规划、建筑、园林绿地、道路交通及城市各种工程设施供上课选用。资料来源多数是选自专业书刊，还有教师带学生实习成果及优秀的课程设计与毕业设计图纸。

为了解决学生课后有专业书刊可供学习，建筑系也十分重视规划建筑类图书及期刊的建设。

措施之一是要求图书馆为建筑系多购置一些外文专业书刊。1950 年代还是建国初期，国家经济困难，上级分配给同济大学的外汇额度很少，而购置外文书刊又需要外汇，学校领导十分支持建筑系购置图书的需要，把少有的外汇都用于购书。“文革”前，建筑系所购外文书刊都是图书馆托我根据图书馆提供的外文期刊及图书目录选订选购，包括德、法、英、美、瑞士、意大利及当时苏联等国的建筑与规划杂志与图书。期刊有 *DB(Deutsche Bauzeitung)*、*DBZ(Deutsche BauZeitschrift)*、*Bauwelt*、*Baumeister*、*Werk*、*Raumforschung Und Raumordnung*、*L'Architecture d'aujourd'hui*、*I′ Urbanisme*、*Urbanistica*、*AR(Aritectural Review)*、*Progressive Architecture*、*Architectural Record*、*Town and Country Planning*、*Town Planning Review* 等 20 多种，还购置了城市规划及建筑学专著多种，例如《大伦敦规划》《华沙六年建设计划》《柏林规划》、爱丁堡、堪培拉规划，《柯布西埃专集》等，填补了外文书刊的空白。1955 年由建筑系申请图书馆在建筑系设外文书刊阅览室，大大方便了师生阅读。

措施之二是重视城市规划设计资料的收集，整理保存去各地城市实习规划设计成果，例如 1955 年扬州城市现状调查成果图纸，大连西路实验小区规划设计，1956 年的嘉兴城市总体规划，莫斯科西南区试点住宅区规划设计，等等。也有学生优秀课程设计及毕业设计成果，外来交流资料及外文书刊上有代表性的案例，复制保存。1955 年开始编辑《城市建设资料汇编》铅印出版，1959 年改名为《城乡建设资料汇编》，目标是出版一本内容广泛的城市规划设计与建设的刊物。五六十年代刊出的文章已经包括人民公社规划、工业区规划、区域规划、城市总体规划、居住区规划设计，道路规划设计，城市中心规划设计，老城改建规划设计以及外文期刊中规划设计实例的译文。其后，每期还设专栏刊登活页规划设计参考资料及学生优秀规划设计实例。“文革”后，1978 年复刊后改名《城市规划汇刊》，规划学术文章的比重大大增加，2005 年再更名为《城市规划学刊》。

措施之三，受到冯纪忠先生从欧洲带回两本德文书的启发，一本是 *ERNST NEUFERT*：*BAV–ENTWURFSLEHRE*，1937 年版。另一本是 *OTTO VÖLCKERS:DAS GRUNDRISSWERK*

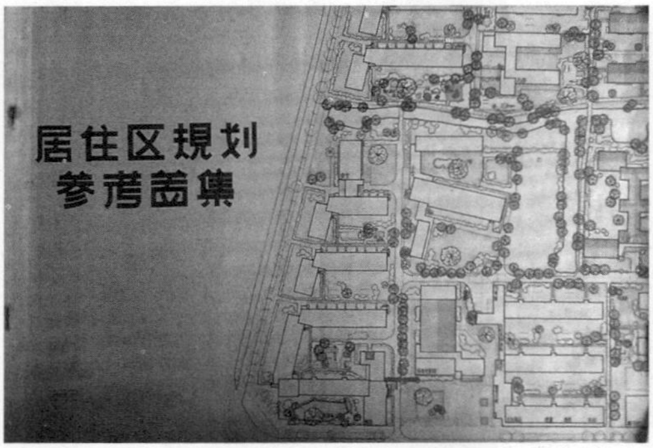

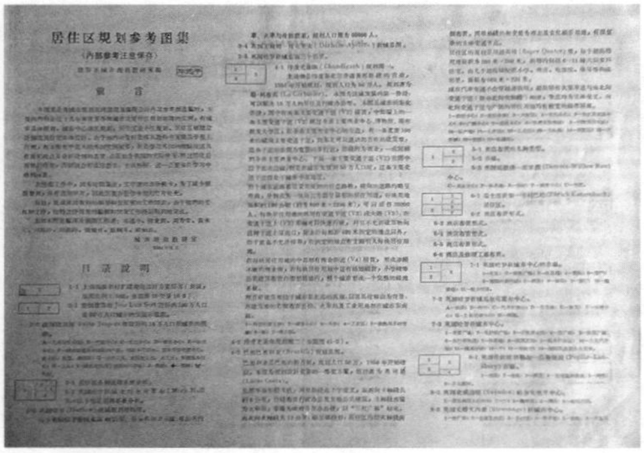

1964年主持编辑《居住区参考图集》

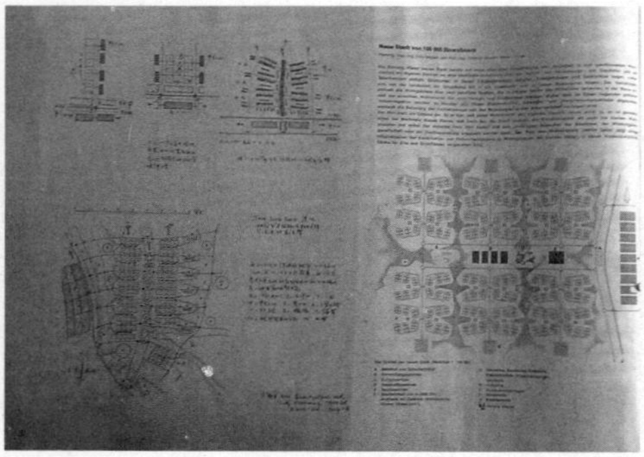

1982年编印的《国外居住区图集》

为配合城市规划设计教学，笔者于1964年主持编辑出版了一本《居住区参考图集》供学生作规划设计参考。1982年在这本图集的基础上重新编印了一本《国外居住区图集》。与此同时，笔者还着手编写更完善的《居住区规划设计资料集》，在1996年编成，由中国建筑工业出版社出版。2005年将这本资料集扩编，增加内容，纳入中国城市规划设计研究院及建设部规划司总主编的《城市规划资料集》第七分册《居住区规划》出版，为全国城市规划专业、建筑学专业及景观专业学习的学生及专业设计人员贡献了一本内容全面、丰富的规划设计手册，一本必备的工具书。

现在，建筑城规学院的学生进入学院图书馆时，可享阅大量专业书刊及利用电脑阅读，他们并不知道当时学院图书资料建设的艰辛过程。

1955年的扬州城市调查

1996年出版的《居住区规划设计资料集》及2005年出版的《城市规划资料集》第七分册《居住区规划》

1955年建筑系城市规划教研组为配合城市建设与经营专业三年级的城市规划教学，在暑假前安排了一次城市规划现状调查研究实习。为了搞好这次教学生产实习，我们从上海的周边城市中选择了扬州，并安排我去联系。选择扬州的原因是其有悠久的城市历史和文化传统，1000多年来已经是一个水运发达，手工业经济兴旺，文化积淀深厚，城市建设与建筑保留完好的城市，距离上海也不远。去扬州乘火车(到镇江)过长江转长途汽车即可方便到达。

去扬州是与扬州市建设局联系的，由建设科长朱懋伟接待，扬州市政府领导也很重视，很热情，欢迎并支持我们去扬州作一次城市现状调查研究，为城市规划建设发展作准备。朱科长为我们提供了扬州市城市建设(局)保存的图纸与文字档案资料，特别是有一张1:2000的城区地形街道图和一张1:5000的市域地形图。有这两张图纸，我们才有可能安排作城市现状调查研究工作。我回校后将联系的情况向教研组主任金经昌先生和建筑系领导作了汇报，建筑系领导同意这次生产实习的安排，并向校部申请实习经费。我把学校与建筑系领导同意安排去扬州实习的决定和时间告知朱科长，他们非常高兴，并表示会为我们去实习作好准备，安排工作与住宿场所。

去扬州实习的时间定在学期结束后，将近一个月的时间。7月初我与何德铭助教带领56届城市建设与经营专业全班学生38人，清晨乘火车踏上扬州之行，能坐火车去扬州实习，同学们特别兴奋，我们在镇江下车后，转长江轮渡到江北六圩，朱科长亲自来接我们，到达扬州安排好住宿。晚餐后，扬州已经是万家灯火了。

第二天同学们都很早起床，早餐后我们就开会安排实习计划，朱科长为我们安排了欢迎会，与建设局全体同志见面，介绍扬州市情况及工作场所。

由于是第一次作城市规划调查，工作计划包括调查的内容、方法、分组及进度等诸多方面。首先要做的是调研图纸与调查表格，要描绘 1:2000 及 1:5000 两张地形图的底图。(透明纸即描图纸描绘)，建设科为我们买到了描图纸，并特制作了大晒图框与晒图箱。晒图是将晒制图纸置于图框中，在天光(或日光)下曝光(感光)，时间要准确，经晒图后才能得到底白线条清晰的图纸，　图是用氨水挥发氨气完成，这些工作都是由我们自己去做。

扬州城市现状调查的内容是参照英国大伦敦规划的做法，内容有城市土地使用现状，城市建筑现状、工业分布与公用设施现状、城市建筑密度与人口密度现状、绿地园林与名胜古迹现状及郊区现状。调查工作分组进行，覆盖了全城及郊区。除在现场核对街道与建筑外，还对住户(进行)家访，了解每户人口及居住情况、住房面积等。

调查工作分片分组进行，每组 2 人，白天分头跑现状调查，晚上整理资料，核对图纸及文字记录，小组交流。调查工作持续一周后转入集中绘制图纸及整理调查文字资料，编写综合报告。建设科为我们绘图准备了大绘图桌及购置水彩颜料。绘制现状图工作量大，图纸大，着色、写字都是细微工作，又不能中断，需一气呵成，需绘图纸共 12 张(一式两份)。为此，同学们连续两天日夜奋战，通宵工作，顺利完成图纸绘制及现状调查报告。为了补充体力，晚上还买来富春茶社的点心宵夜，同学们工作都很开心。做出的城市现状调查图还作裱装，一式两套，一套留建设局，一套作为实习成果带回学校。

这次扬州市城市现状调查研究是同济大学建筑系城市规划教研组第一次做的城市现状调查，是开创性的，也是在全国城市规划做城市现状调查最早的。完成任务后，我们带着实习成果回校，同学们也愉快地回家度暑假。

来同济前后的岁月片断

王季卿[①]

1953年寒假中，忽接到通知春节年初三要到校开会。会上宣告同济大学建筑设计处在上级指示下成立，以应对即将开始的大规模文教系统基本建设需要。被召的教师即日上班参加工作。设计处由校总务长曲作民和力学教授翟立林分任正副处长。下设三个设计室，我和黄毓麟两人被分配在第一设计室，室主任由民用建筑教研室哈雄文教授兼任，故他除日常教学行政等工作外，还得不时抽空来设计室主持方案审定。日常建筑设计业务落在我们两名全职助教身上。设计处另外调派建筑学三年级学生60余人来参加设计工作，边干边学，每室各分到20名左右。他们除少量结构课程外，正常的教学课程全部停止，学生全天投入各项工程的建筑设计，边干边学，日以继夜赶制完成了大量施工图。这种以“实战”方式代替一般课堂教学来培养学生设计能力，在当时还是新鲜事。与此同时，结构系也同样抽调了治淮返校的原土木系三年级学生，做工程结构设计和计算。我们所在的第一设计室由俞载道先生负责并指导。

当时下达给我们第一设计室的任务有：同济校内的两座教学楼（测量馆和理化馆），漕河泾新建音乐学院（当时称中央音乐学院华东分院）全部新校区建设，包括校园整体规划、教学大楼、行政大楼、数十间练琴房和音乐厅兼礼堂，以及教师和学生宿舍和生活设施。此后，还有枫林路儿科医院，从门诊部到住院部的整体建筑，

① 1929年12月出生，1952年院系调整来到同济大学建筑系工作。

同济西南楼学生宿舍和华东歌剧院练琴房等。任务多而规模大，要求完成设计的时间又非常紧迫。基本制图力量都还是正在培训中的“新手”。黄毓麟和我两人，既要赶方案，又要指导和审核近廿名学生绘制的大量施工图，同时尚需应付各种会议和及时地与各方业主沟通。

师生日以继夜地奋战了三四个月。此时按上级指示，所有建筑和结构学生即将在六月份提前一年毕业，分配去全国各单位工作。好不容易锻炼出的一支设计队伍即将离去，学生们对毕业统一分配难免有各种情绪和各种事务需要处理，但进行中的设计任务不能中断。我们设计一室，建筑方面只留下黄毓麟和我两人留守，既有尚未完成的新设计任务，又有大量接下来刚开始施工的业务要处理。整个暑期就这样忙碌地渡过。

该年秋季开学后，每周除了半天“雷打不动”的政治学习外，又要求所有教师必须学习俄文和施工技术两门课程，并作为政治性任务。曾随苏联专家学习的教师田名誉担任施工技术课，备课充分，讲解清晰，使大家了解了不少施工组织知识。然学无止境，从学以致用来说，对一般教师意义不大。校部又专为全体教师开设俄文班，我在时间安排上发生了困难。幸而我家附近有白俄老太太可在晚间或周末，按学生水平进行个别家教，我自费学习了一年光景。由于俄文的文法繁复，课余复习时间又难以保证，再则学未致用，日久也就荒废了。

当初我们担任的校内工程任务是新建两座实验楼。黄毓麟负责测量馆，我负责理化馆。后者主要为一年级大学物理和化学实验课之用。由于土木工程专业需要修化学的学生不多，而全校所有专业需要物理实验。所以该馆从建成到2004年，为建造研究生大楼而拆除的五十多年间，一直由物理实验课单独使用。校内习惯称它“理化馆”，大门口墙上的“招牌”也一直未改。当时工程项目只准按砖混结构进行设计。实验用房既要求大进深，又须采光明亮。我向负责结构设计的俞载道先生提出：窗间砖墩可否按最小允许尺寸考虑。经他精心设计，结果做到了与钢筋混凝土柱相近的尺寸，但是造价则相对要低得多，同时立面具有畅亮大玻璃窗的效果。这是建筑与结构两专业之间默契配合的结果。亦可见，不同专业之间良好相处的重要性。不同专业设计者，相互提出的挑战性设想应有共同努力的意愿，才能取得进步。

理化馆

黄毓麟负责的测量馆工程规模比理化馆大，经历也比较复杂。缘起于当初校部提出校区拟向北面发展的远景新规划。规划主持人哈雄文教授以他早年参加上海江湾新市中心(1934 年前后由建筑界前辈董大酉建筑师主持)的设计理念指导，提出新发展规划方案，设东西向中轴线，以大广场为中心，四幢教学大楼相对而立于广场南北两侧，广场尽端设置图书馆。测量馆作为第一期工程，安排在广场东端北侧，即靠近四平路的第一幢大楼。根据这个规划方案，测量馆北侧将作为面向大广场的主立面考虑。这是黄毓麟设计测量馆时的原始规划处境。

测量馆的建造是副校长夏坚白教授(我国测量学先驱)直接过问的项目。测量学科不论对国防和民用都非常重要，这方面同济在国内颇具优势，夏与测量系另一位教授叶雪安乃是国内测量界权威(以后都是首届学部委员)。故建测量馆有教学和科研双重任务，其中天体测量要求在屋顶上设置仪器，有些工作还得昼夜持续进行。因此测量馆要求建成平顶，上设安置测量仪器的水泥台墩若干个，以适应实验工作需要。由于使用功能的特殊性，突破了当年通用瓦屋坡顶的经济做法。因此仅

丁耀森同学一起设计文远楼(1953)

三层高的测量馆特别获准采用钢筋混凝土骨架结构。根据夏坚白教授建议，测量馆命名为“文远楼”，以纪念我国古代伟大的天文、数学家祖冲之 (429-500，字文远)。字体则摘取鲁迅手笔。文远楼施工尚未完毕，同济测量系全体奉调武汉[①]新成立的测绘学院，夏坚白副校长亦随之离开同济去主持新校工作。落成后的文远楼由学校分配给建筑系使用。

文远楼建筑设计的功能布局合理，主楼中段设置教室和办公室，大楼尽端分别设置七个阶梯教室，包括一间容座达 330 的大讲堂，各有独立出入口，使总数逾千学生的人流交通互不交错。在中段联廊处设厕所及服务用房，使用方便。建筑造型整体轮廓线比例匀称。两座门楼将大楼连成高低错落有序的整体，但两者有主次之分，又相互呼应。室内外细部处理上亦颇多推敲和创意。例如，正大门雨篷边缘、入口平台转角、大阶梯教室对外出入口的台阶、底层西门厅楼梯扶手，甚至阶梯教室机械通风口等细部，简洁而隐含民族文化元素。

文远楼开工前夕，由于大广场发展远景方案需征用大片农田，未获上级单位和城市规划主管部门同意。那时文远楼开工在即，必须及时对原来的次要南入口作出修改，以适应今后大量师生人流仍将来自南部校区。于是原设计的“后门”要作适当处理，使之成为文远楼主入口之一。这一突如其来的设计变更，既不允许对原设计有太大变动，又要满足作为重要入口的观瞻效果。项目负责人黄毓麟临时提出了添加阳台和增设立柱的方案，以补救大楼该处入口的效果，但不免有些勉强局促。大家有这样的经验，在完整设计上强作局部修改是难以处理好的。黄毓麟就是在这样仓促和困难条件下勉为其难，已很不容易。

文远楼和理化馆设计体现了当年之江大学建筑系谭垣教授主创以布札艺术观向现代建筑转型时期的设计理念。谭师在设计教学中，非常强调平面布局的合理组合，在立面处理上则强调与内容上的统一性和艺术上的简洁性，摒弃繁琐的装饰。黄毓

① 编者注：据武测的老人回忆，测量系去武汉应在1956年。

文远楼渲染图

麟是深得谭师设计真谛的传人之一，他于1949年之江毕业后，又成为谭师的助教和设计事务所的合伙人。他在杭州之江山上求学时是我的学长，比我高两个年级。那时建筑系学生都合处在一间大制图教室中，可谓朝夕相处。他毕业后留校任我们的设计课助教，成为我的老师，前后共两年。经院系调整来同济，先是同为谭垣教授的设计课助教，后在设计处同室工作，直到他1954年春患脑瘤病逝，同事一起又是两年。这是我们相识短短七年中的三个两年相处，他一直是我的良师益友。钦佩他设计灵感敏捷，我负责的设计项目也常与他商讨，获益匪浅。忆当年，他毕业不久(1950年)，与谭师合作参加上海人民英雄纪念碑设计竞赛。在来自全国的六十多个方案中，囊括了第一、二名，因此名噪一时。于他短促生命最后一年(1953年)在同济设计处完成的许多工程项目来看，都有出色成就，体现了他在技术上和艺术上的高超修养。文远楼设计是其代表之作，多年后(1990年代)被评为上海市1950年代以来少数优秀建筑之一，并非偶然。

当年黄毓麟设计并获好评的其他工程还有规模较大的漕河泾中央音乐学院华东分院整个新建校区(现上海师范大学址)，上海儿科医院以及同济西南楼学生宿舍等。前者包括总体规划及各项单体，并同期建造一气呵成，是那个时代少见的完整项目。其中包括教学大楼和音乐厅兼礼堂，行政楼兼图书馆，一层和二层琴房四幢，学生

上音宿舍(1954)

宿舍及教工宿舍等生活设施。中心广场为不对称的自由式园景布置，以适应如此规模的艺术院校建设。宿舍区均为两层楼，墙面统一处理为底层清水红砖，上部为水泥粉刷浅米色。儿科医院沿枫林路建造，整体呈门字形的三层建筑，中间布置大片绿地，使一进医院大门，感觉开敞。不对称的大门入口与一翼的门诊部联通，沿街则为低层候诊区。医院另一翼为病房大楼，两楼连接部位因东西向而只设单面走道，布置了一些医务检查用房，并有水平遮阳板以减少西晒之苦。整个建筑造型及色调达到简洁明快的效果。外墙面仅有不太显眼的横向水泥划线，不觉繁琐。因此成为当时上海卫生系统受到表彰的设计(2010年儿科医院迁址，由中山医院拆建为新搂)。这些工程中同样可以看到黄毓麟设计手法与处理风格的优秀业绩，亦表达出他的深厚建筑修养和非凡创作功底。当时他正值盛年，又逢如此可一展宏图的良机。令人惋惜的是，这些工程包括文远楼均尚在施工期间，黄毓麟因患脑瘤而英年早逝，终年二十有八。1954年1月，他在病榻上接到学校人事处提升他为讲师的通知时，已不省人事了。

1953年秋，同济设计处领导自北京参观回来，受到当时所见所闻的影响，要求我们在民族形式上有所探索。于是在西南楼学生宿舍设计时采用有弧度的四坡瓦顶面，在檐口、屋脊、漏窗、花栅和入口等处，作了带有地方传统的细部处理尝试，获得良好效果。当时又奉设计处领导之意，在屋脊两端设置了“和平鸽”装饰。当时大家对此即有非议，并谑称活像“孵蛋中的老母鸡”，岂知这是行政干预下的产物啊！十多年后“文革”初起时，又在“扫四旧”声下被“小将们”拆除，如此下场实非当初建筑设计者所能逆料。

就在那期间，同济大学面临大发展的需要，而校区向南扩充的大计划受阻，便考虑按原址在如今四平路学校大门位置上，另辟东西向中轴线建设校园。当时正值全面学习苏联的高潮，建筑设计以“社会主义内容加上民族形式”作为创作的指导思想。各地校园建设向往以莫斯科大学高楼为榜样，虚假而繁琐的建筑装饰开始盛行，将使用功能置于从属地位，更不顾当时国力维艰，资源匮乏等种种困境。国内建筑界对努力建设好祖国河山虽存一片深情，对这股风尚颇不以为然，只是不大公开表露而已。在那历史大背景下，同济校方提出在新中轴线上兴建以教学为主的中心大楼，并动员建筑系教师为此献计献策，在系内举办设计方案竞赛，以集思广益。于是教师们自由组合起来，以无比兴奋和积极态度提交了二十多个方案。谭垣教授选择我和朱亚新组成三人设计小组，提出四种功能上不同侧重点的方案，以供领导参考。当时，我们设计团队为什么不提一个自认最佳的方案呢？是缺乏自信吗？否也！此事得从我们行动过程说起。

西南楼学生宿舍(1953)

谭师提倡建筑设计的创作性，尤其面对本次校内工程，设计方案应展示多种构思及发展前景的可能为主，以交流为目的。我们小组在设计过程中，谭师首先要求我们各人以快图形式表述自己的构思，又经反复讨论修改。谭师曾提出“手指型”布置方案，是鉴于教学大楼有上百间教室，大量师生人流在课间数分钟内，要求迅速集散。如将众多教室作手指式分散的平面布置，减少相互干扰，又可采用单面走道方式，使每个教室皆朝南(当年国家规定，上海属“非采暖”地区，冬季学生手指多有“冻疮”之患)，亦有利分期建造。这个方案完全突破按中轴线对称模式的考虑。尽管制图时间紧迫，还是由我按期赶制完成，作为一种方案贡献出来。数十年后，偶而读到谭师早年学生刘光华教授(中央大学建筑系1940届),在2009年所撰《忆谭垣先生》一文中,还述及此事(见《谭垣纪念文集》中国建筑工程出版社2010年,156~158页)。摘录如下;

"另一次是同济大学校园设计竞赛,谭师做了一个建筑群方案,我和杨廷宝先生参加了评选。我们的意见是建筑群方案较好,较符合实际。可是那时的倾向常以莫斯科大学为榜样,要造较不适用的高层为教学楼,最后我们选定的这个方案为一个高层设计所代替。后来我们才知道那建筑群方案是谭师作的。"

上述文中提到的建筑群方案,即谭师为破除当时盛行以"四面对称、中心高塔"大楼模式,而表达出的积极呼声。

学校为了奖励大家为"中心大楼"设计竞赛工作付出的辛勤劳动,组织一次宁波雪窦寺旅游活动,留给大家愉快的回忆。一些年长老师未便参加此行的,每位奉送当时正在上海人民大舞台演出的程砚秋京剧票两张,供家属同欣赏。

此时,大家非常关心校方对教学中心大楼实施方案的选择,因其意义非同一般。同济是集全国建筑界最优秀人才的大本营之一,这项工程的建设对国内必将起较大影响,尤其对于建筑教学方面,在树立设计理念上将带有导向性的示范作用。而当时主要负责基本建设的校领导,似已有模仿莫斯科大学高楼的预定目标,又欣赏首都北京刚刚刮起以崇尚大屋顶民族建筑形式的风尚。一个带有复古色彩的中心大楼设计成为中选方案。它在平面上讲究四面对称,总体上则不适应环境条件。使用功能和人流交通末能妥善解决;建筑造型采用造价昂贵的大屋顶,以及仅供观瞻的高耸中心塔楼和四周众多亭子。教师们对校领导作此决策纷纷表示异议。校方则以工期紧迫,由原设计者作局部修改,匆促安排进行施工。系内教师对正在开工建造的中心大楼设计颇不以为然,议论不断。

此时,一位刚从美国留学归来的罗维东到同济建筑系任教。当时他排除美国政府阻挠,与正在怀孕的新婚妻子一起绕道瑞士、莫斯科,冒着风险返回祖国服务。初来同济正值学期中途,所以未安排他教学任务,担任了校内机电馆的建筑设计工作。这是一座双曲砖砌薄壳结构,迄今还保留在校区内。那时中心大楼正在施工,其设计与罗维东师从密斯·范·德罗"以少胜多"(less is more)的建筑理念有很大反差。当他了解到校领导热衷于复古形式，有违现代设计理念，而且出现在全国建筑学重点的同济大学校园内，很是不妥。同时，他又得知校领导在决策过程中有违学术民主的作为，于是萌发了要“扭转乾坤”的冲动，想到唯有上书中央才有可能纠正已经发生了的事态。他的这一想法在教师中获得不少支持，在上书信函上签名者达十八位之多。前些年罗维东来同济作报告时，又和我谈及当年之事，是他去邮局发的挂号信。

信件发出后不久，传闻周总理对此亲作批示，并由高教部派基建司张司长驻校处理此事。张司长在旭日楼（已拆，在现逸夫楼附近的一幢小楼）单独办公，约见了系内许多教师也包括未曾签名者，从个别谈话中察访事件发生的前因后果。与此同时，毅然宣布中心大楼工程暂停进行，所有损失由高教部承担。建筑设计中的复古风波在同济于是得到了及时而有效的制止。五十多年后，罗维东教授应邀重返同济建筑学院作学术报告。会外与我闲聊，谈及中心大楼往事，感慨当时年少气盛，又刚返国，才会有这股“冲动激情”。其实，这一事件岂止仅仅涉及一项工程的设计问题而已呢？

接着，对中心大楼工程作了必要的修改，大屋顶和位于H式中心的高耸塔楼及众多小塔亭等繁琐装饰皆被取消。先期开工的两翼教室大楼（即如今的南北楼）已建至二层，对其外形作删繁就简的处理。正在现场加工的大屋顶木屋架，被毅然废弃。如今看到南北楼周边的厚重须弥座勒脚，也许是可寻的遗痕了，因那时该部分已施工完毕。教室大楼的建筑设计修改责成时在校基建处兼职的教师朱亚新，根据新的设计精神完成。为了配合已建部分的形象，屋顶檐口加设护栏，顶层个别教室改为悬挑，加大进深，扩大学生容量，亦丰富了立面效果，室内细部设计则加以简化等修改措施。当时社会上亦已开展对建筑界不良设计倾向的批判，于是一个倾向往往掩盖了另一个倾向。据朱亚新回忆，当时修改工作都是在施工单位“工人说了算”的情况下完成的，有些修改内容对设计者而言，是身不由己之作。

时隔三年的1957年春夏之交，中央最高领导发起“鸣放”运动，号召开门整风。接着作为教育知识界的反右运动，全国范围数以百万计的知识界精英被卷入，其中五六十万被定为右派份子，受难长达二十多年，波及“九族”。文远楼的建筑系当然也在劫难逃。最为突出的“战绩”是有一个建筑学专业学生，整个班级五十多人打成右派的学生约20名，把班长、副班长、班级团支部等干部几乎一网打尽。听说因班上同学绝大多数平时对这位党员干部学生作风不满而引起的。于是，全系师生右派“名额”被占去了大半，相对而言教师被划右派的就少了。作为青年学子来说，他们的整个前途从此完全被毁了。这是该班级党支部的杰作。以后建筑系同仁们每谈及此事，无不为之辛酸不已。

说起建筑系“反右”运动，还听到一件令人唏嘘而又莫名的怪事。1955 届毕业的盛养源，留校任助教，分配与我一起搞建筑声学。他是当年系内教师团支部委员。反右运动以后的 1957 年秋，忽然调离同济，去了郑州工学院，很少联系。二十年后“文革”结束，全国被错划的“右派”一律得到改正。他来到同济诉说当年去郑州工学院，因为“右派”问题当不了助教和讲师，只是教员，为此要求改正。但同济校方查证下来，当年并无给他戴上右派帽子的记录，因而无从改正。可是盛养源对当年系团支部对他多次斗争会的场景记得很清楚，当时以戴罪之身离开同济。他往返郑州和同济两次交涉，一无结果。看来不戴帽而背“右派”黑锅待遇的人，在全国范围而言，恐怕不止这一孤例吧！

反右高潮过后不久，《建筑学报》1957 年 11 月号发表了我的一篇有关音乐厅声学设计的文章。当我读到该期以大篇幅刊出三篇反右斗争文章时，不免有点吃惊。除建设部长周荣鑫在北京建筑界反右大会的长篇讲话之外，另附两篇右派分子陈占祥和华揽洪（二人均为北京市建筑设计院总建筑师）的检查。

反右前夕，北京市建筑设计院总工陈占祥出差来沪找黄作燊，他们都是留英的，在约大也兼过课，黄约陈去吴景祥（黄、吴两位时任同济建筑系正、副主任）家，并约了哈雄文等几位教师一起聊天（详细情况可查《建筑学报》1957 年约第十期前后反右专刊）。陈文交代右派活动中，有大段关于该年五月中旬到上海与同济老师们交流的情况，述及由黄作燊安排在吴景祥家中座谈，说成去上海点火，交代了那天在吴景祥家的人，其中也有我的名字，他与罗维东不熟悉，未列其名，只说还有罗某。如果当时被“大胆怀疑”开了什么“扇风点火”黑会那还了得！所列出席者名单中也有我的名字，在那习惯于“捕风捉影”高度警惕“阶级敌人新动向”的时代，如果本单位正在搜索“敌情”，真不知哪位会遭殃。所幸出席该次座谈的建筑系同仁无一被查究。

内敛的光华

顾奇伟[①]

日前，同济的朋友来电话，称文远楼建成60周年，邀约校友撰文纪念。吾1953年进校，正在施工中的文远楼就让人上心，尽管对其来龙去脉至今知之甚微，但在体验感悟中受益至今，且从初入学校说起吧。

第一个学年，校园用房紧缺，教室不足，有时还得在临时的草棚内上课，一旦天降大雨，草棚内还滴水助兴。宿舍待建，吾等新生大部分住进老礼堂，济济一堂的双层床，逼仄的通道，夜深人静，梦话、呼噜、磨牙声声共享。然而，在充溢理想、求知的氛围中，用房紧缺只是丰富生活的调料，何况正在加紧施工的多处工地明示着明天更美好，其中文远楼工地最令吾关注：校园内时代感强烈的“一•二九”“和平”“民主”诸楼名之外典雅而陌生的“文远”显得非常突然。后来，才知道是祖冲之的尊称，于是又查阅了相关资料，进而知道他不仅计算出圆周率最佳渐近分数值，且是古代先进历法的编制者，水碓石、千里船的发明者……怀着对1400余年前伟大天文学家、数学家的敬意，更加期盼文远楼早日建成。

我们在第二学年入驻刚建成的文远楼，在兴奋中尽管听不到相关设计、建设的“故事”，但经过不断地体验和阅读，文远楼犹如课外的“辅导老师”默默地讲述其良好的功能配置、明晰流畅的流程，动静开合的空间，宜人的尺度，良好的音质和通风采光，合理的结构构造，简洁的内外装修，表里一致、朴实丰富的造型，等等。譬如主次

① 1935年10月出生，1957年毕业于同济大学都市建设与经营专业。

出入口厅室空间的处理，阶梯教室的视线音质，通达而隐蔽的卫生间……一切体现了设计的良苦用心。作为步入专业领域的学生正是在这舒心的环境中逐步懂得建筑之本。

吾等的学生时代正是一切学习苏联，“民族形式”流行，“大屋顶”受批判风风雨雨的年代。对此，老师们似乎都少谈主义、多讲实际，对校园内的建筑也是不褒不贬，唯一引导我们的是打好专业基础，独立思考，务实创作。若干年后，才晤到坚守教学之本，不跟风趋势正是可贵的师德和校风，对吾辈学子影响深远。

文远楼，至今是吾最上心的校园建筑之一。在校时自由自在地感知它，毕业后步入社会，置身于林林总总的建筑世界和混沌的学海之后，才不断地认知它——在校园内一直是一幢非常淡定的教学楼。这淡定正是一种毋须表白和炫耀的自信。自信将合情合理作为设计的出发和归宿，精心地做到一切都在情理之中，自信质朴平实、和谐亲切、表里一致就是教学楼的高品位，自信建筑之个性历来是个人的创作追求融入公益之中的结晶，自信实诚和善良才是建筑创作之本。

60 余年来，文远楼以其“名”促吾努力，以其“实”呵护吾等学子，以其“诚”助吾思索，以其“淡定”面对历史的检验。当下，以笔墨寄托念想之际，益发感其在平易淡定中内敛的光华和生命。

贴心的文远楼，可敬！

金经昌先生二三事

张振山[①]

想来想去，还是写金经昌先生吧，他是位有个性的人物，是思想敏锐而心地善良的老前辈。

我知道金先生大名，是未分配到同济大学前的事，当时1959年我在天津大学毕业设计是城市规划，所以知道金经昌是留学德国的规划专家。

到同济后我住同济新村新字楼（单身教师宿舍），有一天晚上他不知怎么来了，我记得他在我们宿舍中谈得很晚，讲摄影，讲南京路应改为步行街……

金先生最喜欢与青年人交谈，有一次在无锡，规划局派了一艘游艇请金先生游太湖，借此也想听听他的高见。但在船上他就坐在我们同学中间，几次对他说应坐到局长边上，他就是不去，说是不习惯应酬，搞得我们倒有些尴尬。

"三年自然灾害"时期，我和臧庆生带了同学去无锡实习，当时没有什么吃的，尤其是副食品方面，我记得一顿饭的菜也只是一碗清水加一点酱油，几根萝卜丝。后来金先生来了，由潘百顺陪同，住四合院式的市里的接待处，他们的伙食极好，不但有几个炒菜，还有肉，这太馋人了！有一次他们留我吃饭，我已记不清吃了几碗饭了，那时我年轻饭量大，金先生对我说，要我吃快点，他们慢点，这样免得别人注意，但我感觉到了。由于一次次站起来盛饭，旁边的服务员向我投放了异样的目光，但还是不敢多嘴，因为他们终究不知道我是何许人也。

① 1935年生，1959年毕业于天津大学建筑系，分配来同济大学城建系城市规划教研室工作。

大概又过了两天吧，一天上午，金先生到我们实习现场来看看，临走时他让我送他去车站，在那儿他掏出一个纸包，里面有好几片猪肝和肉片，并让我带回去，免得同学看到。实际那次就是陈久昆他们那班的毕业设计。

时光过的真快，一晃就十多年过去了，我那时又调到建筑设计教研室，与金先生接触就少了……

有一年规划系去金经昌先生墓地祭扫，回来的汽车上我问李锡然先生，金先生为什么是三级教授？李告诉我当时建筑系二级教授只有四个名额，金先生主动提出他让位，拿了个三级教授，我听了，半天说不出话来。直至今天，还一直老想着金先生，希望他老人家在天堂里得到补偿吧。

1958，初到北京

贾瑞云[1]

1958 年 9 月开学时，我刚进大学三年级，好像当时已经进入建筑系的设计院学习，我和同班的路秉杰、比我高一届的龙永龄、朱谋隆、郁操政等同学在葛如亮、张敬人老师带领下到北京与参加“莫斯科西南小区国际竞赛”从莫斯科归国的冯纪忠、吴景祥、黄作燊教授们会合，参加庆祝建国十周年而要建造的十大建筑的方案设计。当时建设部组织了全国著名建筑院校和设计院来参加工作。我记忆中清华大学有梁思成先生、吴良墉先生，南工就是现在的东南大学杨廷宝先生带领张耀曾及石惠英，哈尔滨建筑工程学院一位老师带两个学生、天津大学建筑系主任徐中先生、上海华东院的赵琛院长、上海民用建筑设计院的陈植院长、沈阳设计院毛院长（结构专家）、广州的林罗以先生、浙江杭州某设计院周可夫建筑师、江苏某设计院沈院长等老前辈。这是我接触到老前辈最多的一次，老先生们都非常和蔼可亲、平易近人，关心爱护青年人，和我们年轻人都非常融洽。江苏的沈院长是无锡人，他说“这部楼梯”时说成“ai buluti”，我们就称他 aibuluti 院长，北京设计院的沈勃院长喜欢说“好吧”，我们就叫他“好吧院长”，先生们也都欣然接受。陈植老师给我取名贾宝玉，叫路秉杰为路大爷。1992 年他来学院为谭垣先生祝寿时，老人家还叫我贾宝玉呢！

老先生们称呼当时只有 30 多岁的吴良墉教授为少儿队教授，北京称少先队为少

① 山东兖州人，1938 年 10 月出生，1955 年由山东济宁第一中学考入同济大学建筑学专业，1961 年毕业（应是 7 月毕业上班因半工半读过二年，补课一个学期）留校任教直至退休。

玉渊潭合影，前排左起：朱谋隆、陈植、？、路秉杰、？、贯瑞云、？；后排左起：？、殷海云、毛梓尧、吴景祥、徐中、赵琛、杨廷宝、？、？、鲍鼎、？、林克明、？、黄作燊、葛如亮、郁操政(1958)

十三陵合影，左起路秉杰、郁操政、葛如亮、张敬人、朱谋隆、龙永龄、贾瑞云(1958)

儿队，意思吴良墉教授年轻。杨廷宝先生会当着梁思成先生的面对我们说：“你们去问问你们的梁老师（梁思成）脚怎么会跛的。”这么多南北知名的建筑师和我们几个学生在一起愉快的不分日夜地工作着。

当时大家都知道十大建筑特别是人民大会堂、革命历史博物馆一定要在 1959 年 10 月 1 日以前建成，时间已经不到一年啦，工作很紧张。我当时刚进入三年级，我们同济的学生都老老实实在认真画图，就是把老先生们的徒手草图绘成用尺画的有尺度，按比

长城合影，左起建设部工作人员、沈院长、贾瑞云、哈建工同学、郁操政、龙永龄、朱谋隆、路秉杰、张敬人、周可夫(1958)

例的图。大家都知道建筑平面布局中楼梯、厕所是最难布置的。楼梯是交通构件，又可以美化空间，厕所则要又隐蔽、又容易找，当我绘制一个平面图时画着画着没有厕所啦，我就告诉黄作燊先生。第二天黄先生到我这里指导时，我告诉先生我解决啦！黄先生看了后笑着说，“天才建筑师”。这虽是一句玩笑话，我却认为是对我工作的认定和鼓励，我非常高兴。

我们每天工作到很晚，部里对我们生活安排也很好，派专人夏琳大姐照顾我们。每天晚上 10 点钟宾馆服务员都将夜点心送到工作室，我们也就是这个时候和老师们说说笑笑，又能讨论一下图纸的发展。是哪一天我已经记不起来了，我们住在地处西交民巷的“前内宾馆”，离人民英雄纪念碑很近，曾听谭垣先生讲，人民英雄纪念碑是“巨大”不是“伟大”，我就问黄作燊先生“什么是伟大，什么是巨大”。黄先生就拿起铅笔在拷贝纸上画了两个人，一个是矮小的梳发髻的人，头与身高的比例大的人，一个是很高大的，眼、嘴、鼻的位置比较近的，头与身高比例小的人，黄先生问我：你看哪个大？我说那小的人是个老太，她大，那个大的是个小孩，应是他小。黄先生说:“对的！”我就明白了，尺度大没有内容就是巨大。那个画的尺度小的，但从头与高的比例看头小，身长，还有细部，虽然这个老太太形象画得小，我还认为是大人，我当时已经知道大人头与身高比例 1:7-8，欧美人 1:9，而年龄越小头就越大。从此我还懂了做设计要作细部，没有细部的建筑无法使人感知，离人就远。同时，我还知道尺度，比例对建筑设计的重要性。这就是启发式教育。

在设计人民大会堂方案时，我校师生的方案基本上是冯纪忠先生主持的带有传统符号的现代性的方案，注重技术及实用性，而清华大学的方案就是外型风格比较传统的古典符号多一些的方案，他们也比较懂国际交往中的礼节，比如当时清华就有突出中国传统礼仪的共产主义大厅，很长的楼梯，总理站在楼梯上端迎接贵宾进入宴会厅，也就是现在人民大会堂北大门，门厅的气派、大方的布局。同济的方案没被采用。接下来进行天安门广场的方案设计。因在做人民大会堂方案时，南工的张耀曾和我们同济大学的师生比较有共同语言，在做天安门广场方案时允许自由组合，我们就在一个组里作天安门广场方案。我们的方案是在人民英雄纪念碑的北面，设了一个比天安门还高的大拱，作为这个全世界最大的广场人民广场中轴上的制高点。这个方案当然未被看中。但是从此我们几个人连同方案都被称为“海派”。几年以后张耀曾研究生毕业就来到同济任教，张耀曾应该是上海的建设部所属华东工业建筑设计院送南工培养的研究生，他夫人史惠英则到华东院工作。

因为全国著名的建筑专家这时齐聚北京，当时也不知道北京的哪个机构，带着在东长安街上拆除建国门方案来征求意见。我们虽然是“没出茅庐”的学生，也一同听了这个方案介绍，我只记得他们说的主要意思是通过建国门的道路到建国门前要兜一圈，兜这一圈每年多用的汽油可以供汽车开行很多路，这是很大的浪费。大家一听真是大浪费，就支持了拆除建国门的意见。这一年离林徽因先生宣布“你们要拆三座门，我就一头撞死在三座门上”之时才没有几年，这些和林徽因先生都很熟悉的专家们在梁思成先生面前也都把林老师的苦心忘记了。当我大学毕业后想起来这件事，我感觉到是多么遗憾！

清华大学的学生们是有雄心壮志的。在我记忆中，我们同济的师生到北京是比

前内宾馆门口合影，前排左起：张敬人、服务员、龙永龄、管理员、路秉杰，后排左起：贯瑞云、炊事员、炊事员、经理、葛如亮(1958)

较早的，人也比较多，用现在的话说，团队成员比较全，有教授、讲师、助教、学生，好像我们几个学生也不仅画同济老师的方案。有一天梁思成先生带了三个女学生来到前期驻地和平宾馆，我正在画图，看他们来到就很热情地说："来啦，欢迎，画图吧。"而清华同学回答："我们是来做方案的。"我哑口无言。这前后两句话，本质的不同，前者是乐（安）于做工具，虽然画图中也有设计。而清华的同学则是说我们是来做方案的，两句都是简单的话，说明了两个学校教育的不同。后来，我们把它描述成清华是培养"当官的"，同济培养"干活的"。

这次到北京，是我第一次到北京，初到时住在很知名的杨廷宝先生设计的和平宾馆。快到国庆节了，国宾们来了，我们就搬到了地处西交民巷的"前内宾馆"。建设部对我们生活工作安排得非常周到，每一个工作周期前都带我们去参观。我们参观过很多的北京工程。比如：老北京饭店、故宫、北海公园、居庸关长城、钓鱼台国宾馆的选址，还去过公主坟、五棵松、十三陵等地参观和游览。我们从 9 月初工作到 10 月中，中间正好是国庆节，国庆节时老师们都被邀请到中南海看烟火，龙

前内宾馆楼顶合影，前排左起：史惠英、张敬人、朱谋隆、龙永龄、张耀曾，后排左起：葛如亮、毛梓尧院长、黄作燊、周可夫、杨廷宝、赵琛、徐中、贾瑞云、殷海云、路秉杰(1958)

永龄大约到姐姐家去了，我好像就一个人到楼顶上看烟火。在楼顶上不仅可以看烟火还可以看到天安门广场狂欢的远景，我就到天安门去体验那国庆狂欢晚会去了，在那一圈圈的狂欢的人群中，我竟然遇到了高中同学。这也是我唯一的一次到那么热闹的地方去。

因为前内宾馆的位置在天安门广场扩大的规划红线之内，我们在那里住到最后一天，我们连续工作了两天两夜之后，整理好了图纸，带着“隔两夜”的脸，上海人说早上不洗脸，叫做“隔夜面孔”，我们 50 余小时没睡觉、没洗脸，那不就是隔两夜面孔了吗！全体人员还是怀着既高兴又留恋的心情到楼顶上以天安门为背景拍了一张珍贵的照片。前内宾馆规模比较小，是北京市政府的一处招待所，从经理到服务员也没几个人，对我们照顾很好。当天我们在葛如亮老师带领下在宾馆门口与全体服务人员拍下了这张照片。这一天我们都离开了北京、离开了再也看不到的“前内”，留下的只有这些照片！

大学五年

张为诚[①]

1956年

8月底 新生入学报到，已被建筑系录取的和其他愿意通过素描加试投奔建筑系的外系新生，经过想象画加试选拔，正式分配到建筑学和城市规划两专业。其实素描好坏似乎并非想象的那么绝对重要，且凭兴趣投奔者大都未达入门水平，本难分优劣；城规被认为有保密要求，反而是出身、社会关系等档案材料起着重要参考作用。来自华东地区苏、浙、闽、皖、鲁、沪五省一市60余人走入两个小班集体。似乎有意识地将安徽籍的都安排在一班，福建、山东籍的安排在二班，而苏浙沪人数较多则散在两班。

入学时班干部皆由组织任命，一学期后始由选举产生。

当年该"城市规划"专业为全国首创，但又从办了数年的"城市建设与经营"专业二年级抽调一个小班，插作城规二年级，从而"抢"走了我们本应是该专业全国首届毕业生的"风头"。

9月19日 开学伊始便临中秋节，学校发广式月饼每人两枚（？）。在同学之间尚有许多互相叫不出名的情况下，班级同学第一次通过晚会联欢增进了解，轻松欢快。二班郝用壮表演哑剧《洁癖者》，给人留下深刻印象。

10月 学校各文艺社团招生结束，班级同学分别考入合唱团（赵志冰、杨律信、

①生于1939年，1956年进入同济大学建筑系城市规划专业学习，1961年毕业留校。

何绿萍、黄时湘、符逸等——她们的女声小合唱成为以后数十年间班级聚会的保留节目，而当年的流行歌曲《深深的海洋》《含苞欲放的花》更是流淌在血液里的歌）、剧团（陈震东、张为诚、陈秉钊、黄时湘等）、诗团（葛秀霞、袁芍、徐云千等）……郝用壮开始在校报发表刻纸作品，范耀邦发表漫画作品……应为同学中最早有“成果”见诸出版物者。

12 月 31 日 新年除夕，学校凭卷免费供应加餐和宵夜，当时日常早餐已有油氽花生米、鱼松、蛋松等佐餐，加餐自是更为丰盛！电影和歌舞游艺活动则是通宵达旦……此后四年的任何一个新年，随着形势和同学思想性格的改变、关系的复杂，再也难有如此丰盈和美、无忧无虑地放松享受了。

1957年

1 月 18 日 二班送走因身体原因退学的福建籍同学赵文钦、黄振兴。不久后，陆续因各种原因休学或退学的还有朱静芳、葛秀霞、冯祖棠、万国宝等人，再后又加上刘家枋、邱保圻……

2 月 11 日 建筑初步课首次接触建筑设计——纪念亭设计。

2 月底 罗维东来班级改图，虽然初步课前期已有领教，但更被看重的改建筑设计图则是首次。由于此人是建筑大师密斯的嫡传门徒，更是在我们思想一张白纸上最早着笔的人，对我辈专业学习乃至毕生事业影响不可低估。

3 月 8 日 三八晚会，二班联欢聚餐，全班男生赠女生每人一玻璃杯作为礼物，惜当场打碎一只，众笑谈欠吉利；至毕业，班内男女果无“牵手”成功者。

3 月下旬 上海流感大流行。传至校园、班级，多人先后被隔离。

3 月 28 日 海滨浴场更衣室设计开始。多数同学毫无概念，未见过海者，十之七八，上海同学更囿于里弄，连火车也未坐过者众。

4 月 1~3 日 全校被迫停课。接下来 4 月 4 日至 7 日连同前面 3 月 31 日周日，以春假名义破天荒地共放 8 天长假，让学生四散回家，有效避免流感更大规模在校园流行。留校同学则利用这难得机会自发组织了几次参观，包括少年宫、博物馆等。

5 月 10 日 传达毛主席《关于正确处理人民内部矛盾》的报告。号召“大鸣大放”，拉开反右前夕“引蛇出洞”的序曲。不久后校园出现了第一批大字报：竟是建材专科乘机提出转入本科之吁请，可见学生们心思只在读书，对政治其实是相当迟钝隔膜的；但社会上报刊已开始登载较多政治性“鸣放”文章。

5月22日 孙青羊教授补上画法几何课，一面宣传其新透视画法和展视其成名的水彩作品，一面很是慷慨激愤地发泄了一通对学术境遇的不满。忘情的讲课从下午延续至晚上，以致家里保姆送晚饭至教室，却拒吃令回，不免让学子们深感新鲜和吃惊。此老后被划右派，多少有些性格悲剧色彩。

6月初 “工农速成中学学生直升大学”问题一时成为大字报焦点。对绝大多数新生心态，与其说是歧视工农子弟，不如说是妒忌他们可以不经过像自己那样艰辛的高考，“不劳而获”进入高校，可以说思维仍在读书上；当然“工农感情不深”的“帽子”也是十分合适的。高年级大字报则有向“官僚主义”“肃反”等政治话题扩大的趋势。班级也按上级指示开始召开不同范围的“鸣放会”。

6月22日 开始建筑认识实习，参观江湾体育场、永安公司、锦江饭店、和平饭店、大光明电影院、文化俱乐部(原法国总会)等，建筑世界如万花镜般新奇绚丽地展现，让一些来自外省市连抽水马桶都未见过的孩子大开眼界。

7月初 开始动员反右。全校大会连小会，班上也开始泛泛地批判右派言论，但很快面临放假而中止。

7月15日 放暑假。

8月20日 提前返校在校园进行测量实习，9月3日结束。

9月6日 开学，继续进行反右学习，要求每人写向党交心材料并揭发他人。

9月10日 二班批判章怡维右派言论。

9月11日 二班批判陈震东右派言论，12、13日继续。

9月23日 少年宫总平面规划设计开始。

10月4日 苏联发射世界第一颗人造地球卫星，举世瞩目。但“卫星”这一科技词汇，在中国却有所异化，演变成大跃进浮夸语言“放卫星”，成为当时使用频率最高的政治词语之一。

10月10日 停课一周，全校再次动员“整风”，校系党领导纷纷为“大鸣大放”加温。

“引蛇出洞”之“阳谋”更显(但令人哭笑不得的是，一些反右领导如宣传部长姜悦沐、反右斗士田名誉等，后来却被补划右派，他们大概也不知道“阳谋”的精妙，可叹！)

10 月 15 日 全天和规一新同学一起讨论专业问题(此前公布城市规划和建筑学专业教学计划，虽素描和建筑史等课时相等，但后期区别不小，建筑设计相差 800 多学时，引起思想波动，意见纷纷)。

10月19日 学校聘请之德国城市规划专家雷台尔针对我班专业思想问题作报告，解释城市规划和建筑设计的关系，安抚说规划师同样能做建筑师的事。

10 月下旬 熊世德从二年级退来我班。熊君是个独特的人，直至今日，颇有将独特的经历和独特的才能、性格进行到底之势。

11 月 2 日 组织听城建系苏联专家都拉也夫学术报告。

11 月 18 日 建筑系学生会成立话剧组，我班为主要骨干。首选英国独幕剧《老人学乖》，刘家枋兼任导演，演员有陈震东、熊世德、张为诚及建筑学的吴建榍、朱逢博等。利用晚上业余时间排练，预定元旦演出。但 12 月下旬忽被通知禁演，要改排结合形势的反右戏，全体以来不及为由推脱。该组织就此寿终正寝。

11 月 25 日 二层联立式住宅设计开始。赵汉光、郑肖成等助教“精英”始现真功。

12 月 15 日 到附近农村合作社挖河泥劳动，或挖或挑，不畏寒冷赤脚上阵。

12 月下旬 “俄罗斯绘画展览”和“德国艺术大师丢勒作品展览”在沪举办，同学纷纷结伴前往观看，前者对艺术审美观影响巨大。

12 月底 重新点燃批判章怡维、陈震东右派言论之火。同时，张为诚、吴延被指定作书面检查。批判活动断断续续持续到 1 月下旬。

1958年

1 月 26 日 宣布陈震东右派罪状，居然要全班签名认可。次日团支部以全票通过开除其团籍，陈“勇敢”而“识相”地自投一票。

1 月下旬 开展“除七害”运动，点起蜡烛钻到家具仓库阴暗角落熏烧越冬半僵的蚊子，凛冽西北风中到马粪堆上去挖蝇蛹……本人参加的一组五人，始以 300 余蛹和 400 多匹蚊子战果交差，后数日，经验见长，数小时中竟挖蛹达 2000 多只!

1月27日 通知期终考试延期，众人正为建筑设计赶图来不及复习考试科目发愁，此消息让人顿感轻松，一时欢天喜地！

2月1日 冒雪集中劳动——大扫除、平整场地。此后有事无事大扫除成家常便饭，耳熟能详的“爱国卫生”一词今日已难得听到。

2月5日 校12届学代会召开，印象深刻的提案有：食堂制改包饭制、应届毕业生去边疆建一个大学生城等，最后竟热血沸腾地落实到许多同学纷纷自降或放弃助学金。

2月13日 寒假在即，陈震东被宣布戴上右派帽子，作留校察看处理；而章怡维“认罪”态度较好，侥幸过关。

2月15日 放寒假。

2月25日 开学，党委决定停止考试，一身轻松。但这是为了腾出时间搞“反浪费、反保守”运动，各种方向混乱的大字报铺天盖地，开始酝酿“大跃进”气氛。

2月26日 暖二女生在解放楼外贴了“规二小姐”一大字报，直指我班女生骄娇二气等，“红衣女郎”赵志冰首当其冲，压力极大，此事影响波及校园。

2月27日 建筑系召开一二年级学生大会，号召批判建筑系资产阶级方向，班级紧跟展开讨论。

3月2日 全校文艺大跃进誓师大会，提出保证在三天内创作和改编三千个节目！此前班里也提出每人每月学会二歌二舞。形势之荒唐渐显。

3月4日 建筑系一二三年级学生党支部召开座谈会，内容之一是给翁志廉、阮仪三入党转正提意见。

3月7日 开始70人全日制幼儿园设计。要求结合构造做坡屋顶。

3月28日 与速中同学分班对口联欢，以增进工农感情。

4月27日 上海市全民大歼麻雀突击日，大学生自当争先，以班级小组在近郊分划地盘，吆喝呐喊、金鼓齐鸣地轰赶麻雀。大跃进之狂热气氛初现。

5月12日 开始“勤工俭学”二周，同学分别到车、钳、刨等各车间工种劳动，好奇兴趣的推动力远胜于受锻炼的神圣使命。其间孙隆华严重压伤无名指，阮仪三不慎割破手指，冲洗血迹晕倒水池边；惊动领导，始更强调安全生产。

5月26日 劳动后期即开始的思想小结，演进到写大字报、开批判会，吴延和张为诚再次“荣幸”成为典型。

6月5~14日 宝山杨行、刘行夏收夏种劳动，是为大学期间第一次下乡，十分新鲜，热情高涨。此后每年夏秋两度例行公事，就习以为常了。

6月21日 班级大会批判赵金海、孙隆华，因下乡期间有私自回沪、托故不参加劳动等不检行为。

6月24日 班级大会批判张为诚、吴延个人主义白专道路。

6月25日 决定城市规划专业出建筑系并入城市建设系，群情哗然。与此同时被称作“资产阶级顽固堡垒”的建筑系也被撤销，建筑学专业并入建筑工程系。以此为先河，此后，每逢“革命高潮”期，建筑系就撤并至建工系，而待政治气候转暖，建筑系便又恢复独立，城规专业最终亦在“文革”前得以回归。

6月底~7月初 大跃进空气愈浓，各种大会、小会、展览、演出接连不断。尤其是布置展览、作宣传画，建筑与规划学生不时被抽调停课，成了专业户，倒也对如今吃香的艺术设计基本功，不无补益。

7月16日 晚10时过，党委紧急通知全校开大会，抗议美英武装干涉黎巴嫩；此前伊拉克军事政变，中苏立即承认新政权，而英美立场相反。20日组织上街游行，此后逐渐习惯该类抗议活动。

7月22日 苏联托木斯克大学生25人自费来华访问，晚间工会俱乐部联欢，交谊舞中女同学频频被邀，善舞男同学也挽上了异国少女，风光无限。

8月2日 开始批判上一班退下来的戴帽右派苗汉琴。苗来去飘忽，似乎一直与班级若即若离，从未真正融入班级集体，是个当时政治形势下的异类。终于在1960年，未竟学业，被提前发配新疆。然谁也没料到，苗君三中全会后，竟荣任石河子市副市长，该市曾因1965年周总理前往探望上海知青而名声远播全国。

8月11日 赴苏州美术实习，宿苏州建工学校。写生足迹遍及苏州各园林及孔庙、盘门、瑞光塔、双塔、虎丘等处，劳累却大为过瘾。

8月21日 苏州传统住宅测绘实习。其间陈从周先生带领参观玄妙观、周瘦鹃住宅盆景园等。实习半途竟有半数人以上被急令返校进行劳卫制突击锻炼，以保证九月中旬百分百过关。29日回沪继续内业绘图。后成果纳入陈先生《苏州旧住宅》一书。

9月8日 由董鉴泓先生带队，会同第一医学院公共卫生系师生，去青浦规划实习，14日回沪继续内业。初尝城乡规划前期调研滋味。

9月中旬 大跃进狂热漫延到体育领域，以通过劳卫制二级的名义，白天停课晚上开夜车，生拉活拽、锻炼应付加测评作弊，至9月30日居然宣布已100%通过！期间又有初级摩托手、小口径步枪射手等达标训练，同样的日夜兼程，终于让该过的和过不了的都过了或免了，从而在统计数字上“放了卫星”。

班级里部分校体育代表队成员，更是频频停课集训，有排球队的张为诚、陈奇，体操队的高志标、羽毛球队的程家仪等。

9月16日 开始青浦城厢镇街坊规划和青浦县红旗人民公社规划，部分同学涉及农村住宅单元建筑设计。成果迅速以老师和集体名义刊登于《建筑学报》1958年第10期。

10月3日 改选班干部，班级被撤销成为“中队部”，两小班始合一。苦差福利干事竟难产，第二轮要求投票集中，黄华光终得上任。开始消防站课程设计。

10月16日 谭垣教授来班改图，据告知每人每周可轮到一次。其只管立面，其他都不顾的改图方式，早使他在高班师兄师姐中获得“谭立面”的雅号，总算领教。不过单就立面构图技法而言，仍受益匪浅。一般其每改一人，绘图桌前总是围得“里外三层”。

10月23日 到刘行秋收秋种，至11月10日行军返校。既尝到了挑灯夜战深翻三尺地的精疲力竭滋味，又练就了拄着锄头站立打瞌睡的功夫，还享受到人民公社撑开肚子“吃饭不要钱”的待遇。

11月20日 批判俞贤亮，以下乡劳动表现为发端，更多地翻起入学以来为同学所侧目的诸多琐事老账。此次批判以及后来发生在西北楼隔壁宿舍另一专业的学生自杀事件等，可能间接刺激了其隐性的心理疾患，导致1960年初因神经衰弱日益严重而离开班级，从此拉开了其长达九年的大学生涯奇迹的序幕。

12月初 开始“大炼钢铁”。分组每4天一轮，日夜连轴，为国家1070万吨钢铁跃进指标添斤加两。面对锤打出的一个个千疮百孔铁疙瘩，怀疑思想抬头，上级开始强调“炼钢也是炼人”。

12 月 5 日 布置新课程设计题——小型体育馆设计，原计划还要求做局部构造节点设计。但只做了一轮草图就被运动冲得不了了之。

12 月 13 日 停课轰麻雀，爬树上房，摇旗呐喊，确有麻雀因精疲力竭而坠地，但一天总战果寥寥。

12 月 17 日 持续 2 天，就培养目标及与城建专业合并问题与规划教研室老师大辩论，特别是对城建背景较深的徐循初老师低贬建筑设计的“6B 挥挥”言论，展开唇枪舌战；系主任、总支书记参加，但不了了之。接着开始停课做设计，顺应大家偏爱建筑的“心病”，来个建筑设计单课独进，内容则学校教学楼、食堂、宿舍五花八门，直至年底。

12 月 26 日 建筑系拔白旗批判陈从周先生，我班客串旁听。30 日起战火延烧，城建系开始批判城规专业的“非政治化倾向”。党总支的这一认定，似乎为毕业时将专业名称政治性地改为“城乡规划”埋下伏笔，毕业证书上的白纸黑字，造成无法与日后教育部专业目录接轨的尴尬，给一些同学们事业途中平添了说不清楚的麻烦。

12 月 31 日 除夕夜南楼底层布置成“大观园”开放游乐，我班忙碌近一周在一间教室内以竹帘、草垫和课桌椅布置的“迷宫”，深得人心，连白发老人也前来钻，不亦乐乎。同届建筑学则以满教室中外电影海报赢得人气。

1959年

1 月 6 日 正式通过修订教学计划，决定城市规划与城市建设与经营专业合并，拟改名为：城市规划与建设。但实际两专业关系势如油水，最后不了了之，终又分开。

1 月 23 日 寒假推迟。一边宣布新学期自今开始，一边却仍在考试上一学期的课程，教学秩序混乱和课程安排的无奈对付可见一斑。

1 月 30 日 放寒假二周再回来接着上新学期的课。

3 月 3 日 下乡规划誓师大会，大部分同学开赴宁波地区，后进一步分组到金华、绍兴、嵊县、龙游等地；少数同学去青浦。

5 月 3 日 赴浙江同学结束两个月的实习，先后途经杭州，集中向省建工厅汇报后回沪，可回校后并不上课，以搞科研的名义，继续着随意性极大的设计实践，包

金华县总体规划教学实习的同济大学规划专业三年级师生(1959)

括城市人民公社之类的课题。

5 月 5、6 日 连续两天教室发现“反动标语”，追查似无结果。

6 月 1~13 日 赴松江夏收夏种。

6 月 18 日 开始火车站课程设计。

7 月 18 日 班级团支部通过张忠赓入团，为后进学生争取进步树起榜样。

10 月 1 日 全校隆重纪念国庆 10 周年，搞校园灯火游行。我班以仇丽云作“和平女神”化装表演，身披被单、高擎火炬挺立在黄鱼车中的课桌之上，在各班队伍中十分吸引眼球。这可能是“世界和平”这类话题，在政治生活火焰中逐渐熄灭前最后的一闪，随着反修号角的吹响，“和平”一词将成为禁忌！所以难能可贵的是，如此庄严的庆典节目，当时尚允许自始至终由戴着右派帽子的陈震东和挨批的张为诚全程策划、排练，直到最后的化装上路，均一手操办。

10 月 9 日 居住小区规划，第一次改图。到 11 月下旬未完中止，改搞更结合形

同学们在金华双龙洞游玩

势的人民公社等规划。

10月24日 全校跃进大会，又掀“反右倾，鼓干劲……”新高潮，大字报卷土重来，校园已非单纯读书之地。

11月18日 水彩画课第一次远赴外滩写生，每周一次，持续至来年一月中旬，围观者众，初不习惯，能画者后渐引以自豪。

11月27日 停课搞“科研”，有远赴合肥的，有结合同济新村规划的……三五人分成小组，规划、建筑一把抓，缺乏深度，所学无几。

12月12日 赴闵行混凝土联合加工厂劳动，至25日回。后来的流行歌星、55级建筑学学生朱逢博，正是此次劳动末的一次演出中，被上海歌剧院偶然发现而中断学业调走的。

1960年

1月5日 不吉利的开端，宿舍楼同层有他班学生因偷窃行为暴露而上吊自杀！

该房间彻夜电灯大放光明以“驱邪”壮胆，达数日之久。

1 月 24 日 放寒假，2 月 7 日止。

2 月 8 日 从班级抽调部分同学成立“城市绿化”专业（后正式定名为“城乡规划专业园林规划专门化”），宣布名单后即调整教室分出独立上课。

2 月 14 日 顾菊青批判会，发端于政治不及格，真正矛头所指则是其不合时宜的思想情调。

3 月 1 日 另一同学的批判会，罪名在现今学生听来会如“天方夜谭”，私密的个人情感问题以资产阶级意识形态作公开批判。

3 月 4 日 无线电扫盲。由孙隆华担任讲师。其先走一步进行培训，再回班级现卖，不过应是有较好电学基础才被选中。组织上也许还有让其“将功补过”洗刷下乡劳动挨批的好意？

3 月 17 日 宣布顾被勒令退学，后由朱恒宪“护送”回乡。顾君后来早逝，想与经历此事的长年抑郁愤懑不无关系。

3 月 18~26 日 分组“科研”实践，分别去蚌埠、南通、川沙、南浔等地搞建筑设计、建筑历史调查……

4 月 10 日 经过约一周的举棋不定，调兵遣将，终于尘埃落定将全班分为城市人民公社、农村人民公社、旧城改造、城市园林化、卫星城镇、一条街六个专题组，并安排编写相关教材。

4 月 23 日 园林规划专门化赴杭州实践，半月后赴桂林作风景区规划。

5 月 4 日 园林规划专门化在全校“五四”群英会获校“先进集体”称号。

5 月 9 日 赴青浦高教农场劳动两个月，有同学以怀孕之身仍不能幸免。部分同学中途抽调高教局跑运输充当搬运工，风雨无阻随车来往于农场、市区和各高校间。

6 月 23 日 农场“丰收大会”，我班上演自编的反美时事活报剧《瘟神末路》，反映不久前美 U2 飞机在土耳其被苏联击落事件。一众帝修反角色：由张为诚饰艾森豪威尔、李应圻饰蒋介石、吴延饰铁托、阮仪三饰白宫新闻秘书哈格蒂、张安天饰 U2 飞行员、张忠赓饰土耳其总理、郝用壮饰日本首相、吴云定饰南朝鲜总统、熊世德饰传令兵（？）……最后由程家仪作代表全世界正义人民状，义正辞严斥责一番结束。演出效果意外热烈，在同一农场戏剧学院下放师生眼前，很是风光了一番；后竟巡演至青浦城厢。

7 月 31 日 劳动结束。返校前参观青东劳改农场。年轻女犯养猪，众猪猡听哨音乖乖吃喝拉撒睡玩。人畜“同一屋檐下”，比邻敞对通道而居，然清洁异常全无异味，女犯床头甚至飘香，更有赵丹等男影星照片满墙。当天恰逢亲人探视日，女犯多数精心入时打扮迎见，样貌平静……此情此景恍若梦境。

8 月 6~9 日 莫名其妙的“夏令营”开营，全班拆分为三个连，开会、劳动、游泳、夜行军、看电影、文娱演出……日夜连轴转 4 天，直至筋疲力尽……

8 月 10 日 放暑假。开学后并非马上上课，而是学习讨论朱恒宪、方兆瑞入党事，征求意见先团内再群众，竟内外有别？两年前翁志廉、阮仪三入党转正也有类似举措，但属小范围听取意见，似不如此次之隆重。

9 月 13 日 组织上号召增产节约，班里连夜开会，同学纷纷表态上缴粮票、糕饼票，自愿降低粮食定量，女同学尤甚。当时尚懵懂不知这是与深重的“三年自然灾害”大背景挂钩的。

9 月 16 日 赴苏州、新余等地规划设计实习，现场调查后，月底先后回沪以完成内业。

10 月 10~25 日 往返坐船赴崇明三秋劳动二周。意外领略长江口风光。

10 月 27 日 继续劳动前的设计工作，要求扩大范围，又说增加深度，实际上随心所欲，收获寥寥。“磨洋工”般虚耗到 12 月下旬才了结。

12 月 19 日 又一同学被迫离开班级。成为当时政治思想教育的不幸牺牲品。

1961年

2 月 2 日 陈奇因动用同学外出实习可能过期的票证给老乡，被宣布犯“挪用”票证等错误，加上连其自己都不知道的中学“莫须有”档案材料，直接导致其毕业分配去到当时偏远的“塞外”承德。

2 月 3 日 宣布毕业设计分组名单。

2 月 4~19 日 放寒假。

2月下旬 各毕业设计组分别开始动身去现场城市，至3月底4月初先后回校继续完成图纸、说明。

4月12日 加加林上天进入太空，成为全世界人心目中的英雄，这些都成社会主义优越性的明证，身为社会主义阵营一员的中国及其人民跟着自豪不已，却不知中苏蜜月已快走到尽头。

5月10日 班级乘26届世乒赛大获全胜的东风，组织毕业设计组之间连续五天的乒乓团体赛，一时热火朝天，由此引发班级持续的乒乓热。6月起又在以孙隆华、赵金海为首的部分同学间兴起中国象棋热，成为临毕业茫然待配加上心绪紊乱的积极排遣之举。

5月24日 晚上在教室演出反映美国及其雇佣军惨败古巴吉隆滩的时事活报剧《72小时》，张为诚、何绿萍等主演——古巴革命以及卡斯特罗、格瓦拉的事迹。

5月29－30日 毕业设计答辩。

7月4日－？ 开始离校前的劳动“献礼”——为“新饭厅”(现大礼堂)地坪平地垫土、夯铺基层石料。

7月下旬 应全班呼声，为陈震东摘帽。

7月31日 开始毕业鉴定，先写个人小结自评，最后由组织给予评语。按政策规定，都写得相当客气，居然还强调“个人同意”。

8月10日 全班拍毕业合影照留念。章怡维因病缺席，陶友松顾全大局，未以拟穿的肩缀补丁凸显时代特征和个性的衣服上镜。

8月中旬 以潘百顺老师为组长，学生干部参与的毕业分配小组，开始找学生个别谈话，就拟分配去向下“毛毛雨”。据传有统战背景的，分配将不出沪宁杭之圈，后来事实果然如此；然此举并未真正留得人心，其中几位日后仍然先后去往境外。

8月17日 全市大学毕业生在复兴公园举行游园晚会。市委宣传部长石西民长篇讲话，透露当前国内经济形势的严峻。

8月20日 毕业典礼，宣布第一批分配去外地名单，先行“欢送”(此前高志标已提前远去吉林)；人员散布在西至宁、青、新，北至黑、吉、辽、内蒙……的20个省、自治区、直辖市。其余人，事先已透露为留校、读研及留上海者；此第二批人，

同济大学城市规划专业1961届毕业照

放假二周后重新回校宣布具体去向名单。

9月5日 宣布第二批名单，唯陈震东、张为诚意外被宣布为“待分配”。

9月12日 陈震东分配去新疆建设兵团令下。张仍无分配音信，惶惶不可终日。

9月19日 在留校众同学的关心下，张为诚作为临时编外人员，暂被建筑设计教研室作临时工吸纳，22日又确定转到建筑理论与历史教研室。迟至近两个月后的12月11日方接校人事处通知，正式分配到历史教研室报到。

至此，学校对我班同学出路的最后分配工作结束；然而分到外地的少数同学仍有并未真正安顿落实者，如符逸、吴云定等，他们还在经受着寻求落脚点的磨难……

* 班级黑板报《翠城》前后出版150多期，4次获得校系评比嘉奖，在各专业和班级中是相当出类拔萃的！记忆中除文字、美术编辑，还有不少字迹漂亮的抄写者。如朱承昌、陈久昆、丁文魁、葛秀霞、陈奇、张为诚等。

* 入学不久就听闻冯纪忠先生为建筑系创立的“花瓶式”教学模式。新入学不

妨像花瓶底座适当放开，以活跃思想；但马上应加以收束，予以严格要求；然后由低年级到高年级又可逐渐放开，至毕业设计再收束，以体会实际工作的严谨；如此到毕业便可如花瓶口一般敞开，任设计思想自由翱翔了。但实际的教学实践，终因客观形势的影响，未得理想施展。

＊ 1956 年由李德华、王吉螽先生牵头设计的同济教工俱乐部开始建造，建成后受到大部分师生热捧，然 1958 年《建筑学报》发表简介，《编者按》一盆冷水兜头浇下，批判其抽象美术概念有片面追求形式倾向。可是这个内外空间交融、外形亲切自然、既现代又中国的建筑，却深刻影响着同济师生，始终被各代学人视作心中的典范。

类似的情况，还有全国住宅设计竞赛，郑肖成老师一个空间和外观形态较出格但甚有新意的方案，被公开定为反面典型，放在展会尾巴版面上“示众”，但在学生心中引起的却是追求推陈出新、不落窠臼的创作冲动。

＊ 入学第一或第二学期，朱膺先生作印象派绘画幻灯讲座，那些莫奈、梵高、雷诺阿……包括马蒂斯等的作品目不暇接，带领学生进入了一片绚丽的艺术新天地。有深刻印象的还有金经昌先生不止一次的摄影讲座，他那些精彩作品，让本来只懂得构图常识的大家，认知了光才是摄影作品的灵魂。

＊ 在小提琴交响曲《梁祝》演出获轰动效应不久，班级就举行过一场由一二班的文娱委员骆奇奕、张为诚发起组织的该乐曲的唱片欣赏会，由朱承昌提供刚出炉的唱片，此举绝对可与当前流行乐迷的劲头比美。

＊ 大约 1957 年底或 1958 年初，建筑系推行英式导师制，派来我班的是黄作燊先生，建筑学是傅信祁先生。但此事有头无尾，无疾而终。

＊ 入学不久，为适应专业需要，二班由曹孝珑自告奋勇开办摄影讲座，他以一老旧“皮老虎”蔡司相机和其招牌川沙口音讲解了当时绝大部分同学尚不了解的光圈、快门、焦距、感光度等摄影常识，并慷慨无私地以该相机供大家实习应用！惜曹君烟瘾极重，无论讲座或外拍，均烟不离手，毕业后不久终早逝于肺癌！为全班第一个传来噩耗者。当为苟活者足戒也！

亲历同济园林专业第一班

陈久昆[①]

1956年8月，我从温州老城投入了同济大学建筑系的怀抱，经想象画加试，被分配到新办的城市规划专业。以后的学习可分为城市规划专业和城市规划专业园林专门化两个阶段，前阶段3年半，尤其是1956年8月到反右派前学习收获最多。记得最深的有；

一年级的建筑初步课，由1955年从美国回国的依利诺大学硕士罗维东先生主持授课。教学组还有赵汉光、郑肖成、陈婉、张家骥、陈光贤先生等。城市规划专业与建筑学专业合上大课，由罗维东先生讲授“建筑概论”，他讲课条理清晰、思路敏捷、生动、易懂、有趣。听课者学生约120人加讲师助教共约130人，梯形教室坐满了人，可大家仍然专心听讲，室内还是静静的。作业约占总学时的五分之四，没想到第一个作业是“建筑设计展览会”广告设计，这大概是摸底调查吧！大多数人只得3分，4、5分很少，还有人不及格。从此我们就特别认真对待这门专业基础课。

以后做了8个作业：字体线条练习、几何图形练习、水墨平涂2个作业、活动台面绘图桌测绘、北楼主大门测绘、二层坡屋顶住宅平立剖面图抄绘等，以上都是用不同粗细的鸭嘴笔绘在2号白色铅画纸上。暑假前两周又安排了上海建筑认识实习，参观讲解了上海大厦、国际饭店、锦江饭店、上海第一百货公司、石库门住宅等。

① 教授，1936年3月12日生于温州市老城区。1956年8月考入同济大学建筑系，1961年8月毕业于城市规划专业园林专门化，留校至今。

建筑设计课由谭垣教授领衔讲课和指导，作业有并立式住宅、全日制三班幼儿园、消防站、火车站、木器加工厂。本课建筑指导老师还有赵汉光、朱亚新、陈光贤、黄宗媛、陈婉、蔡琬英等。

美术课约学习了2年半，内容有从石膏几何体—陶瓷体—石膏五官—石膏头像、半身像的素描；到水彩，再到校内室外写生。最不能忘却的是苏州写生实习2周，那是一次园林环境的感悟，迸发出美术技巧的提升。授课老师很多，是1952年院系调整来的杭州国立艺术专科学校(即今中国美术学院前身)和留学的。其中有曾获得瑞典皇家大十字勋章的周方白先生，当时任美术教研组组长，素描、油画、雕塑、中国画、书法全面发展的大家、其夫人陆传纹先生；擅长素描的陈盛铎、蒋玄怡先生；以水彩湿画法著名的樊明体先生；以中国画传承创新为旨的王秋野先生，曾任教研组组长；教学特别认真耐心的胡久庵先生，2013年还在上海文史馆举办了个人画展；以油画著称的朱膺先生，1957~1985年任美术教研组副组长、1956年参加上海市美术家协会，兼任绘画组长，后任海派现代油画会会长。他师从吴大羽、林风眠，同学有赵无极、吴冠中等。另有破格提升的杨义辉老师，师从著名画家李咏森、樊明体。

我班中国建筑史由著名的古建筑园林专家陈从周(1918~2000)先生讲授，有油印讲义。印象最深的是他1956年夏带领建筑学专业同学到苏州测绘古园林，随即在年底就由同济大学教材科出版了《苏州园林》。1957年夏又带领我们城市规划班同学，到苏州测绘旧住宅，还带我们参观周瘦鹃家住宅和盆景，后来也出版了《苏州旧住宅》。

外国建筑史由对外建史造诣很深的罗小未老师讲课，蔡婉英先生辅助，发了一本国内最早的《外国建筑史参考图集》第一册，同济大学建筑系建筑历史教研组编，1958，共有124页，从原始社会到文艺复兴与巴洛克时期，内容相当丰富。

城市规划理论是以城市规划教研组(室)主任金经昌教授(1910~2000)为首所讲授的，他1937年毕业于同济大学。赴德国达姆施塔特工业大学留学，1941年毕业，获工程师职称。二战结束后回沪，在同济大学任教，开出“都市计划”课，同时在上海都市计划委员会工作。1956年他在同济大学建筑系首创城市规划专业，我们同学对专业有些模糊的思想问题，他就请德国专家雷台尔来校讲学工作之便，到我班演讲；进一步介绍了城市规划专业；它是怎么综合考虑城市性质、规模、功能、分区、

笔者与城规研究生胡寅元、朱恒宪听朱亚新老师讲解如何改设计图

建筑、道路、交通、给水、排水、供电、供暖、公用设施、绿地布局的，而且是城市建设的先行工作。约一小时半，全程都是金先生翻译的。他给我们讲了“城市道路交通规划”、邓述平先生讲了“居住区规划”，董鉴泓先生讲授“中国城市建设史”等。金经昌教授是中国城市规划专业的奠基人之一。他参加了抗战胜利后的“大上海都市计划”和解放后主持“曹阳新村总体规划”。他退休后感慨地说：“过去城市规划没什么用。现在有用了，人却老了！”他还是中国摄影协会常务理事、1999 年著有《金石声摄影集》。区域规划课是由陈亦清老师授课的。他讲课严谨，逻辑性强，

为我们又提供了建立跨越行政区划的规划类型。其中有一部分就是风景名胜区规划。它的规划范围是以风景名胜资源分布为依据的。

构造课由傅信祁先生讲授，他 1919 年生，至今身体尚好。他曾任建筑构造教研室主任、中国建筑技术学术委员会主任等职，他用粉笔在黑板上绘建筑构造节点图，信手而画，非常准确，令人钦佩。城市道路交通课由罗孝登先生和潘侃老师讲授，有油印教材一本，并作了道路纵面和交叉口设计作业。有头疼几何之称的画法几何、阴影透视课都是孙青羊先生讲授的，在一二年级做了很多作业。我班上了理论力学和材料力学后就不上结构力学了，改为上钟先生的钢筋混凝土结构课，经“教育革命”后，将理论、材料和结构三门力学合并为建筑力学。测量课由王秉礼先生讲授，另有在校园内的实习，主要是运用经纬仪和水准仪测量地形和地物，还有平板仪测量实习。另有水力水文学，城市供电等基础课和专业基础课等。1958 年，我们曾由何林、潘百顺、朱锡金老师带领，到浙江省金华、宁波、绍兴作县联社—县域规划。

1958 年 9 月，原同济大学建筑系被取消，城市规划专业被划入城市建设系，建筑学专业并入建筑工程系，戏称为第一次火烧文远楼。城市建设系改为城乡规划与建设系（办公在原民主楼），城市规划专业改为城乡规划专业，内分城乡规划和园林规划 2 个专门化。1959 年，在一片“绿化祖国”“实现大地园林化”社会氛围中，1959 年 12 月第二次全国城市园林绿化工作会议后，《城市建设》杂志上，登载了建筑工程部城市建设局长的报告。城市建设系党政领导更坚定了筹备成立城市绿化专门化的决心。时在同济大学城乡规划与建设系的主管副系主任李德华先生和时在建筑工程系的原建筑系主任冯纪忠先生的倡导下，从城乡规划专业60多人中分出15人，组成城乡规划专业城市绿化专门化小班。1960 年 3 月成为全校重点专业。以下为根据资料整理的大事记。

1. 专业和专门化成立

1960 年 2 月 8 日上午 8 时在校大草棚（有“亚洲第一大草棚”之称，今电气学院楼原址）召开城市规划与建设系大会，党总支江东副书记（后升为书记）作报告。他说，因祖国形势发展的需要，将城市建设专业，改为城乡建设专业，城市规划专业改为城乡规划专业。城乡规划专业又分成城乡规划和城市绿化两个专门化（相当于某专业下分的某方向，下同）。接着城乡规划专业同学还进行了分组讨论。在这之前，有些同学很怕被分到城市绿化专门化，误以为这是种树的专业。到了这时，大家想，道路总要有铺路石子，办新专业总要一批先锋。我们有愿作铺路石子的精神，就服从分配了。下午听了班主任潘百顺老师介绍了国内、校内的大好形势和专门化的情况等。4 时多，他宣布了城市绿化专门化 15 个同学的名单。

班主任：潘百顺

主要教师：潘百顺、臧庆生、张振山（天津大学建筑学 1959 年毕业，1960 年 6 月进班）以及清华大学建筑系毕业的胡寅元（金经昌教授的硕士研究生）。

学生：陈奇、陈久昆、曹孝珑、查名铎、仇丽云、丁文魁 (1936~1999)、邓继来、范耀邦、何绿萍、李贻锦、刘溢著、杨律信、颜文武、章怡维、周丽娟（毕业后，其中除，其余都以城市规划和建筑专业等为主）。选举了班干部。

团支部书记：陈奇，后改选为邓继来。

班长：陈久昆　副班长：仇丽云

因此同济大学城市规划专业园林规划专门化确切地讲是 1956 年入学，1959 年筹备，1960 年 2 月成立。

2.上海西郊公园规划设计实习(1960.2.10~4.22)

当时城市绿化（绿地）、园林书籍很少，可算“一穷二白”，只有苏联的《绿化建设》上、下册，苏联建筑科学院城市建设研究所 1954 年原版，1959 年 11 月由林茂盛杨春生魏墨玄翻译，建筑工程出版社出版的《苏联城市绿化》。国内园林著作古代的如明•计成的《园冶》、宋•李格非的《洛阳名园记》、明•文震亨的《长物志》等。近代的有今南京林业大学已故的陈植老前辈所著的解放前大学丛书《造园学概论》、同济大学已故尊师陈从周先生编著的《苏州园林》《建筑学报》《城市建设》和苏联建筑学报杂志等。因那时我国政治上的原因、与其他国家来往专家、著作和资料都十分馈乏。这就决定了我班只能在实践中学习，“从战争中学习战争”。

那时专业老师都在 30 岁以下，年轻且少，师生打成一片，走出校门办学。记得

1959年建工部城市建设局长在报告中对动物园谈得较多，所以会后，全国形成了一个大办动物园、办好动物园的高潮。在济南市始建了金牛山动物园，我们阅读了《建筑学报》1960.1期，由中国建筑科学研究院区域规划与城乡规划研究室署名的《济南市金牛山动物园规划》一文，上海西郊公园已在1954年6月由于要接纳云南省傣族人民送给毛主席的一头大象，上海市政府决定把西郊公园建设成为大型动物园，于是新一轮规划又开始了。恰逢北京动物园也要改建，邀请苏联莫斯科动物园主任萨斯诺克夫斯基来讲课。1954年7月，上海市派程绪珂、吴振千、陈克立、虞颂华、顾正、徐景猷赴北京学习，边探索边实践，边规划边设计。1955年建设好象宫，向上海动物园过渡，杭州动物园也相继筹备规划建设。

根据教学安排，我班在1960年2月10日，由潘百顺、臧庆生两位老师带领15个同学首先到上海西郊公园实习3天。调查研究和规划设计分成两组。一组搞公园的改建规划，另一组搞动物园笼舍(注；现应改为动物建筑为宜，下同)的室内外单体设计。

当时的上海西郊公园，位于虹桥路哈密路，除虹桥路上有几幢解放前的别墅、小饭店外，基本上都是一片农田。第二天上午，听了上海市园林处造园科虞颂华工程师(建国前上海圣约翰大学土木系毕业，李德华先生校友)，向我们介绍了上海西郊公园的总体现状和存在的问题,然后他和顾正工程师带领我们参观现场、讲解全园。那时上海动物园已初具规模，游览路线以动物进化系统布局为主，但尚缺两栖爬虫类、长颈鹿、河马等展示点，灵长类的猴与猩猩混展一处，也不合适，鸣禽馆太简易，需重建。中部服务休息区有待提高，现状仅在对称布置的花台边设有茶室和小卖部，竹结构的食堂，有待另择址建设。但新建的狮虎山、熊猫岭、海狮池、金鱼廊、天鹅湖和鸳鸯池等，令我们耳目一新，留下了深刻印象。

原上海市规划建筑管理局副局长、中国建筑学会副理事长、上海民用建筑设计院院长、总建筑师陈植(1902~2002)老前辈设计的象宫，是为少数民族送给毛主席的大象提供展览的，采用钢筋混凝土薄壳结构屋顶，室外活动场钢筋混凝土圆荫棚和曲线形的隔离沟做得非常自然，中西结合，庄重大气。公园环境清静、参观时同学们不时提问，初步弄懂了什么是“串笼”，怎么适应动物习性去设计动物建筑，上了一次生动的现场教育课。入园以后便见到解放前高低起伏的英式高尔夫球场的痕迹。

2月24日，各自做动物笼舍和上海西郊动物园规划。2月27日由臧庆生老师开始上城市绿化课，终因无教材、无幻灯片之类的形象资料、收效较少，以后就很少上了。

1960年3月2日，臧老师特请了冯纪忠教授来改图，提供了创新的思想。在修改了长颈鹿、河马馆后，又修改了仇丽云、李贻锦同学负责设计的鸣禽馆，同学们简直受宠若惊。后来丁昌国教授又来班修改河马馆、长颈鹿馆方案设计的构造问题。这一阶段完成了上海西郊动物园调查报告、动物园各类动物简介、河马馆、长颈鹿和鸣禽馆等的方案设计。后来由上海市园林处组织方案汇报会(相当于现在的研讨会)，由当时上海西郊公园改建总负责人、园林处造园科科长(1950年毕业于复旦大学农学院园艺系)吴振千高级工程师主持，科内的虞颂华、顾正、陈丽芳等工程师参加，并邀请了时任上海市城市规划设计院钟耀华总规划师，原历任上海市城市规划管理局副局长、上海民用建筑设计院(今上海现代建筑集团上海建筑设计研究院)代院长(参会时)、院长、总建筑师的汪定曾先生和华东工业建筑设计院领导等。他们提了宝贵的意见，并对师生们取得的成果予以较高评价。以后在《同济大学城乡规划学报》上，发表了《对河马馆和长颈鹿馆设计的探讨》论文，其间，3月2日，抽调邓继来、查名铎两人参加同济大学大门广场的规划设计方案，终因众多原因，方案没能实现。当时发现同济大学大门至大礼堂的中轴线不与南北教学大楼平行。3月31日，又抽调6名同学赴江苏省南通市作文化休息公园规划设计。4月9日，上海市园林处造园科陈丽芳工程师来校讲课，他以自己所做的杨浦公园规划设计的实践经验(详见陈丽芳，《中国园林的探讨》，建筑学报1958.12期)，阐述了文化休息公园、动物园、体育公园、儿童公园等的继承和创新的思考，很受欢迎。

3. **杭州城市园林规划教学实践**(1960.4.23~5.17)

(1) 杭州市动物园和动物建筑单体设计

杭州动物园选址在与虎跑寺紧邻的自然山林地块里，面积约450亩，与地形较平坦的上海西郊动物园相比难度大得多，地形复杂，又是新建。怎么利用原址和绿化，总体怎么布局，怎么组织园路和出入口交通，动物笼舍、服务建筑怎么布点，绿化、水系怎么成为系统，全园采用什么风格，等等。带着的连串问题，全班15人和潘百

(左起)曹孝珑、潘百顺、刘溢著、范耀邦在制作动物园模型

顺、臧庆生老师在杭州动物园筹备组主任傅毅远工程师的带领下，参观踏勘现状，对照图纸，听取傅工的介绍和设想。潘老师还给我们拍了不少现场教学与现状照片。回到杭州市西山路花圃馆，再进一步仔细讨论，提构想，画草图。

总体规划图1:1000，是由多张2号蓝图拼接而成的，面积太大，又没有大桌子，只得几个人在地面上绘，用广告和照相颜料分别上色。总体与单体方案分工并进，协调工作。在不到一个月的时间里，就赶出总体和单体方案及模型。时间很紧，除“五一”节放假外，其余都在学习工作，常有开夜班，后来举行杭州市动物园规划设计汇报会，市园林局吴子刚局长、设计科胡绪渭工程师，动物园筹备组长傅毅远工程师等到会听了我们同学的汇报介绍。在讨论中，曾在虎山方案设计中，利用虎跑风景点旁的山凹地，面对绿树峭壁，构成半圆形的盆地，试图达到“人包虎，虎包人”的意境。现在看来，室内观赏厅廊里如装上钢结构高强度玻璃盖，才能有此意境。范耀邦同学曾画了狮虎山的彩色透视图，引人注目赞赏，显示了他规划设计的才华。

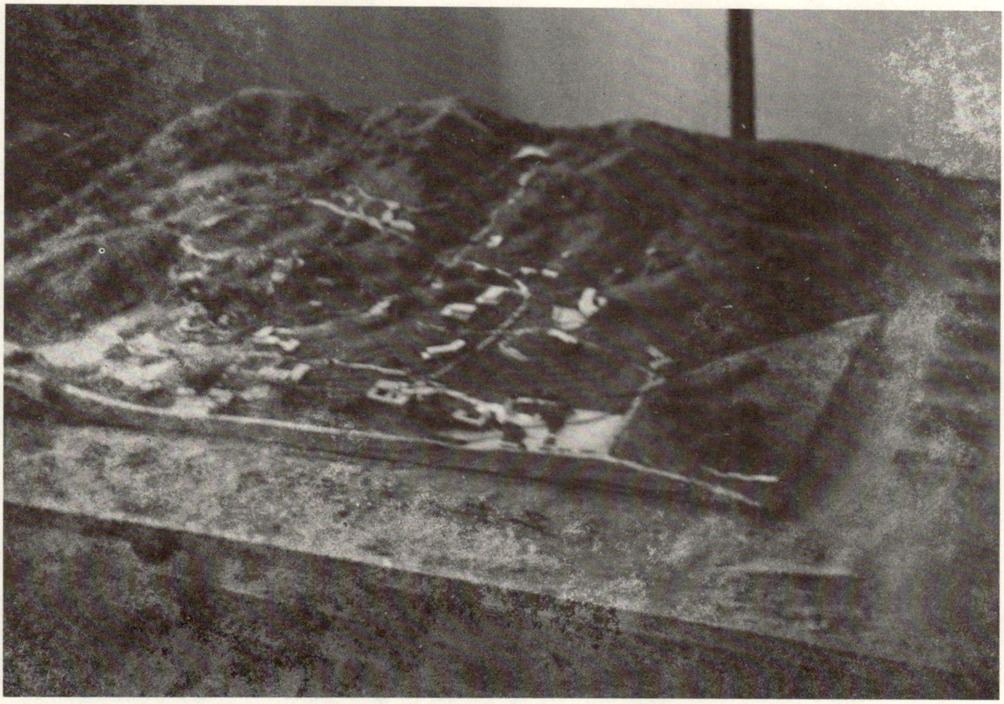

杭州动物园总体规划模型(1960.5)

他毕业后逐步成为北京市城市规划设计院总规划师。

(2) 杭州市昭庆寺中心广场规划

我们首先听取了建筑工程部城市设计院赵光谦先生介绍了杭州市中心规划和中国建筑科学院区域规划与城乡规划研究室绿化组史根源先生所作的城市园林化系统规划和街道广场绿化的专题讲座。同学们既接受了新的知识，开阔了眼界，又参与了力所能及的工作锻炼。在杭州期间我们还参观了不少风景点。特别邀请了杭州市园林管理局胡绪渭工程师带领我们参观讲解西湖老八景之一的“花港观鱼”，北京林学院孙筱祥先生曾在《建筑学报》1959(5) 期上发表了《杭州花港观鱼公园规划设计》一文，又参与了现场施工指导。5 月 16 日讲解牡丹园景点绿化时，如何用小径将园分为十多个种植土台，牡丹花与假山石相映衬，颇为得体。梅影坡的构思，在地面上如何用彩色卵石铺嵌而成，得到虚实相生的艺术效果，讲得深入浅出。这些场景，历历在目。临走前一天，局里给我们人手一册的《杭州园林工作经验资料汇编(1949~1959)》。内容很实际，是一本活教材。在这期间1960年5月4日青年节，我们园林专门化小班被校共青团委员会评为校先进集体。

4. **桂林风景区实习**(1960.5.17~7.5)

5月17日起，我们走向更大的实践基地——桂林山水风景区。马不停蹄，校也不回，离杭赴桂林。早知“桂林山水甲天下，阳朔山水甲桂林”。1959年我们曾看过早期国产彩色影片《刘三姐》(刘三姐是壮族人民的歌仙。1984年定三月三日为广西的歌仙节)。阳朔是刘三姐的故乡，那里风景美、人文美，我们非常向往。

从杭州乘普快火车，途经衡阳转车3天才到达桂林市。5月21~27日，在桂林市区参观独秀峰、溶湖饭店，接待的同志说，这里是周恩来总理住过的地方，周总理出于节约开支，要接近老百姓，住在朴实普通的房子。第三天师生17人在桂林市园林局同志带领下，一起乘游览船，在市南郊漓江上观赏那自然的山水风光。两岸山态是那么婀娜多姿，水是那么清澈见底，象鼻山、塔山、穿山、酷像大自然的雕塑。后到洑波山，在七星岩参观后，还在建筑科学研究院设计的现代民居式茶楼前合影留念。

现在的芦笛景区有桂林最美的洞和最高的峰，是国内外游人必到之地。我们参观时的芦笛岩(桂林最长的石灰岩山洞)还是原始状态，记得有一位和蔼可亲的老农，可能他就是发现者，手提油灯，带大家进洞。桂林园林处的同志带着约40厘米特长手电筒。洞内一片漆黑，空气潮湿，都靠他随时提醒；前方是什么？要当心什么？跟随后面的人互相传呼。洞内高低不平，宽窄不一，石灰岩钟乳石，石笋；水潭，岩地；大小、高低、空间不同的“厅”和水池，连接“厅”和“厅”或水池的称“廊道”，这些廊道最窄的，只能侧着身，低着头，才能挤过去，只能摸着两旁和前方石壁、坑地或水池旁往前走，大家也相互提醒。每在狭窄不平的“廊道”里行走时，都小心翼翼，鸦雀无声。但到“岩厅”时，疑似“柳暗花明又一村”，原是一个天生洞府，倒挂的钟乳石，地面长出的石笋，还有那似断非断的石柱，有些洞府下有天然水池，随时有水下滴作响，晶莹剔透的壁面，闪闪发光，此时赞叹声，缓解了路途的疲劳。我们行走了正好一个下午，发现如此不同的洞府十个。大家感受这类似探险的滋味，

在中国建筑科学研究院设计的桂林七星岩茶楼前留影，前排左起：仇丽云、陈久昆、曹孝珑、李贻锦，二排左起：颜文武、杨律信、丁文魁、查名铎、何绿萍、邓继来、周丽娟、陈奇、臧庆生老师、潘百顺老师、刘溢著、章怡维(1960.6)

收获甚多，倍感兴奋。我们分享了老农“发现”的喜悦。

随后我们沿着漓江南行，沿途作漓江风景点规划的踏勘。一路山水，美不胜收，特别是第一次看到的竹筏，在清澈的水面上行进时，筏前鹭鹚不时地向水下觅食小鱼，再加两岸奇峰怪石的倒影，其景其情，犹入仙境。船到“画山九马”（今称“九马画山”）再向南过一个水湾后即是兴坪。上岸见一自然纯朴的山村，房屋几乎都是平房，

在阳朔电影中刘三姐抛绣球的大榕树下(1960.6)

错落有致，富有田园风光。我们在那里夜宿，和当地的老百姓攀谈，那是漓江旅游中继的宝地。后来我们还写了《兴坪风景点的调查报告》。

第六天，我们离开兴坪到阳朔，得到了招待所同志的热情接待。阳朔山水给我第一印象是天然、纯真、清秀，加以侗族民俗，真是山美、水美、人美、树美、一个清静的世外桃源。自 1959 年开始，定人定量，发行粮票起，我们上海还是一天三餐的。在阳朔因粮食紧张，一天仅吃两餐饭，安排在上午九时，下午四时。在此，我们做了阳朔县区规划、漓江风景点规划、白沙镇规划及阳朔湖规划。在这期间，我们有幸听取了中国建筑科学研究院汪之力院长关于桂林风景区规划的指导思想等重要讲话、建筑科学研究院王硕克先生介绍泰山风景区规划。开始风景区规划和城市园林规划的讲义编写工作等。

1960 年 6 月 26 日，我们依依不舍地离开了这个美丽的侗族故乡阳朔。之前我们与招待所员工纷纷摄影留念，拍下了《刘三姐》电影里十几人合抱的大榕树（现名“穿岩古榕”）的雄姿，桂林山水给我们留下了深深的美好记忆。

6 月 27 日，我们离开了桂林，途经武汉，参观了中山公园、解放公园及东湖风景区。1960 年 7 月 1 日在党诞生 39 周年时，我们到了九江，登上了庐山风景名胜区。那是中国著名的避暑胜地，参观了仙人洞、花径、牯岭、路过庐山大厦、五老峰、含鄱口等。7 月 3 日，我们重回九江乘轮船，至 7 月 5 日抵沪返校。

5. 建筑工程劳动课和专业改名

1960 年 7 月 8~30 日，参加本校西南二楼五层学生宿舍大楼建设劳动，主要做辅助工，如传递砖头、运输砂浆。那时工地上的机器，只有混凝土搅拌机、上下运输的井架牵引机，水平运输就靠竹制的脚手架了。虽不很难，但使我们了解了建筑工地，接近工人，了解房屋是怎么建造起来的一些常识。

1960 年 8 月 18 日校部布告，将城乡规划专业城市绿化专门化正式改名为园林规划专门化。这是通过我班在上海、杭州和桂林教学实践中得到的结果，以反映我校土木建筑类城乡规划专业园林规划专门化的工作内容，以此有别于林学院。

6. 再赴杭州教学实习

1960 年 9 月 11~15 日，我们再赴杭州教学实习，内容引向广泛深入。分为钱塘江休疗养区调查与规划、动物园规划设计、曲院风荷规划，共三组。

(1) 休疗养区组

以专题调查研究为主。解放后，在“上有天堂，下有苏（州）杭（州）”的杭州市西南部，钱塘江畔山麓上建设了不少供劳动模范使用的休养所和疗养院。规划设计参考苏联的规范标准，存在很多问题，如利用率不高，特别是季节性变化很大的弊端。如何平衡淡季和旺季入住人数与管理职工人员数，并对休疗养区的组团和小区规划设计布局也作了调查分析和比较。那次调查研究和规划成果，大家也很珍惜，后来编写了一本《休疗养区规划》刻字油印本，约 3.5 万字，现在也丢失了。

(2) 动物园组

这次规划设计是在本年四五月所作总体规划基础上的深化，包括第一期详细规划和部分单体建筑设计。第一期规划的范围是杭富路（今改为虎跑路）入口西上再向南到虎山至虎跑照壁出入口界定线内，内容有主次园路规划和虎山、小动物笼舍、游禽湖设计、茶室等。

(3) 曲院风荷规划组

曲院风荷是清乾隆帝所题写的西湖老八景之一。当时仅濒临西湖苏堤北端一小长方形约 1 公顷用地，规划欲恢复清初时的规模，包括当时在岳庙斜对面的杭州市园林局等沿湖建筑都要拆除，先做个方案探讨。该组同学规划成果，由陈奇同学凭其天赋家传的白描画、书法和篆刻功底，绘就成套，诗情画意，跃然纸上，颇有古色古香创新之感。回校后每页精裱，外加套盒，颇受好评，存于建筑系资料室。惜“文革”期间，不知去向。

7. 上海共青苗圃园艺实习(1960.11.17~1961.1.5)

17 日我们到了共青苗圃（今上海共青森林公园前身），11 个男同学睡地铺，泥地潮湿，常有霉味，铺上稻草，挤在一间草棚屋里；4 个女同学住在平房宿舍里。吃的是“吹饭”（把米先浸泡，再蒸，使颗粒显得大）。苗圃主任是刘师汉工程师（已故）。他对事业非常认真，主编了《共青苗圃生产管理手册》（该油印铅字本上没署名）16 开本，127 页，是他向 1960 年“七一”党的生日献礼作品。入圃第二天，刘主任介绍苗圃概况、园艺劳动、生活环境和希望后，我们有幸接受了这本赠书。这是一本有关管理学、植物学、物侯学和园林史等的参考书，且具有时代特征，我一直珍藏到现在。

共青苗圃生产管理手册

当时天气已经寒冷，军工路黄浦江畔2568亩的苗圃里显得更冷。青年师傅带领并讲解青春果园和城市绿化苗木园里拉粪、浇肥、除草、松土、修剪枝条和过多的花蕾，使来年的果树长出更丰硕的水果。有一天，上海市园林管理处杨峄桐副处长到城市绿化苗木园来关心我们实习，并作现场教学，从土壤—温度—施肥：从苗木—树木；从栽培—管理措施等，一听就是技术高手。后来才知，他原是上海市公务局园场管理处造园科长。这里原是1956年春上海市人民政府在黄浦江畔疏浚河道，动员全市青年31000余人次，取泥造地1300亩，辟为苗圃。1958年春，时任团中央书记的胡耀邦同志带领在上海开会的全国青年积极份子栽植果树，在圃内建了青春实验果园，取名为共青苗圃。上世纪80年代改名为共青森林公园，现为国家级共青森林公园，面积达131公顷，是上海市以森林为特色的最大公园之一。

8. **毕业实习**(1961.2.3~4.7)

1961年2月3日~4月7日为毕业实习阶段。离校前，老师介绍了毕业设计分毕业实习与毕业设计两阶段。这阶段主要是到现场调查研究，收集资料。带队老师有潘百顺、臧庆生、张振山。毕业设计课题有风景区规划、公园规划设计和动物园规划设计(毕业论文)三课题。12人到江苏省无锡市，住锡惠公园。另3人分到动物园组，住上海西郊公园。我们师生编写的《园林规划原理》教材之一《动物园规划设计原理》草稿，224000字，已由同济大学教材科蜡纸手刻油印本发给全班同学了。

在出发前，我们有幸听了时任上海市园林处造园科长吴振千先生来校讲座“上海地区园林树木简要介绍”(油印讲稿图，包括他自己手绘的蓝图)，内容丰富，实际生动，给我们打开了园林植物的一扇门。这是我们最早接受有关园林树木较系统教育的启蒙课。动物园组赴上海西郊公园、复兴公园动物角，南京市玄武湖菱州动物园等调查研究、收集资料，带队老师有潘百顺、臧庆生、张振山。无锡园林处工程师李正，动物专家陈克立参加指导。

9. **毕业设计或论文阶段**(1961.4.13~6.24)

这阶段各小组都先后回校。动物园组，分为“动物园总体规划”“动物建筑设计”

园林专门化班毕业合影(朱承昌摄，1961.7.29)

和“动物园绿化的研讨”3题论文。分别由颜文武、曹孝珑和我3人负责编写。另两组做太湖鼋头渚景区规划，锡惠公园总体规划设计、单体风景建筑设计，绿化配置规划和局部种植设计。有时还要到现场，如5月30日，潘百顺老师和我乘93次6时快车，经4小时才抵杭州，调查杭州动物园工程进展情况，发现虎山结构工程已基本完成，小动物笼舍尚未完工，并与傅毅远工程师商讨园路选线、小动物笼舍施工、游禽湖的地形处理，讨论了一期自杭富路到虎跑次出入口主园路宽度和选线等问题。6月29日~7月1日进行毕业设计交流答辩，包括城市规划和园林规划两个专门化。城市规划分为苏州组、镇江组、上海组、新余组：园林规划专门化由邓继来代表锡惠公园组参加交流。以上毕业设计成果都得到实习单位好评，有的成果都交给毕业设计单位了，绝大多数都丢失了，只有动物园还留有很少的资料。这里，只好把我那本用复印纸手写发黄了的《动物园绿化的研讨》论文自留本拿出作例了。指导教师过问很少，倒是动物专家陈克立园主任给我们答疑释惑较多，另外，我们3人讨论也较多较好。

那时限于经费，没到北京动物园和济南金牛山动物园等调研。我和颜文武、曹孝珑除调查江、浙、沪大、中、小各动物园外，还翻阅了不少国内外的书籍资料。我们在上海西郊动物园时，复旦大学生物系早年毕业的陈克立园主任因白天工作忙，经常晚上到我们住宿地讲解动物的生态习性，动物建筑和环境要怎样适应它。他讲了许多鲜为人知的动物真实故事，生动有趣，记忆犹新：如大象夜里因雷声大，惊跑到园外彭浦镇农田里，是怎么被找回来的。因1959~1961的“三年自然灾害”，经济困难时期，虎吃的肉，都必须由上海市长柯庆施批准，大熊猫因空调问题等曾死了一只。2013年我重访上海动物园时，他已去世了，真是一位校外的好师长！

7月4~28日，参加饭厅（当时禁建楼堂馆所）建设劳动，等待毕业分配。1955年以来，学校招生增多，原大草棚食堂（即今电气大楼址）太简陋，又缺大礼堂名义，故以食堂兼礼堂上报建设，使用一段时间以后，就改为礼堂了，经“文革”后，又经多次装修和改善内外部环境，即今大礼堂。

7月29日，毕业设计总结，拍专业大班毕业照，后来园林专门化班请朱永昌同学在同济大学校门口、北楼摄影留念。8月，李国豪副校长（当时还没有建立党委领导下的校长负责制，校长由党委书记王涛兼）、主管副系主任李德华先生、党总支书记江东分别为我班毕业纪念册题了词。

我们班在这一年半中，是在1959~1961年国家“三年自然灾害”和经济困难时期度过的，1960年下半年国家下达了教育部“高校六十条”。总的来说，园林规划专门化办学是成功的。其原因有：

结合专业实践，那时叫“真刀真枪”，在实践中总结理论，反复学习，提高了调查问题、分析问题、解决问题三能力。做规划，画方案，写报告，写教材草稿；由动物园—休疗养区—公园—风景区的教学排序，有些知识是在书本中不可能学到的。成果丰富，有规划设计、论文和教材草稿。有以前3年半良好的基础知识，那时叫“三基”——基础知识、基本技能、基本理论。有校内老师的指导，更有校外很多专家的帮助，同学们团结互助，勤劳努力。

（感谢李贻锦、范耀邦、章怡维同学提供资料并参考吴振千《情缘园林——我的园林人生》，上海科学普及出版社，2009.8）

同济大学建筑学专业1962届六年大事记

赵秀恒 编

1956年

8月

26、27日

新生入学报到，由于老的宿舍还没腾出来，我们新生就暂住在北楼的教室里。

28日

进行专业学习，在一·二九礼堂由各系老师介绍专业。

29日

上午填写专业志愿表，报建筑系的有450人，需加试素描。下午加试素描，题目是静物写生和带有建筑物的想象画。

9月

3日 周一

第一天上课，一年级新生没有固定教室，都是拿着书包打游击，先上了两节数学，课间操后又到另外的教室上其他课。下午上了4节素描课。

7日 周五

搬进了新宿舍，男生在西南楼三楼3037、3038……女生在解放楼。吃饭实行包伙制，伙食费每月12.5元，8人一桌，开饭前，菜都在桌上摆好了，荤素搭配相当丰盛。虽然实行粮食定量，但我们在食堂里可以放开肚皮吃饱饭。

19日 周三

开学伊始便临中秋节，晚饭鸡鸭鱼肉样样俱全，还每人发了两枚广式月饼。

10月

18日 周四

上午建筑设计原理课，我们怀着异常兴奋的心情来到北楼的一间梯形教室……上课铃声刚过，大家静悄悄地坐在那里等待，这时几位年轻教师和刚毕

国庆三好坞留影

业当助教的老师赵汉光、郑肖成、陈渭、陈光贤、张家骥等鱼贯而入。

又过了一会儿，门外脚步声响起，走进一位西装笔挺，衬衫崭新，胸前口袋里插着一朵红色康乃馨，身材不高，梳着光亮的背头，脚下穿着一双厚底皮鞋的教授，他就是罗维东教授(1955 年他刚从美国回来，职称是副教授)。他那从容、稳健、自信的风度，以及清新、亮丽、端庄的打扮，一下子就把我们每个学生的心给征服了。

他口才很好，说话有魅力，但是又带着一些威严。他第一堂课给我们放了许多世界各地著名建筑的幻灯片，因为他是密斯·凡德罗的学生，所以介绍了很多密斯的作品，也是在这堂课上，我们同济的学子第一次看到了“巴塞龙那展览馆”，第一次欣赏了色彩艳丽的彩色幻灯片。

11 月

16 日 周五

从今日起就餐实行食堂制，窗口集中售菜：甲菜 1 角 5 分、乙菜 1 角、丙菜 5 分，偶有特菜 2 角，米饭和菜汤在食堂各个角落的木桶里，敞开供应。

17 日 周六

我们两个小班确定了参加学生会元旦戏剧双周汇演的剧本——《虎食》，这是反映肃反的剧本，元旦晚会上演出，原想“一鸣惊人”，却只获了个“演出纪念奖”。

12 月

31 日 周一

新年除夕，学校凭卷免费供应加餐和宵夜，当时日常早餐已有油氽花生米、肉松等佐餐，加餐更为丰盛！电影和歌

赵秀恒、徐品善(右)在西南楼前

刘佐鸿寝室同学

舞游艺活动则通宵达旦……此后六年任何一个新年，随着形势改变，再也没有如此无忧无虑、丰盈和美的好时光了。

1957年 1月

5日 周六

今天交这学期“建筑设计初步”最后一张作业。以前的作业基本上都是些技能练习，如字体练习、线条练习、建筑图抄绘、绘图桌测绘、南北楼建筑局部测绘、水墨平涂加构图练习等，这最后一个作业却是个“平面设计”作业，分为封面设计、唱片套设计、广告设计，而且要着色，每个同学几乎都花了吃奶的力气，看着自己第一张设计作品都非常欣慰。

6日 周日

今天早晨下了第一场小雪，小得可怜，却乐坏了福建同学，他们起得特别早，欣赏这入冬的小雪。

9日 周三

今天开始期末考试，下午考〈俄文〉。上周功课结束后，进入温课迎考阶段，可是我们这些第一次远离家乡的同学，怎么也安不下心来复习功课，在寝室里谈得最多的就是如何过大学的第一个寒假……

14日 周一

〈测量〉进行第一天考试，因为是口试，所以分批分期进行，我要轮到第五天最后一批星期五进行。听今天考试的同学讲，测量考试题不难。

30日 周三

本月22日通过学校总务处庶务科订到了回济南的火车票，票价14.68元，临时慢车，几乎站站停、车车让，26日18：09开车，29日早晨8点多才到济南，968公里用了62小时，时速15.61km/h，和骑自行车差不多。

2月

12日 周二

11日开学，今天建筑设计课布置课题——纪念亭设计。

14日 周四

下午为了建筑设计课，我们和城规的同学一起乘校车，到黄浦、襄阳、中山公园，参观课程设计基地，回来时参观了德国儿童画展。我的设计题目是在襄阳公园建造“黄继光纪念亭”。

28日 周四

建筑设计课经过两轮草图，仍摸不着头脑。今天罗维东教授出差回来了，通过一番讲解，澄清了先前几位讲师和助教一些模糊的说法，设计目标更明确了。罗维东来改图，虽然上学期初步课已有所领教，但改建筑设计图则是首次，由于他是建筑大师密斯的学生，更受我们崇拜。他改图到哪里，同学就跟到哪里，赞声不绝，笑声一片，被说得尴尬面孔，一个跟着一个。

3月

8日 周五

三八妇女节，下午全班女同学举行“宴会”，晚上和城规一年级同学一起举行了盛大舞会，很热闹，我们男同学向她们表示热烈祝贺，和她们一起度过了愉快的节日。

23日 周六

近来流行性感冒逐渐扩展，下午听报告，为了预防流感晚上的舞会停止，明天的“春季音乐会”亦暂停。

26日 周二

由于流感我被隔离，一下子染上流感的同学增加了许多，卫生科病房远不够用，学校腾出了南楼教室作为病房，我们就住在南楼的病房里。

4月

1日 周一

31日我从隔离病房放出来了，可前两天来看我的王茂松却被感染关进了病房。学校从今天起到3日停课，4~6日为春假，这一个星期都不上课了，让学生四散回家，有效避免了流感更大规模在校园流行。

22日 周一

下午伏罗希洛夫到上海，我们因为有课所以没有参加欢迎仪式，晚饭时收听了下午在机场举行的欢迎大会实况录音，明天将举行百万人欢迎大会。

26日 周五

下午开始到校庆展览会布置展览室，我们一组还有王小兰、王茂松等人。

5月

1日 周三

早晨很早就集合整队，乘车到外滩，参加“五一”游行，同学们欢欣鼓舞，非常兴奋。我们班是体育队伍，男生穿背心、短裤，女生穿衬衫、裙子，我们是第一路纵队，离主席台最近，首长、来宾、英雄、劳模……看得非常亲切，大会盛况空前。

10 日 周五

下午传达毛主席《关于正确处理人民内部矛盾》的报告。号召“大鸣大放”，帮助党整风。校园出现了第一批大字报，建材专科呼吁要转入本科。

6 月

6 日周四

“工农速成中学学生直升大学”问题一时成为大字报焦点。两种观点大字报贴满了饭厅前的芦席棚。

22 日 周六

开始建筑认识实习，参观江湾体育场、永安公司、锦江饭店、和平饭店、美琪电影院、大光明电影院、文化俱乐部(原法国总会)、阜丰面粉厂等，回来后整理参观实习报告。

7 月

1 日周一

参观和平饭店……印象最深的是最上面几层不同国家风格的套房，有英国式、印度式、罗马式、伊斯兰式，最高一层套房据说是当年哈同的房间，站在阳台上眺望黄浦江外滩，真让人心旷神怡。

2 日 周二

今日参观文化俱乐部(原法国总会)，听老师介绍，舞厅地板下有弹簧，跳起舞来弹性十足。

4 日 周四

原准备参观曹杨新村，阴雨暂停。

下午动员，和右派分子划清立场，坚决回击右派分子。

6~14 日

进行反右斗争的深入学习。前三天是理论学习：毛主席报告、周总理报告、《人民日报》社论。后面几天一面参加学校运动，一面检查本班整风。接下来放暑假。

暑假 二年级　　第三学期开始

8 月

20 日

返校在校园进行测量实习至9月3日。

9 月

6 日 周五

今天开始第二阶段反右斗争学习，上午听了动员报告后，讨论并要求每人写检查并揭发他人。

7 日 周六

上午听建四同学介绍他们班反右派情况：全校毕业班共挖出40多个右派分子，他们班里就有18个右派分子。

我们班开始批判王××的右倾言论。二班开始批判张××的右倾言论。

9日 周一

今日开始揭批右派言论，要求每人事先都要准备发言提纲，可是发言不够热烈。

10～15日

继续批判右派言行。

23日周一

新学年第一天。三个多月没和书本打交道了，现在都有些手生了。

建筑设计课布置新课题：1000人中学校总平面设计。

29日 周日

今天本是星期天，为了国庆假日连休，特别调课上下星期一的课，晚上学校有庆祝国庆节晚会，在大草棚举行，节目很多，还特邀上影演员表演相声，非常受欢迎。

10月

1日 周二

上午参加国庆大游行，比往年更热闹。晚上在人民广场有全市性大联欢，我们有部分同学参加，参加同学必须要学会跳舞。

10日 周四

从今天起停课一周，充分鸣放。上午参观了复旦大学的大字报。几天来大字报铺天盖地上万张，大会小会连连开，主要内容是揭露批判班级中的不良现象。

26日 周六

晚上参加由建四（就是打了18个右派的班级）主办的建筑系师生联欢会，内容一般，但他们在会场挂出的几张建筑设计作业表现图，却给我们留下了很深的印象。

30日 周三

中午我们班到食堂义务劳动，这是我们来到大学后第一次参加义务劳动，搬米、洗菜、运饭，样样都干，同学们劲头很足。

11月

4日 周一

今天全校开始象征性赛跑，全校同学要在三天内跑完从上海到莫斯科的里程，平均每人每天要跑850米。

晚上举行纪念十月革命40周年庆祝晚会，请来了上影厂演员张瑞芳、关宏达、朱莎等人和昆剧老艺人俞振飞等人，他们的精彩表演受到了热烈欢迎。

10日 周日

一天都在郊区黎明农业生产合作社参加义务劳动，早晨8点到达，我们打稻、运稻、刨地，另一组同学摘棉花、刨山芋、送肥料。午饭也在田头吃，午休时同学们自发组织了节目表演，特别是吴建楣的活报剧表演给大家留下了很深印象。

12月

15日 周日

上午全系同学到学校后面同济农业生产合作社义务挖河泥。虽然天气很冷，但大家赤脚在河里挖，不怕冷、不怕脏、不怕累，干了一上午，每人一身泥回到学校。

19日 周四

下午听报告，由党委作过去工作检查和今后工作计划等。会后学生科宣布将陆××等9人开除，他们中有流氓、小偷，还有在10月欢迎叙利亚青年代表团时闯进会场抢纪念章，这一决定得到了大家支持。

28日 周六

今晚在西南楼4楼大活动室，我们班和建一举行联欢会，互赠礼品，非常开心。

1958年

1月

上、中旬，继续批判班内某些人的右派言行。

27日 周一

第二次公布教学变更计划：本学期停考，下学期开学时再考。自即日起到2月14日开展“除七害”“双反”运动、公共教室大扫除活动，召开“学代会”等。

28日至2月2日

开展“除七害”运动，据估计全校消灭“七害”400多万只。虽然天气很冷，但同学们都很努力，有的点起蜡烛钻到家具仓库阴暗角落灼烧半僵的越冬蚊子，有的在凛冽西北风中到马粪堆上挖蝇蛹。

寒假 二年级 第四学期开始

2月

25日 周二

开学，党委决定停止考试，至3月2日搞“反浪费、反保守”双反运动，各种方向大字报铺天盖地，开始酝酿“大跃进”。

3月

1日 周六

今天都在修订“跃进计划”，各方面都在跃进，在体育方面我们的计划是一年内全班同学都达到“劳卫制”2级锻炼标准。

2日 周日

下午全校大会动员“文艺大跃进”，我们班3天创作了15个节目，全校5天创作了1000个节目。

3日 周一

开学第一天，仅上了一堂课，下午大家都在编写节目，今天一切和往常不一样，早锻炼时几乎全校同学都来到操场，下午操场上人更多，人挤人，几乎没法跑步了。

4日 周二

系里老师都在紧张进行双反、整风运动，所以这周课也不能上了。下午大家来到北楼前的草地上学习集体舞，假若没有文艺大跃进，跳舞的能有几个人呢。

5日 周三

下午参观国内外儿童玩具研究展览会，让我们了解一下这方面知识。

14日 周五

下午全系同学在文远楼106开会，整风委员会传达了教师双反情况和整改热情，另外，系主任宣读了对我系学生右派分子的处理公告。

28日周五

下午全系师生和速中全体师生共同召开联欢会，会上领导分别讲话，讲明这次联欢会的重大意义和对同学们的希望，晚上分别以小班对小班形式谈心和联欢，增进相互感情。

4月

24日 周四

今天我们的课外兴趣小组——国画小组开始活动，我们有幸请来了陈从周教授亲自教我们画竹子和兰花，同学们一个个大试身手，画得非常有劲。

27日 周日

上午8点出发，走了两个多小时到达高境乡前进农业合作社，帮他们赶麻雀，摇旗的、呐喊的、打鼓的、敲脸盆的，赶得麻雀无处藏身，无处落脚，累得麻雀都吐血了，当然我们也累得够呛。

5月

12日周一

今天开始到学校实习工厂勤工俭学2周，为期不长意义重大，同学们分别到机工、锻工、漆工等车间劳动，我们一组在机工车间车床上工作，任务是将轴承钢碗的口车平。一开始手忙脚乱，非常紧张，经过3、4小时实际操作后，基本能胜任了。

6月

5日 周四

今天全校3000多学生一起到宝山杨行、刘行支援夏收夏种，我们在这里要大干10天，求得生产、思想双丰收。10

点多抵目的地，休息片刻便吃饭，我们分散到农民家中和农民一起吃，受到热情招待。

之后每天4点起来上早工，6点半吃早饭，7点上工一直干到11点半吃午饭，下午1点半上工，7点收工，每天又忙又累。

16日 周一

从今天起停课2周，学习总路线。从此大跃进之狂热气氛越来越浓，各种大会小会、展览、演出接连不断。

7月

16日 周三

晚10时刚过，党委紧急通知全校开大会，抗议美英武装干涉黎巴嫩。

20日 周日

全校师生组织上街游行，抗议美英武装干涉黎巴嫩。

22日 周二

苏联托木斯克大学生25人自费来华访问，我们班一些同学参加了接待，晚间工会俱乐部联欢，交谊舞中女同学频频被邀，出足风头；善舞男同学也挽上了异国少女，同样风光。

暑假 三年级 第五学期开始

8月

1～10日

暑假，三年级开始。

11日

赴苏州素描实习，宿苏州建工学校。足迹遍及沧浪亭、瑞光塔、留园、拙政园、西园、虎丘等地，前后5天画了20多张素描作业。之后又参观了孔庙、盘门、狮子林、贻园、文化宫、双塔、环秀山庄等处，虽然很累却很过瘾。

21日

苏州传统住宅测绘实习，我们一组测的是白塔巷李宅，其间陈从周先生还带领我们参观了玄妙观、周瘦鹃住宅盆景园等。

25日

开始画图，全体同学都提前完成了任务，我们组还多画了一张总体轴测剖视图，是绘制测绘图以来的第一次尝试，后来纳入陈先生《苏州旧住宅》一书。

绘图过程中为提高劳卫制指标，中途抽去30几人回校参加劳卫制锻炼和测验。

9月

15日 周一

劳卫制1级我们班已达99%，只有一名同学不及格。最近校党委又提出了国庆前达到100%二级及格的指标，我们只好干劲冲天的练。

晚8点，全班集合到操场锻炼，一

二九操场跑道周围拉起了电灯，达标同学陪着未达标同学一起练，跑了一圈又一圈。王茂松一边跑一边嘴里念叨着：毛主席万岁！毛主席万岁！（可毛主席并没帮他忙）差一点还是没过。张颐龄一晚上跑了好几个800米，越跑越慢，实在没力气再跑了，拖着疲惫的双腿回到寝室已早上4点多了。

18日 周四

今天上午是第一堂水彩课，大家都把绘画用具准备好，在北楼四楼美术教室等候老师到来，不时班长气喘吁吁跑来通知：党委决定我们建筑学一、二、三年级全体同学下放农村4个月，一方面劳动锻炼，一方面帮助当地建立人民公社，同学们高兴地谈论着这一话题，并去准备行装。

当晚我们又去操场挑灯夜战，王茂松顺利达标了（今天毛主席帮忙了）。可张颐龄跑了几个800米，还是不行，实在没力气再跑了，到后来同学们看他太可怜了，等他跑到操场那一头，灯光比较暗，几个同学架着他，生拉活拽总算达标了。

21日 周日

下午一点多乘车出发，三点多到达马桥，搬运行李弄床铺花了整整一晚，直到睡觉时才搞好。我们两个小班分别在两个生产队，每个小班再分成几个小组集体住在农民的房子里，和我们同时下来住在一起的还有本系教师，新的生活即将开始了。

23日

到公社里开大会，以后几天白天画壁画，晚上参加劳动，这里的一切都安排得很好，农民们对我们十分热情，当我们还没来时他们就开夜工为我们清理房间，砌好搭床铺用的砖墩，听说我们为他们画壁画，高兴得不得了。目前，他们正在着手建立人民公社的工作，开大会、辩论、座谈、写大字报。

28日 周日

昨天和今天整天都在扎牌楼，为了迎接国庆节。农民们称我们大学生是“文化大世界”，希望我们多为他们画些壁画，为他们多扎几个漂亮牌楼。

10月

16日 周四

近20天没有记日记了，实在也很难挤出时间来记。

每天早晨5点起床，操练后便没有空闲时间了，直到晚9点才结束。20日左右便要开始三秋大忙，大概要一个多月时间，届时将有大批劳动大军支援我们。在农村实行轮休制，一个月放两天假，今明两日我轮休，回到上海，来不及回寝室，首先去看了“55~57年苏联美术家作品展览会”，之后又看了苏联电影《列宁格勒交响曲》。

20日 周一

从上海放假回来，农村有了很大变化，农民吃饭已不要钱，两顿稀一顿干饭变成了两顿干一顿稀饭了。食堂扩大，我们第一次亲手盖房，过去从没干过，但房子却一点一点搭起来了，估计明后天便可落成。

11月

11日 周二

这20多天是农忙阶段，稻子已收完了，在割稻子的日子里，稻田周边都拉上电灯，每天从早割到晚，挑灯夜战。最后一天从早晨出工开始，一直割到第二天早晨5点，晚上11点多食堂里供应汤山芋，这时又累又饿，吃起来特别香甜，常国泰一连吃了三大碗，再去割稻时人都弯不下腰了，只好跪在地上割，实在太累了，倒在稻田里就睡着了，收工时却找不到他了。

之后便是挑稻，白天挑，晚上捆，最后一天开夜工挑，总算挑完收工回去睡觉了，11点多又被叫醒去支援14队，大家二话没说，又一直挑到深夜两点多。

这时我们饭量增加不少，用搪瓷碗吃饭已嫌不方便了，丁国宝利用放假时间到闵行镇上给我们每人买了一个砂锅，陈朝明更是买了一个钢精锅吃饭。

23日 周日

今天的劳动同往日一样，在队里坌地（油菜实验田），我们和农民一起，在田地里排成面对面的两行，一排用铁搭坌，对面一排用铁锹挖，要深耕1尺2。

由于早晨吃稀饭，一到工休时就饿了，于是田头就出现了卖糕点的小贩，他们的到来很受欢迎。晚上班长通知我，明天到公社报到帮助下放干部布置展览会。

29日 周六

大队指导员王辉向大家布置了今后的主要工作：教育革命、体育锻炼、公社规划、技术革命、除七害等。

不久我们便开始人民公社规划，大家都非常兴奋，明天便派人回校拿绘图工具。

12月

2日 周二

下午很多同学到马桥中学锻炼，并进行劳卫制二级达标测验，争取元旦前二三年级同学全面达标，放卫星。

今晚开始人民公社规划，晚上我们全

体下放同学集中在13队食堂，听民用院一工程师介绍人民公社规划的一些问题。

听说留在学校的城规专业开始了“大炼钢铁”。分组每4天一轮，日夜连轴，为国家1070万吨钢铁跃进指标努力添斤加两。把一些蛮好的废旧钢铁捶打成一个个千疮百孔铁疙瘩，怀疑思想抬头，上级开始强调“炼钢也是炼人”。

4日 周四

下午到13队听王吉鑫先生介绍关于虹桥华村人民公社、先锋人民公社规划步骤和规划情况的报告。

5日 周五

今天我们为队里修桥，要离开12队了，临走前为队里做一件好事，被修的桥行走很不方便，如今焕然一新。之后我们又为队里修了一水桥。

7日 周日

罗小未先生给我们上课，介绍规划方面的一些问题，从选址、布局到功能分区等谈得非常详细。

陈朝明等在修桥

晚上队里准备了非常丰盛的晚餐招待我们，这是12队的最后一顿晚餐，大家还喝了酒，郑友扬脸都喝白了，之后是小型联欢会，每个同学都表演了节目。

8日 周一

再见了马桥，再见了，12队的农民和下放干部们。清早整好行装，早晨8点钟离开了大队，临走时社员们又送给我们每人许多糕点，真是感激不尽。

中午12点多我们一组10人到达解放人民公社，将要开始日以继夜的公社规划。

11日 周四

每个公社都有我们一、二、三年级的同学，一、二年级同学搜集资料，三级同学进行设计。

下午，我们三年级10名同学分为两组，5人(刘佐鸿、俞文寿、丁国宝、陈朝明、赵秀恒)搞规划，5人(朱开墅、罗文正、郑经纬、施承继、李家元)搞建筑单体和基层组织。

13日 周六

今天全市总动员痛歼麻雀，我们全体同学也在诸翟镇附近棉花地里打麻雀，一天也没打到一只，附近的居民，爬树上房，

罗小未先生给我们上课(1958)

摇旗呐喊，轰赶麻雀，确有麻雀因精疲力竭而坠地，听说市区里打了不少。

29 日 周一

下午全体同学和赵汉光老师一起，拿着图纸、抬着模型，敲锣打鼓到公社献礼，社长并书记接见了我们，对我们大加赞扬，都为未来的新兴城市而高兴。晚上一、二、三年级同学一起联欢，都表演了节目。将要分别了，确实有些舍不得，他们将回校，我们还要继续参加大上海的规划工作，给我们的任务是金山县和几个工业区，一直搞到明年国庆，

马桥留影

马桥现场听王吉鑫老师上课

王曾纬在木工间

俞文寿在马桥代社员写决心书

在马桥劳动

赵秀恒等在马桥星星社12队集合劳动

向国庆十周年献礼。

1959年

1月

3日 周六

元旦几天假日回到学校，和同学到外面看电影《静静的顿河》，很好看，听潘玉琨讲，电影里的故事和电影的艺术

赵秀恒、刘佐鸿等参加人民公社规划

性，经他一渲染，没看过的同学更想看了。

晚上一、二、三年级全体同学到教工俱乐部开会，会上各公社设计小组献礼并分别介绍规划方案，之后座谈会，听取了各位书记意见，到夜半 12 点多才结束。

5 日 周一

早晨全体三年级同学开会，对各组方案提出了许多意见，并布置了最近日程：今天下午各队回去，17 日以前全部回校，17~25 日进行总结和整理，准备出版《同济学报》。下午三点半大家出发回公社，我和陈朝明另外护送模型到公社，晚 8 点多才到公社，天气非常冷，手脚都冻僵了。

16 日 周五

下午两点多由我们小组赵汉光先生向系主任冯纪忠教授和金经昌先生汇报方案，他们提了许多意见，要我们 25 日前修改好，并要做得更深入细致，准备送北京参加评选，为今年 4 月在伦敦举办的中国建筑展览会提供方案。

1 月 30 日至 2 月 14 日

寒假，今年寒假回家的同学特别多。

寒假 三年级　　　第六学期开始

2 月

16 日 周一

下午设计课发下题目：沿海远洋客运站及长江客运站设计，1 点半大家集合到十六铺码头参观。指导老师是王吉螽教授。

23 日 周一

晚上全系师生在一·二九礼堂开“教育与生产劳动相结合总结大会”，会上除了系主任冯先生和校长讲话外，还有设计院组、戚墅堰工地劳动组和我们下放农村劳动组的总结报告，会后还发了奖，我居然也得到了奖品。

28 日 周六

第二期《同济学报》出来了，我们每人送一本，同学们看到自己的劳动成果登在学报上都非常高兴，爱不释手。

今天上第二堂水彩课，老师是樊明体教授，听说他是很有名的水彩画家。

3 月

4 日 周三

昨晚我们专业全体同学在文远楼 106 听党总支书记传达上海工业会议精神，以及我系今后工作和如何掀起全系跃进高潮。

下午分组讨论如何制定班级跃进规划，讨论过程中又集队去送规划三年级同学，他们将下放宁波两个月。

24 日 周二

今天我们建三乐队成立了，大家劲头很足，下午开会定出了制度、活动时间（每周二中午）。

4 月

27 日 周一

傍晚，晴朗的天空，迷人的彩霞，在学校的每个扩音器周围，站满了激动等待收听人代会实况的人群。大家相视不语，微笑着等待，却掩饰不了内心的喜悦。“中央人民广播电台，现在播送一个重要新闻……”随着北京传来的佳音，一阵狂喜的欢呼在同济园里爆发了，人们的欢呼和锣鼓鞭炮声交织成了一曲狂欢的交响乐。

毛主席的亲密战友——刘少奇当选为中华人民共和国主席了。

谁也不能控制自己从心底里泛起的那股狂喜劲头，大家都想敞声大笑、放声高歌、手舞足蹈！和着那叫人兴奋的播音员的声音，我们组成了一支浩大的游行队伍，从南北楼走到同济新村。

5 月

6 日 周三

昨天总算把客运站设计图交上去了，同学们上板时间少，好多同学都连开好几个夜车，我虽然没开夜车但也紧张得够呛。昨晚去交大看清华大学文工团表演，他们演得实在好极了。今天下午清华大学建筑学三年级同学来校和我班同学举行联欢。

7 日 周四

晚上系里进行文娱汇演，我们班民歌演唱“小妹子”受到了热烈欢迎，男生光相一领唱，女生章斌欢领唱。

9 日 周六

今天早晨总算把新课程设计草图交上去了，这次课程设计题目是“莫斯科西南区居住小区公共建筑设计”，要求用最新的技术(装配式)1964 年、1965 年建造，系里把任务分给我们，我们一时还真的摸不着头脑。

24 日 周日

这次文娱汇演评奖，我们得了演出奖。

上午学校有马拉松长跑测验，我们班级有三名同学参加，一名因小腿抽筋没能跑到底，另两名成绩都达到了三级运动员标准，班级有好多同学沿路给他们送水、送食品、鼓劲加油。

6 月

1 日 周一

设计图今天总算画好，我们一组五个人搞了两套方案。

今天早晨有 2000 多人出发到松江支援当地公社夏收夏种。我们星期四才出发，明后天学习和准备，这次去两个礼拜，我们班到的地方最远，而且任务也最紧张。

5 日 周五

昨天本来要出发，只因大风大雨没能走成，休息一天。

今天醒来大好天气，吃过午饭赶快打好行李准备出发，去年也是 6 月 5 日下乡的。忽然班长跑来通知大家：我们不下乡了。下午一点三刻到西南楼后面去劳动，拆草棚、抬混凝土、敲钢筋。

13 日 周六

几天的工作都是断钢筋、弯钢筋、轧钢筋。就这样两周劳动结束了。几个中午没休息，看了两本小说《野火春风斗古城》和《红旗谱》。

17 日 周三

新的建筑设计题目布置下来了：在原幼儿园设计作业基础上，做扩大初步设计，7 周时间完成 4 样内容：平立剖面、结构布置、室内设计、门窗大样。

24 日 周三

下午劳动过后，班级召团开支部大会讨论许万英同学的入团问题，会上同学们对她提了好多意见，既是对她的关心，也是对她的热情帮助，很是感人。

26 日 周五

下午召开全校师生员工大会，由张木棠副书记宣布：原校长、党委书记薛尚实、党委副书记刘准的反党罪行以及他们是如何堕落成党内右派分子的。

昨晚在文远楼106由冯先生传达了最近在上海召开的建筑艺术座谈会。

8月

13日至9月15日暑假，之后四年级开始。

暑假从今天开始,同学们陆续回去了。

早晨开会：讨论王小澜小结，她受到留校察看一年处分；布置假期工作、公布考试成绩，最后通知下学期讲义费十几元。这样一来我不得不留下来参加布置展览会勤工俭学工作，收入可抵下学期讲义费。

下午和祁早春到中苏友好大厦联系工作，这里是“上海工业十周年成就展览会”目前任务很紧张，25日前一定要完工，他们缺美工和模型制作，希望我们明天就来。

14日 周五

中午一点参加布置展览会的同学集合出发，为联系住处打了很多交道，最后联系到大厦隔壁的卫星中学，我们住在一间二楼的教室里。

建工局韩工程师等人向我们介绍了这里的工作情况，根据需要我们进行了分工。

15日 周六

上午开始工作，一开始感到这里工作非常混乱，计划性太差……

我和陈汉昌在材料工业公司展台工作，他们有两个模型，模型大而粗，我们先和他们排了一个计划，以保证24日可以完工，根据计划今天开始了底盘细加工的工作。

20日 周四

上午美工组几位同学来帮忙，使我们的工作进度如期完成。

下午，张道正来此地联系军训同学的勤工俭学工作并带信说：徐品善同学明日回北京，问我是否一起回去。

9月

14日 周一

这学期第一个设计是“2000座剧院设计”，下午到人民艺术剧场和文化广场参观。

17日周四

下午设计课由赵汉光先生讲解影剧院的设计原理和基地概况。

课外活动时间召开全班会议，系党总支向我们布置了最近的任务。为了迎接国庆十周年，我们班停课两周，参加布置展览会和筹备游行宣传等工作，工作任务有：学校展览会布置；国家体育场模型修饰工作；革命历史纪念馆模型制作；去建委布置展览会；学校大礼堂模型制作和莫斯科西南区设计竞赛。我分在了莫斯科西南区设计竞赛设计小组，工作内容是搞甲种类型住宅，每人13~13.5m^2，每户为2、3、4、5人四种，我们一组4人。这次竞赛由建设部组织了三个单位参加，然后在北京做综合方案，现在综合方案已提出，但不能表达出每个单位的特点，所以我们再做一套同济方案，单独参加竞赛。

10月

1日

全校隆重纪念国庆10周年，晚上校园灯火游行，校领导都坐在南楼雨篷下，检阅游行队伍。印象最深的是“大象驼着万年青”黄鱼车彩车和城规四年级“和平女神”化妆表演，一女同学身披被单高擎火炬，站立在黄鱼车中的课桌上，在队伍中十分突出。

为庆祝国庆10周年，学校大门进行了美化，管式勤设计的方案得以实施，大拱下面悬挂折板，晚上灯光一照非常漂亮。

24日 周四

全校跃进大会，又掀“反右倾，鼓干劲”新高潮，大字报铺天盖地。

11月

18日 周三

今天起停课两周，搞突击性科研任务，党总支书记唐云祥向我们介绍了主要工作内容和要求，之后分组。我们组是莫斯科西南区试点规划设计组，冯纪忠先生介绍了整个工作的要求，图纸有60多张，12月15日前出图，因此非常紧张。

下午看电影《青春之歌》，好看极了。

12月

1日 周二

两星期过去了，天天开夜车，莫斯科西南区的图纸就要结束了。

上周六对今后课程有了新安排，从下周开始每天上午上课，下午进设计院结合工作搞科研，具体工作进院后再确定。

南京工学院杨廷宝先生来我校，顺便和四、五年级同学座谈，北京的新建筑在他介绍下更令人向往。

4日 周五

上午只上了一节课我和张宝玮便被叫去裱莫斯科西南区的图纸，图纸昨天在上海建筑学会展出后，今天下午要送北京，今天要裱一张封面。大部分图纸是裱画店裱的，每张 1.60 元，质量很差，有的图纸都被他们搞坏了。最后来不及了，部分图纸和封面我们自己裱，质量并不比他们差。特别说不过去的是图的标签，请书法家写了 12 个字，润笔费 12.00 元，不理想，最后还是让张宝玮写了张黑体字代替。

6 日 周日

从早晨一直到下午 3 点和几位同学布置我们班的“水彩作业”展览，本想搞十几张就可以了，没想到越搞规模越大，后来几乎每人一张，共展出了 75 张水彩作业，并向校内贴出海报，欢迎参观指导。

晚上做功课，可怎么也做不下去，停课停得简直不想上课了，从国庆前两个星期到如今一直没能很好睡一觉。

1960年

1 月

3 日 周日

上午7点多全班乘车前往闵行参观，我们乘的车是小起动大拖车，车身很长，一路上人们都用惊奇的眼光注视着车子，特别是车身上“迎接 1960 年”的字样。

车开了两个多小时来到闵行一条街，才一年多功夫，新的建筑物一批一批建成，街坊开朗大方，色彩非常明快。这儿每天都要接待成千游客，同学们一下车就连声道好！好！真好！

我们先参观了闵行饭店，该饭店只用两个多月就建成了，外形简单朴素，虽然有些施工质量不够好，但内部家具还不错。

11 点半全体同学前往马桥人民公社，到原来我们下放的生产大队访问，农民们热情招待，希望我们经常来玩。

6 日 周三

象征性越野赛跑任务是 54000m，从校门到五角场来回一圈算 5000m，我已完成 50000m，再跑个五角场来回就完成任务了。

13 日 周三

这几天都在温课迎考，这几晚结构老师都来答疑。明天考结构，快下夜自修了，结构老师关照我们早点回去睡觉，要我们不要紧张——这是跃进后的师生关系。

15 日 周五

上午正在复习功课，被樊先生叫去帮着布置四院校水彩、素描学生作业展览会。这个展览会由同济、清华、南工、天大四校学生美术作业组成，有作品几百幅，内容丰富多彩，我和张宝玮、谢祥鹤、管式勤、光相一、李实训等很多同学的作业也被选中参加展览。

下午4点钟全班开会，由支部书记宣读了一份法院判决书。

2月

8日 周一

开学了，上午全班开会，布置最近一周任务。最近三天进行科研交流，星期四开始进设计院边学习边实践。

11日 周四

上午进设计院，在全班大会上设计院副主任马智香讲话，之后宣布分工名单，共分4个室，一室工业，二、三室民用，四室室内设计，三、四室新成立，我在三室，我们组指导老师是黄作燊、王吉螽、王宗瑗、朱伯龙、王季卿等。我们组还有丁国宝、俞文寿、仇家凤、李实训、王学祥、李家元、吴为民等同学，第一个任务是上海三千人歌剧院，准备明年一季度施工。我的任务是专门研究和设计观众厅。

15日 周一

晚上全院大会动员大跃进，唐云祥书记介绍了外面的情况，会后分组讨论，我们歌剧院小组提出的口号是：七天超民用，五一超清华，设计达到国际水平，资料收集多、广、细、深。

18日 周四

晚上全院召开跃进大会，各室、各组纷纷提出跃进规划，树雄心、立大志、攀登科学新高峰。

22日 周一

系党总支决定在我班抽调刘佐鸿、郑友扬、王瑞官、汪启宗、潘玉琨、许万英、刘志筠作为小老师（后又补充了祁早春、劳智权、徐为煅三人）半工半读，边学边教，着实让人羡慕。

3月

9日 周三

歌剧院设计任务规定昨天完成，包括两套图纸和模型，昨天是三八妇女节，也来不及庆祝了，别的组同学都来支援我们，由十几人增加到四十几人，所有老师和同学都开了通宵，直到今天下午五点钟才把最后的图纸搞好，我和李实训一起送市文化局参加讨论，到会专家大都倾向于我们的方案，这可急坏了民用院陈院长。

21日 周一

今天到文化局，继续上星期六的讨论，两个单位全力以赴，黄作燊先生让我又补充了观众厅的一些问题，我们来了很多同学，大家对这次讨论非常感兴趣。

4月

4日 周一

上午去文化局讨论歌剧院方案，由于我们的方案设计指标优越，结构先进，造型新颖，最终在评比中胜出，上海建筑界元老赵深、陈植、汪定增等都投了赞成票。

26日 周三

今天举行全系文艺汇演，我们的现代京剧《东游记》非常成功。该戏以歌剧院设计的前前后后为中心，反映整个设计院的新面貌，以西游四僧为线索引出各个矛盾。由于我们在设计工作中经常拜访歌剧院、京剧团等单位，和他们交朋友，所以在他们协助下，解决了服装、道具等，演出中使用了录音、纱幕、追光灯等手段，前后有50多人上台，场面壮观，非常轰动。

5月

1日 周日

上午全校师生集会庆祝五一节，之后我们在榆林区主要道路上游行，11:30结束。

昨天校刊第一版整版特大号标题“毛泽东思想的凯歌”以两版8000多字篇幅刊载了上海歌剧院设计小组如何走群众路线，大搞群众运动，取得优异成绩。

7日 周六

今日召开“同济大学社会主义建设先进单位代表和先进工作者，学生先进集体代表和学习积极分子大会”，我们3000人歌剧院设计小组被评为“先进集体”出席校群英会，我作为学习积极分子也出席了。

9日 周一

今晚《东游记》参加全校汇演，由光相一演孙悟空，效果很好。汇演前发奖，全校有十个“群众文艺红旗班”，我们建四是其中之一。

20日 周五

上午小王先生拿来了市群英会对我们歌剧院小组的奖状和奖章，我们小组被评为上海市先进集体。

29日 周日

这是开学来第一个放假的星期天，上午到美术馆看“60年上海第一届美术展览会”，作品内容丰富，表现技法也高。在美术馆遇王茂松等同学，一起看了一场电影。

6月

22日 周三

今晚我们自编的反美时事活报剧《送瘟神》进行了第一次演出，效果非常好，同学们都激昂愤慨怒斥美帝的侵略行径。

暑假 五年级　　　第九学期开始

8月

1日至9月18日暑假，但我们要工作到20日。

8月1日起，食堂定量供应粮食，每人一张定量卡，吃一两划一格，我定量35斤。

9月

12日 周一

晨三点起床整装，校车送到车站，乘93次快车去杭州水彩实习。这次实习来之不易，班长张道正、许万英等亲自到杭联系吃住等。

在车上我们宣传保粮保钢，一路大家都很兴奋。上午十点抵杭，住在城隍山半山腰上市党校，环境很好，下午开始写生。

15日 周四

杭州从今天开始，在饭店里吃饭要粮票了，前天中饭我们在外面吃，非常开心，今天没有粮票就只好饿肚子了。

19日 周一

今日是杭州实习最后一天，上午在城隍山画写生，下午全体同学前往西湖划船，参观了湖心亭、三潭印月、花港观鱼等名胜，在湖心岛“小瀛洲”拍了许多照片。

傍晚八点多乘94次快车返程，夜半抵沪，因缺少汽油无校车来接，我们大家拉着板车拖着行李，边唱边走兴高采烈回校。

20日 周二

回校后大感气氛两样，增产节约运动轰轰烈烈开展起来，大种十边田，大力节约粮食，大力养猪，教学楼厕所的大便槽，把水关掉，用积攒的大便喂猪。

22日 周四

上午冯主任作报告动员我们分专门化，为适应发展需要，从五年级起我们将分为工业、民用两个专门化。下午宣布名单，工业建筑专门化21人，民用建筑专门化38人。

29日 周四

晚上班会布置下放事宜，国庆节后全院师生将赴青浦高教农场为粮多出一把力。

10月

1日 周六

国庆集会，校长讲话，然后全校师生在校内游行（以减少体力消耗）。

下午我们和建四同学举行国庆赛诗会，大家用诗、歌、画赞颂伟大的11年和全民增产节约运动，诗篇琳琅满目，有近200篇。

国庆夜大家集中在“一•二九”大

草坪狂欢，我们和建四、建六合为一个大圈子，舞跳得非常热烈。

3日 周一

上午八点全院师生乘车前往青浦高教农场，70多里路，开了3个多小时才到达。

我们排的任务是拔秕子，做为猪饲料，其他几排任务是捞水草、割青草等，全连主要任务是收集各种猪饲料。

晚上我们下放劳动连广播站进行了第一次播音，效果很好。

16日 周日

上午留在家里和徐品善一起发面蒸馒头，因没有经验把面和稀了，结果费了好大劲又搞到面粉把面和好，蒸出来一锅比一锅好，发得很大，同学们很满意，直到下午一两点才蒸完这130多斤面粉的馒头。

晚上全连部组织了告别晚会，通过场部邀请当地农民参加，联合社会科学

杭州小瀛洲实习

院一共演出了十几个节目，我们班的“四老伴”“养猪活报”都受到了非常热烈的欢迎。

19 日 周三

新余组十几名同学今天下午赴江西。

21 日 周五

校广播台要我们报道一下下乡宣传情况，一清早给他们赶出了一篇稿件。

下午设计院开会，曲则生副书记介绍了系里其他班深入增产运动学习，大鸣大放大辩论的情况，生动介绍了大家在运动中暴露的思想问题和通过运动后的提高。我们两次到外地去，在这方面学习较差，运动搞得不深不透。

大家分头写大字报，先是鸣放，将自己的看法想法提出来，然后经过大争大辩把这些问题搞清楚，以助大家思想提高。

11 月

3 日 周四

举行全系“革命歌曲联唱比赛会”。自选歌曲比赛时，前面一班刚唱完《在松花江上》，我们接唱《大路歌》和《河边对口调》，特别是《河边对口调》最后结尾时，唱得扣人心弦，歌声未断，掌声四起。

7 日 周一

自今日起，全校将掀起学习《毛泽东选集》第四卷的高潮。

12 月

4 日 周日

越来越感到生活上的压力，特别是粮食方面，总感到每一顿饭都没吃饱，特别是杭州实习回来后完全变了样，过去发的各种票证从没想去用，如今则必不可少了。

13 日 周二

上午剧院组同学听上海艺术剧院导演黄佐临先生专题讲座，内容是关于舞台的发展和使用要求，报告很丰富，并介绍了他们“七一”四十周年献礼节目。

31 日 周六

为使同学过个愉快的元旦，学校决定每十人可买一瓶罐头。

为劳逸结合，元旦活动全部在晚 9：30 前结束，听 12 点钟声的传统都打破了。

晚上活动贫乏，没有俱乐部、大观园活动，大草棚放老电影《我们村里的年轻人》看过，最后还是在阅览室里度过。

1961 年

1 月

17 日 周二

学期将要结束，我们在设计院实习

也将结束，最近各设计组都在准备答辩报告。

下午传达校长报告：整风和形势问题。目前社会生产遇到些困难，要发扬革命精神，不怕困难，战胜灾荒。精神面貌要振作起来，不要一天到晚老在吃上打圈子。

28 日 周六

今天剧院组答辩，这是整个答辩会第一炮。今天到会的除了建四、建五全体同学，还有很多来宾，民用院两位院长、唐工、文化局、戏剧学院等都有来宾。

2 月

1 日 周三

前两天工业组、两条街组、新余医院组、海运大楼组分别答辩结束。

下午各组同学座谈答辩收获和存在问题，之后全院师生拍集体照，一年来的设计院工作到此结束。

4 日至 19 日为寒假

寒假 五年级　　　第十学期开始

这次回济南春节供应不错，每人三两油、半斤肉、半斤鱼、半斤豆腐、半斤水果、半斤点心、一两糖、二两半粉条、两斤蔬菜。

28 日 周二

晚上传达市委两项决定：3 月至 8 月布票每人 2 尺 6 寸，又增加 5 类棉织品凭票供应；上海居民食油定量由每人 7.5 两降为 6 两。之后分组讨论，大家看到国家目前面临的困难，非常支持这两项决定，在今后日常生活中更要勤俭节约。

3 月

15 日 周三

国画组第一次活动，陈从周先生给我们讲基本技法练习，由浅入深很有道理，同学们对学习国画有相当兴趣。找到了好的泥土，泥塑组也活动起来了。

16 日 周四

翟立林先生给我们上“马列主义美学”第一课，讲得很好，很透彻，同学们听得津津有味。

下午农业劳动，劳动量很小，我们一组九人只有三件工具，休息时大家拍了不少照片。

晚上有讲座，吴景祥先生讲关于城市面貌问题并放了许多彩色幻灯片。

4 月

8 日 周六

清晨乘车往虹桥，给王孝和烈士扫墓。

之后到西郊公园春游，游玩拍照好热闹，只是衣服穿得少，冻得大家吃不消。

14 日 周五

班刊《知心话》出刊了，这一期内

容很深刻，几篇评论写得好，“艺坛”的内容更丰富多彩，这源于同学的支持，编辑的努力。同学们围着争看，非常欢迎。

5 月

11 日 周四

经过几天筹备，全班同学努力，“建五课外兴趣小组作品展”终于在今日中午正式向全校开放了。

16 日 周二

课外活动时间校文娱部召开了“建

西郊公园春游

五兴趣小组展览现场会议”，展览自展出以来参观同学非常多，起了相当的交流作用。

19 日 周五

借下午参观的机会，我和陈汉昌、谢祥鹤、罗文正、潘玉琨、王茂松、丁国宝等 7 人冒昧访问了程十发先生。

6 月

14 日 周三

冒着大雨，陈汉昌同学到上海美术馆借到民间玩具幻灯片 134 张，全部彩色，明天举办讲座，由王志英先生主讲“民间玩具”，今晚王先生先来看了一遍幻灯片。

24 日 周六

这学期课全部结束了，8 点乘车前往上钢一厂工地劳动，三周后为理论实习。这次去工地主要是通过劳动锻炼自己。

我和罗文正、谢祥鹤三人是混凝土小组，拉小车，看来工作蛮轻松的，可拉起来就不那么容易了，还真有些吃力。

由于劳动强度大，饭量剧增，粮食定量少于 36 斤的，每人每天最多补助 4 两。

7 月

1 日 周六

上午工地加班 1 小时，下午开始放假，同学们大都回家回校。

晚上看校文工团演出话剧《王若飞在狱中》直到 11 点多。

2 日 周日

我和张宝玮、郑友扬等在食堂吃了黄鱼面后，肚子痛得要命，到卫生科看了，吃了药后，又是冷又是热，犹如得疟疾一样，实在痛苦。

7 日 周五

上午我们一行 10 人到校验血，刘毅得了肝炎，和他有接触的同学都要回校检查。

18 日 周二

今天开始为期两周的理论实习，先参观各类居住建筑，然后写出论文报告（之后我们参观了旧式里弄住宅、新式里弄住宅、公寓、花园洋房、高级住宅、曹杨新村、闵行一条街、张庙一条街，等等）。

8 月

2 日 周三

晚上支部大会讨论王曾纬同学入团问题，这是我们班五年来发展的第二个团员。

6 日至 9 月 17 日暑假。

暑假 六年级　　第十一学期开始

9 月

28 日 周四

下午全班同学到虹口公园拜谒鲁迅墓，之后参观鲁迅纪念馆，在纪念鲁迅诞辰80周年的日子里，我们更要虚心、认真，老老实实向鲁迅先生学习。

30日 周六

上午课后全班集会，宣布对本班右派分子王××的处理意见，根据其表现和悔改情况，党委批准撤销其右派分子帽子，今后一视同仁，和大家一样有美好前途。

10月

2日 周一

国庆假期刚好轮到我们守卫值班，上午8点至12点在西南楼周围巡查。

12日 周四

下午听吴景祥先生传达国际建筑师协会会议情况及旅行访问观感，讲得很丰富，特别突出的是，我国国际地位空前提高，这次会议中，中国又连任副主席职务。

27日 周五

今晚交设计草图，同学们如临大敌，早起晚归何其辛苦。晚饭后美术作品幻灯欣赏，潘玉琨主讲，很精彩。

11月

3日 周五

昨日公布了关于布票的决定：自11月到明年底每人9尺。主要是几年来欠收，原棉紧张，为了解决粮食问题，也减少了一些棉田，因此有必要紧缩一下用布。

下午全校集会传达中共中央关于高等学校暂行条例草案（“高校60条”）

30日 周四

上一两周，系分会希望我给大家做一次关于泥塑的讲座，为了交流经验硬着头皮答应下来。今天课外活动时在文远楼131进行讲座，还放了“民间玩具”的幻灯片，听众不多也不少，据说效果不错。

12月

1日 周五

今日《人民日报》发表社论：高举“莫斯科声明”的马克思列宁主义的革命旗帜。

9日 周六

下午出席全校纪念“一•二九”26周年大会，会上团委表扬了73位有先进事迹的团员和青年。

23日 周六

为迎接新年到来，全校大扫除，为了摆脱臭虫困扰，同学们把铺盖行李全搬出室外，把木床放到大锅里煮。

30日 周六

所有课程结束，大学课堂生活结束

三好坞劳动(1961)

了，最后一个元旦也将来临。几天来我和吴剑琴、吴建楣一起策划了今晚的元旦联欢会：

迎春——全班一起迎新年，互送春联。迎春宴——全班少有的大聚餐，先酒后饭，为党、毛主席干杯，为全体同学的进步、团结干杯。欢乐舞会——小叙之后，边听唱片边跳舞，中间插演小节目，正是载歌载舞。快乐竞赛——五个题目：想一想；猜灯谜；动脑筋；立体音乐和快乐竞赛。名副其实，紧张、快乐，真紧张、真快乐。最后郑洪仪小组以22分获胜，奖品是副班长吴剑琴赠送的一瓶“果子露”，皆大欢喜。

金团夜宵——以徐品善为首的夜点采办小组为我们准备了丰盛的糕点。大家吃着甜美的糕点，感谢这些为大家服务的同学，许多有才华的人为大家表演了即兴节目。

祝大家新年快乐——在鞭炮声中结束了我们的元旦晚会。

1962年1月

9日 周二

上午城市规划课总结，老师讲我们这次课程设计是十年来建筑学专业设计质量最好的一班，百花齐放，各种各样方案、想法都有，教研室拟将我们的作业整理成一套完整资料，发给大家。

2 月

21 日 周三

从本周起开学，这是我们在大学的最后一学期了，我们也开始了毕业设计的历程，今天开始了毕业设计的参观。

4 月

11 日 周三

为了能在毕业时每位同学能得到一份建筑设计的参考资料，我们联系了教研室老师，借用教学幻灯底片，准备印成照片发给大家，今天和校摄影社也联系好了，开始了印照片工作。

5 月

3 日 周四

晚上全系毕业生大会，发“62 年毕业生工作志愿和工作地区要求调查表”并宣读了中央指示：今年毕业分配应专业对口。这一下我们如同吃了定心丸。

5 日 周六

下午支部组织团日活动，朱银龙同学被批准为共青团员，会上支部书记给他戴上了团徽，大家鼓掌祝贺。这时郑洪仪在我身后说：毕业前看你的了。他平时不善言辞，可心肠好，话语不多暖人心。

8 日 周二

下午传达周总理在人大会上的政府工作报告，全文朗读。事先通知不准作记录，也不准作回忆笔记，只能听入耳，记在心。

26 日 周六

今天开系代会，晚上要我们班的小合唱演出，招待系代会代表，大家建议演员每人带一枚纪念章，中午我和蔡威廉一起赶制了 35 枚自己设计的毕业纪念章。

晚上演出受到热烈欢迎，连连谢幕三次，得到与会代表赞扬。

6 月

22 日 周五

下午班会，罗文正和朱银龙同学传达了昨天毕业班代表座谈会精神，王涛校长北京开会回来，传达了关于毕业分配的消息，今年大学毕业生分配，国家全包下来。

29 日 周五

下午全班集会，党总支周书记传达了对某些同学的甄别问题，过去对某些同学进行了不应该的批判，给他们带来了伤害，现今检讨这些错误，并向这些同学道歉。

7月

5日 周四

自今日起，开始分组进行毕业设计答辩，今天进行的是“火柴厂设计组”和“游泳馆设计组”。

7日 周六

今天是值得纪念的日子，“七七”事变25周年。25年前，中国人民从此开始了八年抗战，最后终于取得了胜利。

今天也是我们小组毕业答辩的日子，一问一答好不快活，从此六年大学学习生活结束了。

13日 周五

昨日全班毕业答辩结束，自今日起开始放暑假，8月31日前返校，之后再进行毕业分配。

7月13日至8月31日为毕业后的暑假。

暑假 六年级 第十三学期

毕业分配

8月

24日 周五

接学校通知：本届毕业生延期至9月10日回校报到参加毕业班统一分配教育。

9月

10日 周一

今天报到，同学们大多来了，没什么事，都到我们宿舍聊天，女同学也都来我们宿舍做客，二三十人一起聊天，天南海北，可真开心，这种机会一天少于一天，

怎能不留念。

11日 周二

上午和张道正、吴剑琴、罗文正、吴建楣等一起商量毕业活动，打算有：毕业专场演出、毕业联欢会、毕业纪念品、毕业展览会等内容丰富，可时间比较紧张。

15日 周六

中午提前用膳，12点出发去文化广场，参加上海市1962年高等学校毕业生大会，会上由市委书记处书记曹狄秋副市长作报告，主要谈当前形势问题，会后观看了精彩的文艺节目。

20日 周四

上午开始小组讨论个人鉴定，这次不同于以往，本人不同意可保留意见，历年小结也都发还大家。下午公布分配方案：上海22人；北京7人；沈阳6人；武汉7人；成都3人；西安8人；解放军13人。

24日 周一

下午去北楼和大家一起布置毕业展

览会，我们将六年来的一些优秀作业、习作和毕业设计布置出来展览，很受欢迎。之后在文远楼前拍了毕业集体照片。

25 日 周二

学校团委准备搞一次毕业班联欢大会，节目以我们班准备的专场演出节目为主，时间定在 27 日晚，场子经费等问题都由团委解决。晚上全校毕业班同学和校领导在大饭厅聚餐，大家频频举杯，相互祝贺。

26 日 周三

下午二时支部大会，讨论我的入团问题，38 票全票通过。

27 日 周四

全班演员集合去公交一场大礼堂，七点一刻毕业演出开始，在全部 13 个节目中我们班有 10 个节目，每个节目效果都很好，特别是京剧《三不愿意》，演员很卖力，获得了轰动效果。公交礼堂只有 600 多个座位，可观众起码有 1000 多，很多人站着看完了全场演出。

演出后大家非常兴奋，聚在寝室里谈到夜半一点多钟。

10 月

1 日 周一

吃过中饭启步去章斌欢家，吴剑琴和她二哥也去了，大家在一起聊得非常开心。晚饭后大家爬到屋顶上看焰火，美极了！

没几天大家就要分手了，坐在阳台上谈个没完，一起向往着未来的新生活。

之后，我们一起回校，徒步游外滩，街上行人熙熙攘攘，好不热闹。

这是我们大学生活中最后一个节日了。

3 日 周三

上午举行了毕业典礼，分配名单要到晚上才能公布。

天洗兵，下起雨来了。晚上六点半各系公布毕业分配名单。

完了，大学学习生活全部结束。

跋

这篇大事记依据个人日记按时间顺序摘录编写而成，基本保留了当时的文字原样，当然，选定“大事”不可避免带有个人观点，这也是署名以示负责的原因。由于材料不够全面，非常希望得到同学们的补充修正，特别是低年级时两个小班尚未合班，彼此尚存隔膜，身在一班的我，自然对二班的事反映较少，尤其希望得到补充。

赵秀恒谨记

2008 年 10 月 3 日

我的文远楼岁月

林章豪①

我于1959年考入同济大学的城市规划专业。当时城市规划专业摆在城市建设系，地点在民主楼。入校时，我们同城乡建设专业一起上课，一年级下学期才分成城市建设工程专业和城市规划专业。我进校时建筑系已在1958年撤消，建筑学专业并在建筑工程系。1962年，将建筑学和城市规划专业并在一起，改成建筑系。我才正式和文远楼发生了关系。

城市规划专业是五年制的，我的功课一直都很好。我这里仅记一头一尾就可以了。“头”是指入学第一学期，我门门功课成绩都是五分（有《同济大学》报1960年4月30日城建系专页的报导《真是个好支书——记规一林章豪同志》）为证。毕业时，我毕业设计题目是“青岛住区规划设计”，是班级五名大组答辩同学之一。跟答辩委员20位专家一起参与答辩，完成了再分5个小组进行答辩，每个小组答辩专家4人，参加8个同学答辩）说明我们班级中五个参加大组答辩的学生是毕业设计较好的同学。果然，我毕业设计成绩5分，据答辩委员会秘书李锡然教授说，冯纪忠教授看了我的设计图后说：“这个人也可以搞建筑”，也因此，任凭青岛来学校担任答辩委员的杨总工程师再三要求，党总支书记周简就是没答应他的要求，没将我分去青岛工作，而是留在学校。

① 研究员，1938年11月29日出生，1959年进入同济大学城建系城市规划专业学习，1964年从同济大学建筑系城市规划专业毕业并留校。

同济大学建筑系城市规划专业1959-1964级毕业纪念 一九六四年七月十一日

1964 年，我毕业留在建筑系，初时留系的目的是作为业务接班人的。李德华教授后来曾对我说："当时留你下来是要顶替绿化老师潘百顺。"后来为照顾夫妻分居两地，他调上海铁道大学的。

六十年代是突出政治的年代，我作为一名在中学里就加入共产党的党员，就让我担建筑系团总支副书记，书记是许警生，另一副书记是阮仪三。不久，为了加强思想政治工作，学校党委决定要在每个学生班级设置政治指导员的制度，于是乎，我们一批刚毕业的年轻人，都去做了政治指导员。我被分配在 1963 年入校的城市规划专业班做政治指导员。

我是一个做事十分认真的人，既然做指导员就要做个称职的指导员。于是乎，为了深入学生中间，我住入了西北一楼 301 室。也就是最东头、对着楼梯的寝室，同学均住东侧这一段的宿舍里。天天和同学摸爬滚打在一起，我没有利用这些时间再去听课，继续业务学习，相反，开始大量阅读政治书籍，深入了解学生状况，查阅所有学生档案，有的放矢的开展学生思想政治工作。目标就是让他们能朝又红又专方向努力，有所进步。奇怪的是在“文化大革命”中竟然有同学贴我大字报，说我是鼓励学生走“白专”道路。这也说明，我在引导学生学习专业知识这一头，确实没偏废，没有只突出政治。

这里我只记录我和几个学生的关系，从中可以窥见我的学生管理观。

徐官玉的父亲早逝，母亲改嫁，他跟着继父生活，是一个缺乏家庭温暖的学生，他很早就同邻居女孩子处上了(这在当时是不被允许的，发现了要勒令退学)。小家伙对我很信任，对我没有隐瞒。但我很担心思，再三叮嘱他，再也不能告诉别人，并要他保证，在相处期间不能让女方怀孕。毕业以后，他分配在枣庄。20世纪80年代，他调回上海，在市规划局工作。遇到他时，我第一件事就问他，结婚了吗？夫人是哪里人？他说：“林老师，还是大学里告诉您的那一个啊”我的心终于放下来了。

第二个给我坦白谈恋爱的学生是丁俊清，对象是浙江衢州人。同样，我没有对他进行处理，只是告诫他，在一起不能乱来。毕业前，他女友到上海找他。他对我说：“女朋友来上海了，我没有钱。”我当时给了30块钱(足足半个月工资)。毕业后，他被分配在温州，曾任规划设计院院长，后来他一次来上海，硬要拉我上街买套西装。我说：“我小舅子做服装的，西装正式穿得很少，婉转回绝了。”

第三个学生李冬生，来自农村，毕业以后分在新疆。离开学校时，他这个曾开会批判我的人，却向我借20元(三分之一的月工资)。不久，我收到他的信，说接家人都到新疆去了，20块钱就免了吧。其实，借给他就没想要向他讨还。改革开放以后，他调回湖南益阳，后来任益阳市建筑设计院院长。在任时，曾派员工来同济进修，一次，益阳设计院来进修的员工上我家来，背上一个水桶箱包的皮蛋说：“院长叫我送给您的。”在整理时，箱底下的皮蛋扁了，太多了。

第四个学生叫高文，为了有的放矢地做好思想政治工作，我几乎把班上同学的档案，都过目了。高文的档案很特殊，只有一张高考报名登记表，我好奇怪。询问高文，他什么都不肯说。因此，我向党总支请示以后，就到他老家河南新乡的农村调查。到他居住地所在的派出所了解，让我大吃一惊。派出所的同志把两本厚厚的

城规68届毕业合影，前排左起：李冬生、王忠清、陈晓丽、工宣队员(后不详)、束锦华、胡秀娣、华静宜、黄施政，中排左起：高文、丁俊清、刘正彩、工宣队员(名不详)、夏志朴、陶佩仁、吕尚和、韩宗和，后排左起：工宣队员(名不详)、张庭伟、徐子川、魏清朝、黄道华、杨泓城、徐官玉、金立达

反革命集团案子卷宗放在我面前。原来，1961 年高文已是西北农学院的在读大学生，在“三年自然灾害”时，发表当时看起来是不当言论，被学校勒令退学，档案留农学院。按当时政策他是没资格再报考大学的。接着我细心查阅案子的宗卷，从内容分析，我个人认为这是一个落后小圈子，作为反革命集团还上不了这个纲。于是，我摘录点材料。回到学校后，我向党总支作了汇报，并谈了自己的看法。在获得组

城规68届毕业合影，前排左起：李冬生、王忠清、陈晓丽、胡秀娣、工宣队员(名不详)、東锦华、华静宜，中排左起张庭伟、高文、丁俊清、刘正彩、陶佩仁、夏志朴、吕尚和、韩宗和、金立达、黄施政，后排左起杨泓城、徐子川、施锦飞、魏清朝、黄道华、工宣队(名不详)、徐官玉

织同意后，对他也没作任何处理，只把他的团支部宣传委员一职给撸掉了。

第五位，是上海学生张庭伟，出身是职员，他有上海人的精细、好学的传统。他也经常到我的宿舍聊天，他常常看中的是我学生时代的水彩写生作品，记得向我讨过一幅。毕业以后他分配在陕西延长县。记得延安建博物馆，柱头的一个花饰选中他设计的，他很开心，专门写信给我，还曾经寄了一卷黑色羊毛线给我。后来他考回学校作研究生，他现在是美国伊利诺大学教授。

第六位，是来自农村的刘正彩，毕业后分配在上海《文汇报》社。为什么工宣队会将他留在上海呢？我猜想就是学习毛主席著作很认真。他到我宿舍喜欢看的是我的书架，一次看到《简明哲学辞典》要借，我借给他了。毕业时，他看到我身上穿的“的确凉卡叽”青年装，竟然也说：“林老师借给我穿几天”，我也借了。当然我知道，借了就不可能还的。

从上面就可以看出，我跟同学的关系很融洽。原因有几个：一、在那个突出政治年代，我始终没有忘记要他们读好书，而且我给他们已经作出了榜样，赢得了好印象。二、对当时所谓的问题青年，如违规谈恋爱，进大学了就和农村的妻子离婚等，我没借机整他们，而是在调查清楚的基础上，以批评教育为主。对他们始终从爱护的角度出发，宽容了他们。在他们看来，我应该是可亲的指导员。

1964 年 12 月开始，至 1965 年 3 月，我作为政治指导员带领我所在的规二班级参加崇明县的社会主义教育运动（四清运动）。当时，作为学生参加四清有几个任务：一是住进贫下中农家，调查干部四不清问题；二是参加劳动锻炼，每周平均有一天劳动。三是结合劳动和联系自己思想实际，写锻炼日记或思想汇报。班上学生都能较深入认识自己存在的问题，写思想汇报。比如联系自己出身谈认识，联系看红楼梦，批判思想消沉和颓废，等等。因住得分散，我几乎每天都跑学生驻点，和他们谈心做思想工作，无形中增进了和学生的情感。

1966 年 6 月 1 日《人民日报》发表“横扫一切牛鬼神”文章，宣告“文化大革命”开始了，1966 年 6 月 13 日，同济写出批王涛的第一张大字报。1966 年 8 月毛主席多次在天安门广场接受赴京的红卫兵。我跟同济红卫兵赴京，接受第三次接见。这段时间，我思想十分疑惑。记得进校不久，作为一名学生干部参加在“一•二九”礼堂举行的干部会，在校长王涛进行学校环境卫生工作动员时，气氛十分热烈。最后，副校长吴之瀚代表干部表示决心时，大家起立，热烈鼓掌。我心想，共产党校长的威信真高啊。怎么一夜之间，一张大字报要打倒王涛了呢？百思不得其解，从心理开始产生：政治不是好惹的（高中已有“反右”），要尽力避开这政治的旋涡的中心。这时教职工明显分成两派，一派要保王涛，一派要打倒王涛，并成立两派的组织，造反的叫“东方红”，保守叫“红旗”，他们都要发展我，我均婉转回绝了，因为我实在弄不懂、想不通啊！在这两派的斗争中，“东方红”终于把“红旗”压下去了，1966年11月，“红旗”自行解散。

我所在的班级是“东方红”兵团下面的建筑系“遵义公社”的红小兵战斗队。为了显示革命，红小兵头头金立达、刘正彩、高文，组织了一个对我的批判会，事前还写了几份无中生有的批判我的大字报，甚至反过来污蔑我有男女关系问题。这个班级另一派以萨本纯为首等一大批人反对这样做，结果出席批判会的人寥寥，不了了之。事后有学生告诉我，写大字报的是高文。1966年10月，跟随“红小兵”班级步行长征到金华，我觉得太费时了，就一个人乘火车至南昌，独自一个人从南昌步行上井冈山，去瞻仰革命圣地。

有一次，上峰要我组织一些批判活动，和几个年轻教师几经商量，他们说，要么批判冯先生的“空间原理”，那次我也违心地同意了。为什么说是违心呢？那时，建筑系红卫兵“遵义公社”办有个油印小报《遵义报》经常登一些批判文章，“红小兵”的丁俊清写了批判“空间原理”的文章，来征求我的意见。其实早在1964年，“设计革命化”运动时，也有涉及这方面的内容，看了以后，我总感到批判没有说服力，小丁的文章也有些问题，我劝他不要去投稿，并特别指出，空间要适应人体活动的尺度是正确的，你把它批判为不区分人的阶级性，不应该。人的尺度是对人的最普遍的概括，没有错。他不听意见仍去投稿，登出来了。我心里确实认为“空间原理”没什么好批判的，尽管我对它的认识还很肤浅。后来，批判会也是寥寥几个人发言，不了了之。粉碎“四人帮”之后，丁俊清给我打来电话，他说：“看来，我批判空间原理是错了。”这自然是后话了。

1967年1月上海成立“人民公社”，后改为“上海革命委员会”。这时毛主席号召学生“复课闹革命”。学生“临时抱佛脚”，作了些补课。1968年8月，工宣队、军宣队开始进驻学校，学校成立了专案组，建筑系也成立专案小组，我不是专案组成员，没有参加专案小组。

这时，在工宣队主持下，我担任指导员的城规68届，由工宣队主持毕业分配，几乎没有征求我一次意见。由于学生毕业，我这个指导员也就完全无事可做。这时，

民用教研室在宝山罗店劳动，张振山(一排)，张耀曾(二排右)，三排臧庆生(左一)、陈光贤(右一)，四排(左起)庄荣、林章豪、刘云、史祝堂、朱亚新、李铮声

整党也告一段落，建筑系临时党总支决定派我到陌生的民用建筑教研室任临时党支部任书记。副书记是刘云。1969 年，“一号通令”发布，全国进入备战状态，进行大疏散。我带领民用教研室的教师疏散至宝山罗店。在罗店有七八个月，不能学业务，不能学外语，无所事事。

一天我们住屋场的晒谷场喧哗起来了，原来是生产队正给母猪配种。大家竟然去围观，包括女教师。这确实是城里看不到的景象，颇为新鲜。

我们住的地方离罗店镇有几里地，要划船去镇上买米。一次，看到岸边有一只甲鱼，三个人把船靠上去，把甲鱼抓住了。一看，它跑得不快，是曾经被撑杆戮过，背上的戮洞依稀可见，只不过新皮又将戳洞复盖了。当然，又是一餐美味。

有一次，家里给我寄来几斤鱿鱼干。我心血来潮，决定做一顿潮州“鱿鱼粥”。先把鱿鱼干温水泡半小时，开刀花，切片，压在洗好的大米底下，生火烧粥。水开以后，把切好的五花肉肉片和冬菜投入，再翻捣一番，就可吃了。结果大家胃口大开，一大锅鱿鱼粥吃得干干净净，我很有成就感。张耀增、朱亚新还特别详细地询问了如何制作。

从罗店回来后，有时也安排劳动，接受再教育。一次，我们被安排在上海耐火材料厂劳动。当时是夏天，睡在大仓库，每个人有一草垫，因近黄浦江，仓库门口是一大片杂草地，蚊子横行。有一天，刘利生老师很早睡了，鼾声如雷。正当大家乘凉后进去睡觉时，被扰得实在不能入睡，引起极大“民愤”，有的人又陆续走出去了。在忍无可忍的情况下，赵秀恒代表大家采取了行动，将刘利生的蚊帐拉了洞，引来了蚊子的狂轰滥炸，终于“唤醒”了刘老师。至此，大家赶紧入帐睡去。从此，刘老师再也不敢早睡了。

1970 年，学校在安徽歙县红卫农场建立“五七干校”，1972 年我又去干校改造一年。这时，学校也开始招收工农兵学员。1972 年，中央行文，要求大、中、小学生可以寒假分期分批地安排野营拉练，从干校回来的我又走上拉练之路。

1976 年，周总理、毛主席相继逝世。同年，粉碎“四人帮”。同济党委为了清查“四人帮”的死党，成立运动办公室，我在金正基领导的材料组里，参与材料整理工作。1978 年 9 月学校为李国豪平反恢复名誉，10 月学校任命新的领导，党委书记为黄耕夫，校长为李国豪，也是在这一年我被调去任李国豪的秘书，这使得我有许多机会接触李校长，特别是晚上，我常常到他家里去，同李校长聊天，同李沪曾，李乐曾也经常有交流，深为李国豪校长的爱国精神、学问钻研精神，以及被他不折不挠执着追求真理的精神所感动，写成长篇报告文学《用心血浇铸大桥的人——记力学、桥梁专家李国豪》(刊登在《上海文艺》1978 年第 4 期上)，《上海文艺》杂志是《上海文学》的前身。记得当时任主编的茹志鹃在编辑们面前表扬了我，说“一个业余作者能作如此深入采写，值得学习”。这是第一篇全面描写和报导了科学家李国豪校长，在全国产生巨大的影响，湖南人民出版社还把它收入 1978 年 9 月出版的以科学家为对象的专集《亚洲大陆的新崛起》。以后，校内外大量报导李校长的文章，都引用我这篇文章里的很多材料。

至此，我昏昏噩噩走出被三次火烧的文远楼。

走出文远楼之后，由王零书记点将，去当了《同济大学》报的六年主编，后又被江景波点将，当了校长办公室副主任、主任。在高廷耀校长任上，我由主任改任处级调研员。在吴启迪校长任上，我协助她筹集了不下两千万元基金，为学校的发展作出重要贡献。在校办一直至 63 岁退休。后来在万钢校长任上，返聘至 71 岁完全退休。在同济读书和工作整整五十年，这自是后话。

在这期间，68 届毕业的我班级学生，有好多单位纷纷要提他们当干部了，他们所在单位都到学校来调查他们“文革”期间的情况，我在不违背原则和事实的情况下，基本都说了好话。在 2007 年，同济建校 100 周年纪念，在他们毕业近 40 年会后回到学校，许多人到我新家里看望我，看到家具不全，于是由山西省建设厅副厅长夏志朴、建设部总规划师陈晓丽发起，各自自掏腰包，凑齐了好几千块钱，给我买了一个很好的冰箱，使我十分感动。这也是后话。

也许人们会问，走出文远楼之后，有没有想回去？的确，中间曾想回去。为什么下不了决心呢？原因有两个：一是外语太差。我中学学英文，大学改学俄文。在“四清”“文化大革命”中又太老实，没能安排点时间读外文，以致全荒废了。我深知，在大学里担职，外语不行，就立不住脚。二是一次和董鉴泓谈心，说很想回去教书，他突然说出一句：“现在还有教师说你是红小兵。”就是这句无心说出的话，让我回去的心，全部冷却下来了。我想，“文化大革命”中，我没写过批判老师和党组织领导的一张大字报。对“红小兵”的许多行为也还是有规劝作用的，作为一个红卫兵组织的班级的指导员，却也要背上莫名的十字架，无辜遭人家背后指指点点，何必呢，何苦呢！想了想，决定不回文远楼了。

1958~1964文远楼学建筑记事

张皆正①

从1958进入同济建筑系到1964毕业设计答辩、直至毕业，文远楼是我们、上课、绘图、设计、会议等进出最多的大楼。文远楼是建筑学学生的“家”，文远楼也是同济建筑中我的最爱。文远楼——虽然不像南北楼那么高大、鲜艳，却体现设计者精巧的构思、运用朴实的色彩，无论哪个方向、哪个角度均有起伏变化、经久耐看，越看越有“趣”，似乎隐藏着建筑设计的种种秘密构思。

入学后的的农村劳动

我1958年进入同济大学建筑系，报到后发现这个班人数多达120多人，是个超级大班。大班中有来自上海各区中学毕业生、还有来自工、农、兵速成中学的30余人。

入学后、领导宣布整个大班前往上海县马桥村参加为期三个月的劳动，要求同学与农民同吃、同睡、同劳动，我们开始从未有过的集体生活。男生住在一个大平房里，架起了十几个从学校带来的铁床，撑起每人带来的蚊帐，一个超级大寝室诞生了。

清晨出操、田间劳动、食堂用餐、工间休息、读报学习或工后开会成为我们每天的生活的内容。

① 1939年12月生，男，浙江鄞县人。1958年进入同济大学建筑系建筑学专业学习，1964年毕业。教授级高级建筑师，曾任上海民港国际建筑设计有限公司总建筑师，上海现代建筑设计集团资深总建筑师，中国建筑学会理事。

我以前从未参加过农村劳动，身体瘦弱，确实面临一次重大考验。例如开河挖泥，看农民铁揪挖土好似容易，脚用力两三下，一块20厘米立方的黏土轻易挖起，装入竹编畚箕中被人挑走。当我一试时，脚无法像农民那样把土一压到底，得三四次用力方能达到他们的深度。挑河泥时，人家一挑两担，我根本挑不起，即使减少一半挑起来，走路还是摇摇晃晃的。

在住处前留影，前排：薛治华、曹余荣、侯海宝、赵造、洪声扬、黄族荫；后排：肖应海、梁廷泰、沙济文、姜炜峰、张皆正(1958)

秋收收割水稻时、因为水稻田地里潮湿、我穿上母亲为我买的新胶鞋，在水稻地里工作了半天后就腰酸背疼。在割水稻时，我拿镰刀的手用力过猛，一不小心随着稻子割下，镰刀尖部却割破了套鞋，伤到脚侧，皮肉虽割破不深，却把胶鞋割出一个大口子，新胶鞋成了漏水的胶鞋。

当年，上海与全国一样、吃饭都要使用粮票，每月30斤粮票在农村劳动时已吃不饱了！但在当时的马桥村、秋收后我们每天吃饭不需要粮票，可以随意吃、敞开吃。遇上了“吃饭不要钱”浪潮，雪白雪白的大米饭可以敞开肚皮吃得饱饱的，而且新米特别香、真是令人难忘啊！

1958年参加人民公社规划

在马桥劳动了二个月后，上海郊区展开人民公社化运动。

同济大学建筑工程系领导决定组织建筑系师生参与到这场人民公社规划中去。当即，若干个由建筑学三年级学生为主，二年级与一年级学生参与的人民公社规划设计小组奔赴各个上海县已成立的人民公社。我们一年级学生也分成多个小组积极参与其中。

我与一些同学被派往上海县杜行镇参加由三年级老大哥领导的上海县八一人民

公社规划队伍。我们在上海县杜行镇住下，以当时建筑学三年级为主、还有建筑学一、二年级同学参加，我班约有六、七人。还有部分规划与建筑老师参与指导工作。

我们是进入同济后没有在课堂上过一天课的学生，当时既不懂规划设计，也不懂建筑设计，一窍不通的我们只能跟着老师与高年级老大哥参与其中了。

第一阶段是调查研究、收集资料。因为当时还没有复印机，需要抄写大量的基础数据资料，我们按前一天晚上的研究，到镇办公的地方找到需要的资料后，不断抄写人口数、土地面积数、建筑面积、使用面积……

在规划设计阶段，我们观察高年级的大哥、大姐各自构思设计、提出并介绍各自的设计方案、在辅导老师指导下比较方案的优劣，结合当时与未来发展的可能逐步选定方案。讨论中各抒己见，或是争论，通过比较寻求方案的合理性。我们开始认识公社规划的一些步骤，为后来学习城市规划打下了一些基础。

在每天清晨或设计空隙之际，我们在农村小镇可欣赏到或宁静的清晨，或热闹的集市、朴素的粉墙与黛瓦。人民公社规划设计成了第一堂人民公社规划课，也成为认识农村小镇的社会实践课。

1960年上海木器厂劳动、实习

大约在 1960 年 5 月，建筑工程系在我们大班抽调出一个小班的学生，计划培养室内设计专业目标发展，我也被调入此小班。作为刚入建筑学班大门的我们，听负责此专业的史祝堂老师讲此专业在国外先进国家是专门培养建筑室内空间装修的专业，而且可延伸到与室内相关的各种家具、灯具、陈设等。因这个专业的需要，同济要走在前面，因而决定创办“室内装饰与装修设计专业”。我们 20 来人集中起来，由于此专业的基础课与建筑学基础课相同，因而仍与建筑学大班一起上基础课。

这一年，系领导安排我班结合室内专业的要求去上海闸北区的飞跃木器厂劳动实习。我们被分别被安排到木器厂的各个车间，有的跟工人师傅学做木工活，我与另一同学被分配到油漆工段跟老师傅学做家具的最后一道工序，即在完成大衣橱的组装后做外表面的“腊克”面层。此前，我们对此均一窍不通！

工厂有关部门在我们同学到厂后的第一天就向我们讲解家具制作的全过程与工

在飞跃木器厂门口留影，前排：杨希美、高丽英，后排：姜炜峰、张皆正、陈金寿老师、厂方人员、梁廷泰、沙济文(1960)

离开上海飞跃木器厂，将师傅赠送的小写字台装上车。车上：洪声扬，车下：左2 张皆正、左3 曹余荣(1960)

艺流水线、加工用的机械必须注意安全与手工工具，等等；也介绍了木材的种类、处理与选择，特别谈到安全工作的重要性。我被分配到家具的最后一道工序——“腊克磨光”工段当辅助工。

基本装配完成后的“白坯”家具进入我们油漆工段。作为高级家具并不是涂刷上油漆，而是做“腊克”。师傅介绍其大致步骤为：草酸清洗—打底批嵌(微小孔)—干后磨平—再批—再磨—上洋干漆—干后磨平(重复三次)—清腊克。

厂里有经验的老师傅还给我们讲了西式家具主要有德国式、大英式与花旗式等；传统的中式家具特征是：脚部的“罗头”、纵横木交接处的“大夹角”与“小夹角”及“回纹”。

实习结束时，我们十分感谢家具厂领导与工人师傅给予我们的大力支持，厂长也将厂里为我们专门制作的一个小尺度的写字台送给学校。

1961年扬州水彩与测绘实习

1961年7月的扬州是我们大班“水彩画”实习、接着“历史建筑测绘”实习的地方。当时我们住在“文昌阁”一侧的第一招待所，每天出门就见到三层八角砖木建筑的“文昌阁”。这一个月我们始终沉浸在优美、雅致的扬州古城氛围中。

起初我们在扬州的知名景点如瘦西湖公园、五亭桥、莲性寺白塔附近选景画水彩；也在扬州不少私家园林如个园、寄啸山庄、片石山房、小盘谷内画画，享受私家园

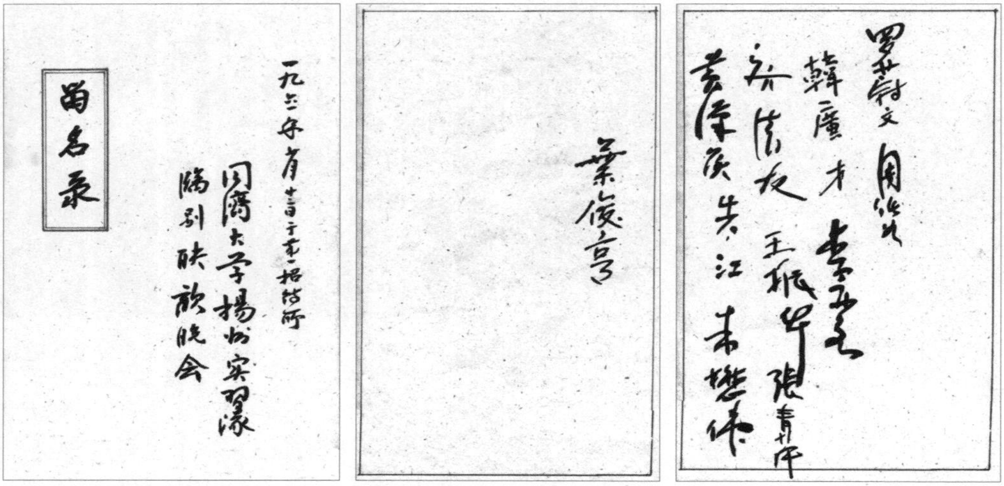

扬州实习队临别联欢晚会留名录

林的宁静。

水彩实习翻到以前的画作就能回忆起当年的景象，但是由于记忆力衰退，对于后阶段的测绘实习我已记不起与哪几位同学合作测绘了哪一幢建筑。

得到同班同学潘燮元的协助回忆：“那年高温无雨护城河都干枯，又是困难时期，进餐只有蔬菜，每天来回作业，爬高丈量、汗流夹背。”想起测绘中最麻烦的是建筑屋顶部分的测绘高度，那就要借用长竹梯小心地爬上屋顶，这样的活儿胆小的我是不敢爬上去的。那我就在下面按照量到的尺寸边记录边画草图。

潘燮元测绘实习时测绘的是扬州绒花厂及京剧学校，在测绘期间每天看到京剧老师在一对一教唱京剧，老师唱一句，学生跟一句，手中还用折扇在桌上有节奏地敲着板眼。绒花厂及京剧学校，原本是一所私人豪宅，有好几进，后面有个很大的后花园，两边都是高墙，这是用作防火的逃生通道的烽火巷。

在完成测绘实习后，为了感谢扬州市文化局与城建有关方面对我们的大力支持，离开扬州前开过一次临别联欢会，邀请扬州有关部门前来招待所参加联欢。会前陈从周先生要我做一份来宾签名册，我找来白纸裁成八开大小，用红墨水笔加工成传统式的签到册，并请陈先生写上“一九六一年七月二十二日于第一招待所 同济大学扬州实习队临别联欢晚会”及“留名录”三个大字。保存至今的“留名录”中记载了当晚有扬州文化局、扬州城建局等单位的领导与工作人员有：罗蔚文、周任如、韩广才、李亦名、齐清友、王振华、张青萍、黄汉侯、朱江、朱懋伟等到场。

联欢晚会上同济实习队师生对扬州文化局与城建局有关部门深表感谢，为此实习队师生表演了不少节目，有王淑琴的笛子和胡珊珊等女同学用扬州话唱《扬州酱菜实在好》，博得满场笑声和掌声，该节目还作为大班的保留节目在同济大学演唱。1984 年上海科技出版社出版的《扬州园林》(陈从周编著) 也是扬州实习成果的延伸。

戴复东老师的教导

戴复东先生在我设计体育馆时直接指导设计，每次改图都是启发性的提问，与我谈自己的设想。当时我把很想做个新型的大空间来突破体育馆方盒式的概念，戴先生给我又讲了建筑造型与建筑平面与剖面设计密切相关，要平面、空间均有合理性，内与外也要有合理性。

离开同济前戴复东先生赠送我"北望孤山"的画(1964)

1964年毕业离校前我前往戴先生家告别并感谢培育之恩，在先生的书房中只见到处放着一叠叠的书籍、杂志，可见是个十分用心做学问的人。临走时戴先生还赠送我一张他两年前在杭州画的炭笔速写“北望孤山”，留作纪念。毕业后我有时会在建筑学会或设计方案评审会上碰到戴先生，继续得到他的指导。

1999年中国建筑学会窦以德秘书长组团访问台湾，参加两岸建筑学术交流会，上海方面参加的是戴先生与我两人，我随同先生住宿、参加会议。共同参观学习一周中，学到戴先生热情待人、学术交流一丝不苟的好品质。到台中，戴先生有一个在同济学习过的台湾学生，获悉戴先生来台，邀请他前往其任教的逢甲大学。我随戴先生前往逢甲大学参观，还看到了贝聿铭先生设计的小教堂，傍晚他还请我们在“耕读园”品茶。

2006年中国工程院院士、教授、博导、同济大学建筑与城市规划学院名誉院长戴复东先生还为我出版作品集写序。

文远楼128的毕业设计答辩

文远楼是我1964年4月毕业答辩的难忘之处，我至今还保存着那时答辩的照片。我的毕业设计是10万千瓦火力发电厂设计，整个半年从老师专题讲课到专门设计发电厂的华东电力设计院实习；从参观上海吴泾发电厂到江苏望亭参观新建成的大型火力发电厂。熟悉发电厂的工艺、布局、设备大小，占用空间大小，直至发电后粉煤灰的利用，等等。

毕业设计答辩就在文远楼西北角的一楼阶梯教室进行，教室的前排是答辩委员座位，除了同济的教授、老师外，也请来了华东设计院的鲍尔文先生、民用设计院的华家熙先生与电力设计院的先生。紧张的氛围中，我讲述了我的设计思想与电厂的工艺路线及建筑设计布局、平、立面处理与废气排发与废物排放。

在介绍后又针对各位外来先生与教授所提问题、准备后回答了他们的问题，经答辩委员会讨论后公布了“通过”的结论。

庄秉权教授与关天瑞、朱可英先生等是毕业设计的指导老师。总图做到初步设计，建筑做到技术设计深度，结构要做到结构选型，还要考虑到施工、建筑构造详图。

张皆正在“10万千瓦火力发电厂”毕业设计答辩会上(1964)

与朱膺老师的友情

我们在同济建筑系老师的精心培育下成长起来，踏上工作岗位后也能在不同场合如上海市内一些项目的咨询、审查会上聆听老师的指教。

朱膺先生我最早接触的美术老师，上课时十分严格，记得在二年级画石膏头像时，我总是喜欢在草草地打好轮廓后细细地描绘眼睛细部，一次朱先生在教室中大声地叫我的名字，说为什么不按他要求的步骤画！朱先生严格要求拨正了我自幼养成的习惯。

离开同济以后我与朱先生仍保持着联系，他是上海美术家协会油画组的负责人之一，我有时会去他家中看望他，也能看到他的油画新作。2003 年 12 月 10 日朱先生在《文汇报》上发表《飞光嚼彩云——纪念吴大羽师百年诞辰》一文，2004 年春

看望朱膺老师(2001)

节前我去朱先生家，看他的油画新作，也谈起我的建筑设计工作。后来朱先生给我一函写到：“(吴大羽)对艺术的卓越，超前创新，特予实事求是的肯定。他的画不能从“画什么？像啥啥”的一般审美观去理解。他十分重视把握瞬间即逝的既新又美的感觉予以诗意及乐曲的交响节奏以更高境界的美，这一创新的画面，不仅是东方，也是世界的。“在建筑设计中，可能也可得到点新的启发，以资共勉也。”他勉励我在此道路中不断前进。

(本文曾蒙同学潘夔元协助回忆提供资料，在此一并致谢)

猜想与怀念

齐子春①

我从北京分配来建筑系是1965年，但因为在崇明搞"四清"，差不多一年以后才真正进入文远楼，所以那是一段顾盼和猜想的阶段。后来才一点一点了解了建筑学、城市规划及其相关的丰富内容，对更加神秘的三楼，更只有一知半解了。十九年以后，1984年我离开同济来了华东师大，除了偶尔来串串门，对文远楼只能是远观和怀念了。

半个世纪过去了，文远楼撒出的种子已长成了许多参天的巨树。咱们中国的建设事业有今天的巨变，是哪个时候最有诗意的梦想家都难以想到的。可是在今天，文远楼的基因并没有失去魅力，似乎更值得珍惜了。它似乎仍旧是一个不倒的标杆，它的魂魄似乎有力地旋转着、旋转着……

清华取经未果

1965年夏，我知道要分来同济之后，马上去了一趟清华，找到一位50年代分到清华建筑系的中央美术学院雕塑系的前辈老校友。读过美术史的我当然知道一点雕塑与建筑之间的关系，但他给我的却是一头雾水，他说在那里只不过跟大家一样教一点素描和色彩的基础知道，好像只有一次为国庆节游行创作过一只和平鸽。

的确，那是一个经济落后得无法想象的时代，城市雕塑、环境艺术根本提不上议

① 教授，1946年5月生。1965年从中央美院雕塑系毕业，进入同济大学建筑系美术教研室工作。1984年赴华东师大工作。

事日程。我附中四年(中专)，雕塑系六年，真正是“十年寒窗”。为什么是六年制，说是因为雕塑立在外面有永久性，要有更扎实的基础，要学更多的解剖知识。我们掌握了一身“洋工夫”，努力攒集西方的人体艺术，对中国传统雕塑艺术也研究遍了，但要做“纪念碑”的理想看来是“没戏”了。再加上当时紧锣密鼓的阶级斗争，我们雕塑系的同学都恨不得赶快补一点画连环画的本事，以后好去画“家史村史”之类东西。

来到大上海

1965年8月下旬我和油画系毕业的刘克敏登上了从北京南下上海的火车，我们俩都从未到过这个中国最大的工业城市。那时火车到长江北岸的浦口，还要经过复杂的摆渡才能经过南京开往上海(大桥还在施工中)。一出上海站，就感受到它的高效和繁忙，我们提着行李像传送带一样被推上了两辆三轮车，到了出口，管理人员听了四平路的地址，马上报了价，我们就拍板执行了。这真是一种不用记时器的“社会主义”好办法。但接下来几天的印象就有点使人疑惑了，我们看见了喧闹的市区小弄堂里那种面对着人群的小便池，厕所居然是要收费的，还有早晨刷马桶哗哗嚓嚓的声音，在外滩竟然还有抢着给行人在钢笔上刻字的个体户。这些同当时首都北京的气氛迥然不同，这还像社会主义吗?

当然，在外滩、在南京路和淮海路，终于见到了上海独特的气势，丰富而优雅。在新华书店我用首次得到的工资在上海买的第一本书是唐代论述书法的《孙过庭书谱》，可见我们受过的教育是十分丰富的，不是有些想像的那样，是什么纯粹的“苏派”。

后来逛淮海路时，到了以前是法租界幽静的小马路上，见到了久仰的普希金像，这里是著名的诗人角，也叫恋爱角啊——纪念碑。想不到1987年我会从平地上重建它。

初识文远楼

从北楼的中门向北，见到的文远楼由一片绿地托碰上，暖灰色小楼是不对称的，有大面积玻璃钢窗的两层阶梯教室展向一侧与当中“文远楼”三个字下的一大块室白形成对比，使人感到愉悦并产生联想，“学术”在这里既是深邃的，也是自由和宽阔的。对祖冲之，我知道得不多，只知道他和 π 的关系，我真想在那空白墙上写下:

3.1415926

53589

79323

84626

433……

这是 π 小数点后的 25 位，大概解放前那个时期，初中的数学老师都喜欢搞一些这类趣味教学，有的人还能背更多的位数。背了以后一生都记得。

文远楼底层走廊朝南的第一个房间是美术教研室，可是我到来时已经是 1966 年的 6 月之后了，教研室的“黑帮”已经“揪”出来了，系里的领导也多“靠边”了。此后更大的“抄家”和“破四旧”即将到来。此时我和刘克敏还是决定要去拜访一下教研室的几位教授。在同济新村我们拜访了周方白和陆传纹教授，周先生关于素描理论的书我们早已拜读过，他的雕塑做得也很好，他说中央美术学院当时的吴作人院长是他在欧洲时的同学，我们当然更加肃然起敬了。后来，在教研室还听到过他用法语哼唱了几句马赛曲，还好那时没有什么人加以批判。我们还乘车去了曹家渡，去访问蒋立贻先生，他的写生作品和书法都有强烈的个性，在他家里也见到了一座他创作的鲁迅头像，作品虽然不大，但可见他艺术追求的多样性。同样在同济新村，陈盛铎先生谦逊而自信的艺术家形象给我很深的印象，他的夫人也学过艺术，他用普通的糖果纸折叠成有趣的人物造型。后来我见到陈先生的一些风景素描，那真是一些有经典意义的高趣味的范本，与那些国内外功利式的低趣味“建筑素描”完全不同。教研室主任王秋野先生住在静安公园旁边的石库门房子底层，他喜欢画中国画的小写意，中国画以及书法艺术应该是中国建筑美术教育的一个重要特点。

被“揪出来”的朱膺先生“文革”前是上海创新风格的重要代表人物之一。樊明体先生的水彩画在今天看来仍十分有深度，远不是那些上海常见的只有一点“水分”噱头的东西可以比。但在那个年代他们两位成了低头受审的角色，我们见了面也不打招呼了。我们几个中青年同事谈到樊先生时说他平时颇有绅士风度，比如他在任何时候面对一个草坪都不会斜穿过去，一定要走一个大直角。“文革”前在文远楼这块大草坪上不写任何提示牌，多数人也会这样做。哦，对了，如果文远楼的草坪设置了挡人的栏杆，那就不是文远楼了，它的自由和开教的精神就会荡然无存了。

那时我们对老先生的访问在有些人看来似乎有点不合时宜，但真实应该是十分自然的，知识对知识的传承，知识分子对知识分子的传承本来就应该是这样。文远楼中的人都有着这样的优秀传统。现在又有些人在恢复师徒之间的跪拜之礼，我是感到恶心的。至于到一个新地方要“拜码头”，我们当时不会懂，这个词多少有点流氓帮会“切口”的意思吧。

我要说的是，在文远楼虽然经历了那个可怕的动荡年代，在知识领域、在精神文化方面的精华反而更被固化了。文远楼是一座真正的纪念碑。一代一代的文远楼人都会记住那些爬在绘图板上或攒在中外历史资料中的智者；他们的手灵巧得超过最好的工匠；他们有自由的审美和创造激情。他们是真的巨匠，甚至好像各路仙人，他们谦虚和审慎地践行着，但他们在文远楼创造了伟大的学派。

一次机缘

1967 年春天，大概是五月五日，《人民日报》头版下方报道了清华大学建立毛主席塑像的消息，同济当然马上行动起来。由我召集几位在上海的同学和朋友，他们都是 64 届或 65 届正规美术学院的雕塑专业毕业生，其中鲁迅美院毕业的有三人（东壁、曹铎成、？），四川美院毕业的一人（唐世储），中央美院毕业的两人（孙家钵、成树人）。学校安排了一套“村”字楼底层空房，以便我们能心无旁骛、日夜奋战。最后在七月一日建成“大招手”、着军大衣的毛主席像，像高 7.1m，底座高 3m，这两个数字都有一定的象征意义。我们商讨之后，决定毛主席的左手拿着脱下的军帽，认为这样可以表现他一贯尊重人民群众的思想。这是上海高校的第一座毛主席像，所以意义不凡。

这样大的工程是许多人集体努力的结果，首先是学校基建、后勤方面要抓许多具体事情，记得派了一辆有坐斗的三轮摩托车带我到了青浦，才找到可用的黏土，之后再组织卡车去拉。要做七米高的泥塑，安排我们在条件很好的结构实验室里工作，我第一次体会了机械化对大型工程的重要性，有了“行车”，工作人员可以在上面平行移动，很重的泥块可以轻易地提起，这个结构实验室也是文远楼的一块飞地吧！

制做毛主席像实样和翻模(1967)

说起结构实验室，有一件事至今难忘。这是一次泥塑放大中的重大事故。泥塑总高 7 米多，今后的塑像就是从它翻成的。这么大的泥塑像中间有牢固的钢架，在钢架上再搭起大小不一的木架，木架上才可以敷上黏土，在泥土上进行塑造。有一天我站在钢制脚手架的最上层，正在进行大像头部的塑造，我看到大像的肩部泥塑有一点裂缝，就按照平时的办法用泥块把裂缝填平，谁知我见到裂缝越来越宽。我

奋斗！

正在招呼大家想办法，突然一声轰然巨响，大像的大部分泥土立刻垂直砸在了地上，还好没有伤到下面工作的同事。

这样，大像就只剩下头部和举起的右手没有损坏，下部只有中间光秃秃的一根钢架了，不说要花几天时间来返工，主要是大泥塑的形象已经完全不像样了。大家都心急如焚，首先想到的是赶紧关起结构实验室的大门，马上封锁消息。等学校基建方面的总负责人赵师傅来时，我和他相拥而泣，在场的所有人都非常难过。我感到我要为这么严重的事故负责，似乎也是对伟大领袖有重大的失敬——是的，这个责任太大了。

此后几天，没有任何人指责我们，使我们带着强烈的责任感，齐心协力，重新来过，终于渡过了这个难关。当时，我们把这种责任感视作一种“阶级感情”——现在，五十年以后这样说，也还是可以理解的吧！

最重要的是使我体验到了做为一件大型的环境艺术是需要文远楼三层楼里好多股力量通力合作才能完成的，同济的毛主席像为什么半个世纪后仍然给今天的同济人以亲切的感受，正是因为这个缘故吧。

首先是规划和建筑设计，正好老建筑的同学还没有分配，由薛光弼同学为主（他实际上与我同龄），还有建五、规五的两名同学，由他们设计雕塑放在图书馆前的哪一个位置，底座的形状应该是怎样的，雕塑的后面以及大道两旁还需要绿化设计……现在看来这一切是成功的，从校门到主席像的距离使人感到开朗，没有压抑感。三米高的底座比常规要低了一些（按当时苏联的经验，底座可以有几层，雕像和下面的比例大致是一比一），但人像本身没有“高高在上”，使得形象伟大而亲切；特别是底座上窄下宽的比例适应，而且直接落在平台上，没有那种类似于须弥座的复杂造型，很有一点现代精神。两侧路边的柏树选得非常恰当，树木伏地，但有着永久的青翠，半个世纪过去了，梧桐树高大得多了，逢到金秋，两侧的枝叶向当中拢来，形成一个完整的图画和空间。说到底座的花岗石，当时是找遍了上海许多地方才得到的，淡雅的红色太美了，如果选择人们常用的紫红猪肝色，那就“满盘皆输”了。

毛主席像制作完成后合影，一排左一齐子春、左二东壁、左五薛光弼、左七孙家钵；二排左四唐世储、左五曹锋成(1967)

艺术创作和建筑设计的精要之处，往往就是类似这样的“差一点点”。从同济毛主席像的设计中，是不是也有一点“同济学派”的道理呢？

还有一个事关重大的问题，大型纪念性雕塑，需要考虑永久性，最好雕像要铸铜，或用石材。现在用中空的钢筋混凝土，似乎是一种无奈的选择。雕像能持久吗？举起的手臂能撑得住吗？此外还有基础承重的问题。这又要动员文远楼所有楼层的力量了。我记得建筑系结构教研室的一位女老师负责结构设计，建工系也是一位女老师负责材料问题。可惜我们各自忙着，不知道她们有什么故事，我只记得有好多块正立方体的水泥块，是要用来进行压力试验。对了，当时还从建工系一个班里抽了好多“红卫兵”，每天到结构实验室来帮我们敲泥运泥，当几位雕塑家的小工和下手，他们是最辛苦的。

记得雕塑落成不久学校曾用仪器从远处对雕像进行过测量，几天后就从外校传来同济的雕像出了问题的谣言。其实有的高校认真派人来取经，几乎一成不变地模仿我们的作品，但精神和水平是抄不去的。

完成了毛主席大像的紧张工作，好逍遥一下了。我和雕塑家唐世储约了几个人，在延安路外滩，脱了衣服就向陆家嘴游去（那时叫浦东公园），到浦东后再沿岸边向上游走了一段路，然后再游回外滩。27 岁的人有用不完的力气，但这实在太危险了。唐世储后来成了上海最知名的雕塑家。

阶梯教室中的“启蒙”及其他

我有幸在文远楼参加了 1977 年以后最早的几届学生的教学工作，那是一个文化饥渴、全力追求知识的非同小可的时代。后来的岁月中，他们许多人都成了大师级人物，在全国甚至世界都有影响。同济学派的影响更大，成果更丰富了。

我做的事很平常，总是担任建筑学专业的教学，每届有三个小组，我只直接接触三分之一的同学。因为我最后是雕塑系毕业的，我还要多出去写生，恢复一下我在附中画风景画的水平。

最使我感到享受的记忆是在文远楼的阶梯教室里给同学们“讲雕塑”，上下左右，古今中外，我可以把雕塑艺术中所有的真谛和生动故事告诉大家；同学们又像吸水

雕像舞蹈的少女

纸一样，每个人各自可以吸取他想要的东西。那是一个艺术热、美学热、人性热的时代。什么是人体艺术，从断臂维纳斯到大卫，再到思想者是怎么回事；什么是抽象艺术，现代各流派有什么不同主张和实践；中国艺术、佛教雕塑的伟大在哪些地方……“做雕塑”我不敢在上海称最好，“讲雕塑”在那时我可以自豪地称第一。在复旦更大的阶梯教室时，人山人海，许多都是站着听。后来，在工大、在二医大、在上海科委、在上海新闻系统有多次演讲都有很好的效果。自行车从延安中路骑到复旦后，回来时拿到的是装着五块钱的信封，那也好，女儿订一个月的牛奶钱就够了。1995年一位女作家组织编一本《现代审美教程》，建筑是郑友扬、园林是丁文魁、雕塑是齐子春，第一次开会这位作家就对我说：“在复旦上学时，我还听过你的课呢！”教师的意义也就在这里了。

对雕塑我最熟悉、最有感情，当然讲得好。但时代不同了，世界在变化，我也要提高和更新自己的知识。八十年代初在上海戏剧学院举办一个全国高校美学教师进修班，因为要发几本好书，而且全国最大牌的美学专家都来讲课，所以要向系里申请二百元经费，李德华先生好像面有难色，大概看我平时也还老实，又是新任命的教研室副主任，也就马上同意了。这对我当时的讲课和后来的理论思维发展非常有意义。不然，我不是要愧对文远楼亮敞的阶梯教室了吗？

大概每一个“文远楼人”都得有这种认真探索、更新前进的精神吧！

我 1984 年到了华东师大，正赶上城市雕塑的发展，总算留下不少作品，从“讲雕塑”回到了雕塑工匠，在南京路、在长寿路、在闵行区、普陀区有多件作品，在“东方绿舟”就有三件作品，退休后还能与青年人竞争拿到任务，自我感觉还可以，有一件作品在表面贴满了各色玻璃，是从西班牙建筑大师高迪那里学来的，这样的方法国内还有用过。九十年代在同济大礼堂前创作《舞蹈的少女》，这同那一时期我多件抽象或半抽象的关于舞蹈的欢乐题材从创作形成了一个系列，强调形体的流动感，有多年来中国“飞天”基因的影响。

到了若干年后才知道文远楼是五十年代初完成的，但我总感到它和外滩和上海西区的文化格调是相通相连的。甚至于如果不说文远楼，要说上海就少了点什么？这是为什么呢？这是外行，只好继续“猜想”了。

学海“文远”——谨以此文献给我的老师们

周邦建[①]

追思“文远”，一个问题始终在脑海 旋：吸引无数学子的“文远”魅力从何而来？“文远”之魂究竟是什么？

往事如烟，似清楚又朦胧。一件件梳理起来，离不开“学府”“学园”“学科”“学派”“学术”“学说”“学人”“学问”…… 离不开一个“学”字。

汉代杨雄在《法言·学行》中写道：“百川学海而至于海”。

我明白了，文远楼就是一片海，一片极具广度和深度的大海，“文远”就是这片大海的名字。百川异源而皆归于海，一代宗师把当时世界上最新的学识如百川入海引入“文远”，学子们泛舟“学海”，学成后行向更广袤的深海。

这就是”文远”的魅力，这就是“文远”之魂。

“文远”所获，终身受益。

从“一·二九”到“文远”

1959 年 8 月底，不到 14 周岁的我考入同济预科，跨入同济校门，成了一个小

① 1945年11月14日出生于江苏无锡，1959年进入同济大学工农预科，1961年进入同济大学建筑系建筑学专业学习，1966年毕业。1967年分配至四川成都西南工业建筑院，1968年下放至建工部一局七公司当工人，1970年随公司到山东并长期在施工单位工作。1984年任山东省建筑工程公司总经理，1986年任山东省建筑工程学校校长，1991年任山东省建委重点工程办公室主任。1994年起任上海山东齐鲁实业总公司(齐鲁大厦)副总经理兼总工程师至2005年底退休。退休后在美国万豪国际酒店管理公司和上海锦江国际酒店管理公司任设计总监、项目技术总监至2015年，2016年1月出版专著《解析酒店——二十年实践与思考》。

刚进建筑系在西南楼前(1961)

同济人。这个人生的重要转折决定了未来很多年我将和文远楼相伴，也差不多决定了我一生的路。

进同济后我住西北一楼，学生食堂在号称亚洲跨度最大的竹结构“大草棚”，凭卡打菜，饭就在木桶里，随便吃（但好景不长，第二年就实行定量供应了）。接着是国庆十周年大庆，当晚足球场举行盛大集体舞会，轴心大道上有校摩托车队钻火圈表演，让我们这帮刚离家的小鬼大开眼界。

同济预科实际上只办了两届，我们是第二届，以后就成了附中，学制也改回了三年。

由于自小喜欢画画，我参加了预科的美术小组，有机会去文远楼一楼的画室上辅导课。辅导老师是当时建工系美术教研室的王志英老师，进大学后他有很长一段时间担任我班的班主任，阔笔素描写生很有名，后来与建筑理论历史教研室的安怀起老师合作出了一本图文并茂的《中国园林艺术》。

当时的我对文远楼一无所知，但对厅里放在大玻璃柜里的两个精致的模型（一个是木结构古建筑，一个是斗拱）很感兴趣，每次都要仔细看看，研究一番。这两个模型很多年一直放在那儿，直到我毕业离校时好像还在。

时间长了，就知道一些关于文远楼的事。知道这是建工系的教学楼；知道建工系有三个专业：“建筑学”、“工民建”（工业与民用建筑）和“工经”（工业经济）；知道“建筑学”学建筑设计和建筑艺术；知道“建筑学”类似艺术（多么神圣的殿堂）专业，是工科中的文科，有许多名教授；还知道考“建筑学”要加试素描，等等。

于是我萌生了将来进文远楼、进“建筑学”专业学习的希望。

“一•二九”大楼是预科的教学楼，主任叶懋英老师是上海市的三八红旗手，她从心里把我们这些初离家门、未成年的学生当成自己的孩子。在我们心目中，她既是严师，更是慈母。“文革”初期她受到剧烈冲击，不久就传来她去世的消息。

预科的毕业生都怀念她，在同济离“一·二九”大楼不远的草地上为她立了一块碑，上面写着：“捧着一颗心来，不带半根草去。”

预科第一届学生是全部直升的，到我们这一届，只能直升30%，我有幸被列在30%以内。填写专业志愿时，我自然把“建筑学”列为首选，在参加了素描加试后如愿被建筑学专业录取。

1961年9月，我离开“一·二九”进了文远楼，成了建工系“建筑学”专业建一班（指一年级）的学生。第二年，各系专业调整，成立了由“建筑学”和“城市规划”专业组成的建筑系，学制也从6年改为5年，当时我们就是“建二”了。

培养“乐队总指挥”，从基本功开始

1961年的“建一”有72名学生，分成三个小班，每班24人，其中两个小班是中国学生，一个小班是越南留学生，是当时同济外国留学生最多的班，但上课还是在一起。

建筑设计是我们的核心课程，一年级是“建筑初步”，从二年级开始，每学期有1-2个课程设计。

从“建筑初步”的第一课，我们就接受了“建筑师是乐队总指挥”的教育，尽管我们当时并不十分理解它的含意。这个提法后来在相当长一段时间里受到批评，认为它造成了建筑学专业学生高人一等的思想，导致了专业之间的不平等，不利于团结。现在看来，这个提法实际上无可厚非，因为建筑图毕竟是最基本的设计图纸，是与其他专业设计共用的平台，有“牵一发而动全身”之功能。“建筑师是乐队总指挥”的确切含意应指在整个设计过程中建筑师从专业角度起到牵头作用，仅此而已。事实上在设计院里，大部分项目的设计负责人还是由建筑师担任，总建筑师也是设计院各专业总师中的代表。

为了绘图的需要，我们每人都有一张桌面大小相当于1#图板、并能随时调整角度的课桌和高凳，挺占地方。因此，三个小班在北楼就占了三个教室。

为了培养建筑师，我们接受了严格的基本功训练。当时没有电脑，当然也没有CAD之类绘图软件。从点、线、面到仿宋体，从丁字尺、三角板到徒手画，从单色渲染到传统的水彩渲染（不是水粉），全靠一枝笔（包括铅笔、钢笔、毛笔、鸭嘴笔）以及手上的功夫，连墨水都要用高品质的“油烟”墨自己磨制。

当时任课老师中建筑图画得最好的要数刚从南工毕业的卢济威老师（后来担任过建筑系主任），大家都希望得到他的指点，最好亲手在自己的渲染图上画上几笔，尤其是配景。因为配景落笔要非常确定、一气呵成，不能涂改。成则画龙点睛，败则全盘皆输，初学者实在不好掌握。

还要学会在图板上裱纸（一种厚质的绘图纸），因为渲染离不开水，未裱过的绘图纸受潮后会起皱而无法使用。这是一个技术活，裱得太松不起作用，太紧或收干不匀纸会开裂，因此在上面要铺上一块湿毛巾。裱纸一般在宿舍进行，从宿舍到教室的路上经常可以看到拿着1#图板的学生，那多半是“建筑学”的学生。

“看不见的存在”和“玫瑰红小组”

当时的建筑系美术教研室实力雄厚，很有几个著名的画家，如朱膺老师的油画、樊明体老师的水彩、周方白老师的素描在国内都享有盛誉。

素描和水彩都是分组教授，一个组十一二个人。

最早教我们组素描的是一位老教授，姓王，名字我记不得了。“看不见的存在”是他授课时常说、令我们印象深刻的一句口头禅。刚开始画的是各种几何图形的石膏模型，常常由于点、线、面之间的关系找不准，图上的形象显得歪斜不正。他就会一遍又一遍地重复这句经典的话语，意思是要“看到”模型背后目力不及的那部分点、线、面，它们看不见，但存在。

王教授是从日本回来的老教授，和蔼可亲，上课时习惯把近视和老花两副眼镜同时戴在头上。课间休息时会和我们讲一些与教学无关的琐事，如他在家里每天最后一个睡觉，因为要检查门和煤气是否关好等。当时购买商品要购货券，购货券随工资发放，每10元一张。我们很好奇这样的老教授工资几何，于是旁敲侧击问他一个月有几张购货券，老先生实话实说24张。因此我们知道了他月工资是230多元，这在当时可不是一个小数目，于是大为惊叹。

教我们小组水彩的是杨义辉老师（后来成为著名的水彩画家，并曾担任过建筑

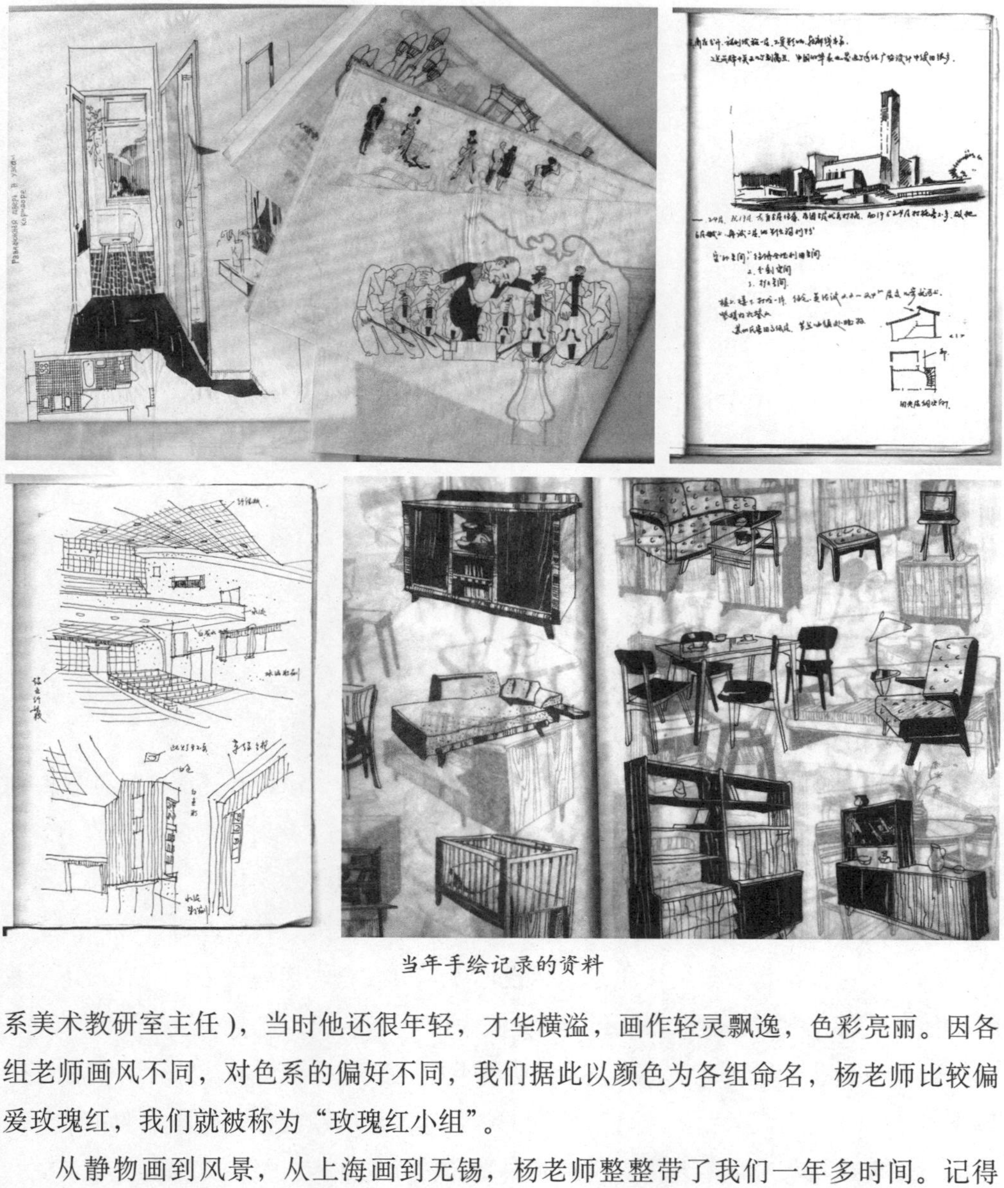

当年手绘记录的资料

系美术教研室主任），当时他还很年轻，才华横溢，画作轻灵飘逸，色彩亮丽。因各组老师画风不同，对色系的偏好不同，我们据此以颜色为各组命名，杨老师比较偏爱玫瑰红，我们就被称为“玫瑰红小组”。

从静物画到风景，从上海画到无锡，杨老师整整带了我们一年多时间。记得1963年暑假水彩实习在无锡太湖边写生，其时大风骤起，天色昏暗，潮急浪高，杨老师即兴示范，大家模仿他的笔法，在自己的纸上挥洒，但包括我在内多形似而神不似，画不出真正的气势。杨老师走过我身边。端详了一下我的画，在画上加了一个双手叉腰、挺立礁石的人，笑谓要如此才有气势。虽半是玩笑，但也确使图面增加了不少活力。这张图我保存至今，已五十一年了。

其实绘画需要扎实的功底，不是几十个课时就可以解决的。我们毕竟不是美术系的学生，功力不足，真正画得好的同学并不多。但美术教学提高了我们的艺术鉴赏力，提高了我们绘制建筑画的能力，功不可没。

建筑史

建筑史，包括中国建筑史和外国建筑史，都是我们十分感兴趣的课程，主讲的也是两位后来很著名的教授：陈从周老师和罗小未老师。

陈从周老师是著名的中国园林专家，国学功底深厚，写得一手好字，作得一手好文章。他的授课深入浅出，喜欢比喻。有一次他讲述唐代建筑和宋代建筑风格之差异，指出唐代国力雄厚，盛唐女子以胖为美，建筑追求恢弘气派，好比五十年代我国经济繁荣，大家可吃红烧肉。至宋代外敌入侵，国力衰微，建筑变得纤细以节约材料，好比“三年自然灾害”时期，只好吃炒肉丝了。这本是老先生为加深同学理解随意一比，“文革”中竟然成了一条罪状，令人啼笑皆非。

老先生有点脾气，有时我们上课不专心，窃窃私语，他就会摇头，用他带点浙江官话的普通话连连说“童子无知，童子无知”以示不满。此时我们就会收敛不少。

1991 年 2 月，当时我在济南任山东建校校长，校里新建一栋图书试验楼，我到同济新村陈老师家请老先生题写楼名。已多年未见陈老师，自觉此行有点唐突，但陈老师一听是他亲自教过的学生，二话没说就一口应允，连润笔也不肯收，还赠我一本他的新著《中国名园》。

听罗小未老师授课是一种享受。她会为我们放映很多幻灯片，加上充满情感的娓娓讲述，非常引人入胜。雅典卫城是古希腊最杰出的建筑群，是雅典的宗教活动中心，主要建筑物有供奉雅典保护神雅典娜的帕提农神庙、伊瑞克提翁神庙、胜利神庙和山门。罗老师结合幻灯生动讲述祭祀队伍如何进入山门后沿路径行进，各建筑如何利用地形将最好的视角面向人群，使丰富的建筑艺术形象得以充分展示，让我们如身临其境。

在当时的历史条件下，讲授外国建筑史很不容易，讲授外国现代建筑史则更不容易。著名的古典建筑不是皇宫，便是庙宇和教堂，著名的现代建筑不是别墅，便是钢和玻璃构成的高楼大厦，都是为封建统治者或资产阶级服务的。老师们既要传授知识，还要进行批判，其中的分寸真是不好把握。

初涉学术

当时的同济建筑学派应该说是建立在源于欧美的现代主义建筑基础之上的。二战后现代建筑发展迅速，但引入中国的时间并不长，文远楼就是一个代表作。在老师们的影响下，文远楼的学子没有下功夫去研究宋朝的“营造法则”、斗拱和大屋顶，也没有沉缅于古希腊、古罗马的柱式和哥特式的高塔，而是倾心于格罗庇乌斯及包豪斯、赖特、密斯·凡德罗、勒·科布西埃等大师的理论和作品，从当时大家在课程设计的习作中也可以看出他们的影响。总体来看，同济当时对现代建筑的倡导应该是时代的一个进步。

从我们入学那年起至 1963 年间，文远楼内的学术空气还是很浓的，课外经常会有一些讲座，我们也常去校图书馆借阅一些建筑杂志、美学、艺术史一类的书看。记得文远楼顶层曾有一个小图书馆 (或者说是资料室)，仅对建筑系的教师和“建筑学”专业的学生开放，可阅览，但不外借。馆内藏有一些当时外面不容易见到的、有些是进口的专业书刊和画册，我们经常会去开阔一下眼界。有一次我借阅了一套版本很大的“苏加诺藏画”，其纸质之高档、印刷之精美使我几乎不敢用手去触摸，每换一页都屏住了呼吸，要知道当时我们用的教材大多是用粗劣的再生纸印刷的啊。

在没有电脑、没有复印机的情况下，我们收集资料完全靠手工一张张、一幅幅去描，至今我还保存着好几册自己手绘的资料本，无声地叙说着当年的辛苦。

忘了在二年级还是三年级，我班一些思维比较活跃的同学曾试着办过一个小小的学术板报，其实就是贴在画板上的一些小文章，如关于色块的研究、围棋黑白子的哲学 (不是原名) 等，放在走廊里大家交流。这种学风本应提倡，但当时还是被劝停了。

106阶梯教室

文远楼的106教室是当时同济最大的一个阶梯教室，第一次进106时，最引人注目的是那四块可上下移动的绿板（其他阶梯教室是两块，而且是黑板）。由于教室很大，老师板书的字不能写得太小，因此很辛苦，于是在休息时，总有同学抢着擦绿板，也是对老师的一种尊敬和爱护吧。

基础课都是几个班一起上大课，教室里总是坐得满满的。得益于那几块大绿板，坐在后面也可以看得很清楚，也来得及作笔记。只是教室太大，又没有暖气（现在可能有了），那时的冬天好像也比现在冷，一堂课下来，脚都冻得麻木。课间休息时，大家抓紧时间在外面拼命跺脚，希望能暖和过来。

106也是建筑系举行重大活动的场所，见证了很多历史性的事件。1964年的“设计革命化”就是其中之一。所谓“设计革命化”好像是要改变建筑设计为封、资、修服务的状况，实现设计为劳动人民服务的意思。以当时的系主任冯纪忠教授为主设计的、杭州西湖边上的“花港观鱼”茶室成了被批判的对象（后称“火烧文远楼”）。理由大概一是茶室不是为劳动人民服务的——劳动人民哪有空闲时间去喝茶，二是设计不合理，从二层一直坡到一层的屋面既不美观又浪费。批判会就在106阶梯教室召开，但当时的批判会还很文明，不过组织一些专题发言，与“文革”相比，就是小巫见大巫了。多年后我经过杭州，特意到“花港观鱼”仔仔细细看了那个茶室，实在看不出那个很普通的茶室有什么好批判的。

越南留学生

1961年，越南抗美救国的战斗还在激烈进行，越南政府就已经开始为战后重建培养人才。除了我们班有24名越南留学生以外，城规专业还有近20名左右越南留学生。60级好像也有2名。

为了加强中越学生之间的联系，帮助越南留学生的学习，学校指派了一部分中国学生住进他们在西南楼北翼的宿舍，每个房间住两个越南学生，一个中国学生，因此有大约三年多的时间里，我和越南留学生住在一起。

与我同住的两位，一个叫黎武攀，还不到20岁，是干部子弟，另一个叫范玉黄，

春节与越南留学生的合影(1965)

越南留学生负责人黎光宁在做抗美救国的报告

建五毕业照(1996.1)

当时已近40岁，是抗法战争时的老战士，越南南方广义省人，1953年随越共北撤到北方，家里还有老母和两个孩子无法团聚，他很喜欢中国的孩子，有机会就愿意抱抱他们。

学生宿舍都是八个人一间，我们是三个人一间，每人有一个衣橱和一张书桌，

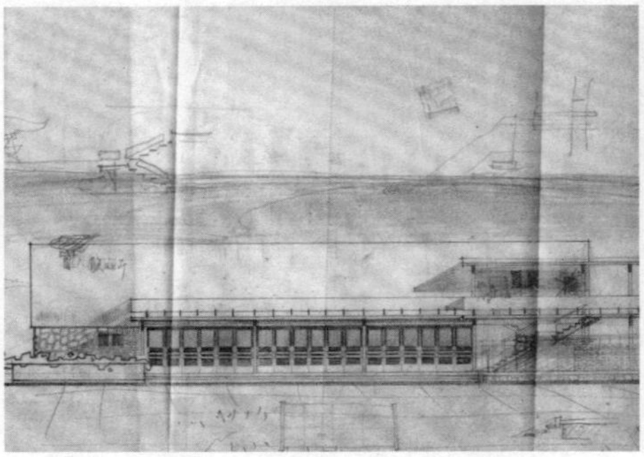

广州市少年宫联欢厅方案(1966.5)

在广州少年宫工地上劳动

冬天还有暖气。

当时的中国全力以赴抗美援越，和越南是同志加兄弟的关系，因此中越同学之间的关系总体上是很好的。但由于中苏关系紧张，他们对我国反对“苏修”持保留态度，涉及此类问题就比较敏感。

越南留学生学习都很勤奋，不明白的地方会问我们，老师也很关心他们，有时候会为他们增加一些辅导课，因此大部分越南留学生的成绩都能达到中等水平。当时大家的课外生活都比较枯燥，光着脚在西南楼前的草坪上踢足球是他们喜欢的运动。

1966 年上半年的毕业设计，学校安排他们在广州市设计院，因为当地的气候比较接近越南。带队的有民用教研室的葛如亮老师、工业教研室的翁致祥老师、还有庄荣老师和一位张老师 (名字我记不清了)，我班去了 4 个中国学生：黄豪、孔荣发、陆宏仁和我，还有两位建六的同学。毕业设计的项目是广州市少年宫，当年“六一”儿童节时，除剧场外全部建成开放。

广州市设计院为了带好这批越南留学生也花费了很多精力，总建筑师佘畯南先生亲自负责指导，还多次为我们上课。

当时我已报考了冯纪忠老师的研究生，研究课题是医院。为了让我有时间复习，越南留学生们不让我参加周日的游览，学校还特地安排我在华南工学院参加了考试。可惜不久“文革”就开始了，考研的结果当然永远不可能再公布。好像是 1979 年同济又开始招收研究生，安怀起老师曾给我来信介绍情况，希望我再次来同济考研，但当时的工作已不允许我作此选择，为此影响了业务上的发展。安老师多年来是我班的政治辅导员，他始终很关心我们的进步，可惜英年早逝，毕业后我再没有见过他。

告别文远楼

1966年6月，广州毕业设计接近尾声，“文革”将临。学校来电急召我们返校，为参观毛主席故居，我们取道湖南。

当时校内已秩序大乱，面目全非，被“八国联军”“盘据”多年的“资产阶级顽固堡垒”文远楼又一次受到冲击，首当其冲的是冯纪忠先生和他的“空间理论”。由于第一次“火烧文远楼”不彻底，第二次“火烧文远楼”来势更猛，大字报铺天盖地，贴满了文远楼的门厅和周边。

有意思的是一度轰轰烈烈的对“空间理论”的“批判”，最后没有任何结果。

我们已无法正常如期毕业，越南留学生不久也回国了。根据上级指示，我们留校参加“文化大革命”，直至1967年8月重新分配。

终于要分手了。怀着惆怅的心情，同学们将分赴全国各地。

别了同济，别了文远楼。

参观毛泽东同志故居

同济80周年校庆时与卢济威老师合影(1987)

与黎武攀在原宿舍里合影

我和贺永泉、曹兴儒、陈重庆、王光柔等同学被分配到四川成都的西南工业建筑设计院（即现在的西南建筑设计研究院），在那儿等待我们的仍然是“文革”的内战，但正在“接受再教育”的我们对此已不感兴趣。不久我们被下放施工单位当了一名建筑工人。

由于种种原因，我在施工单位工作了近 20 年，离开施工单位以后，在“建筑”这个圈子里做过很多工作，就是再没机会回设计院干文远楼传授给自己的本行，这也是命运使然吧。

再一次回到同济，已是二十年以后的 1987 年 5 月 17 日，同济大学 80 周年校庆。在文远楼见到了卢济威老师，他竟然还能记起我。后来他寄给我当时的合影，后面写着：“久别重逢，值得纪念。”

“文革”发生在对我们来说最关键的十年，很多同学（包括我本人）因这十年改变了一生的道路。但“文远”的熏陶和自身的努力还是使我班很多同学在专业方面取得了骄人的成绩，时任广州市设计院总建筑师的郭明卓同学曾被评为全国首批 100 位优秀青年建筑师，应是我们之中的佼佼者。

多年来，我们常在校庆时聚会，但要见到当年的老师已是很不容易了。如今我们都已到古稀之年，但只要回忆起文远楼的往事，还是会激动不已。正如我班同学在 1996 年毕业 30 周年（现在快要 50 周年了）聚会时朗诵的那首诗里所说的：

“这伴我度过青春的校园，是我那魂牵梦萦的地方。”

学海“文远”，魅力永存。

文远楼杂忆

张庭伟[①]

引发我们记述一处场所的意愿，往往出于不同的动机。同济大学的文远楼之所以引起大家关注，同样出于不同的原因。一些人赞赏文远楼的设计，因为从建筑设计角度来看文远楼确实是杰出的。一些人怀念它的设计人，因为从建筑师角度来看这位设计师也确实是杰出的。还有一些人看到它会引起对在此发生过事件的回忆，我主要地是属于这种人。

一、系馆文远楼

从 1963 年进入同济建筑系，文远楼就代表了“我们建筑系”，因为它是建筑系的系馆。老先生们说，1953 年文远楼始建时，其实是作为测量系的系馆，后来由于决定测量系迁到武汉，文远楼建成后就由建筑系和建工系合用，建筑系用一二两层，建工系用三楼。当时，底楼是几个美术教室加上系办公室和美术教研室，二层是民用建筑、工业建筑、建筑历史、建筑构造及城市规划等各个教研室，以及一个小而

① 1946年生于上海，1963年进入同济大学建筑系城市规划专业，1968年毕业后任建筑师。1978年回同济攻读城市规划硕士研究生(导师金经昌、董鉴泓、陶松龄)，1981年毕业后留校任教。1985年成为同济大学首位城市规划博士生(导师李德华)。1986年同济大学成立中国第一个城市规划系，担任副系主任。1988年考入美国北卡罗莱纳大学(UNC)城市规划博士生。1992年获美国芝加哥伊利诺伊大学(UIC)城市规划博士学位后留校任教。伊利诺伊大学城市规划系终身教授，大城市研究所亚洲及中国研究中心(ACRP)主任，中国住房和城乡建设部城市规划专家委员会委员，中国城市科学学会理事、常务理事，国际中国规划学会(IACP)创会主席、顾问，同济大学、中国人民大学、浙江工业大学等大学客座教授。2016年荣誉退休。

精的图书资料室。上楼后，长廊朝南靠东面的第一间是贵宾接待室，陈列了一些中国古建筑模型及构造节点，几张藤椅茶几，简朴却雅致。二层最东面独立的小套间是总支及人事办公室，那里“门虽设而常关”，带着几分神秘。学生除了美术课和在文 106、文 215 等阶梯教室的大课（我迄今依然记得冬天在那里上课冻脚的滋味），其他课基本在北楼及理化馆上，建筑系的设计教室则分布在北楼的二、三、四楼。

文远楼最吸引我的有两个地方：图书资料室和走廊。资料室里的建筑杂志有让人开眼的最新建筑实例，往往可以启发设计构思。一二层整个走廊则陈列了优秀的学生作业，树立了榜样。一层以美术作业、建筑渲染练习居多，二层的高年级设计作业尤其让我羡慕。我仍然记得当年建六的管式勤、潘玉琨，建五的陈瑞祥等学长的设计作业，那些水粉水彩渲染真是精彩，我想今天习惯了计算机画图的学弟学妹们肯定难以企及。

对我来说，进入自己心仪的第一志愿同济建筑系，文远楼的形象就代表了现代建筑的直观形象，因为相比于当时校园内的其他建筑物，文远楼确实与众不同。文远楼的影响如此之深，以致我在两年级第一个课程设计的“新华书店”中，仿照了文远楼的主要设计元素：长方形平面，平顶包檐，横向玻璃窗，甚至主要立面的花坛及踏步也想学习文远楼的做法。当年有幸有系主任黄作燊先生作为指导教师，他看出了我的意图，改图时用 6B 铅笔把我原来在立面上拉平的花坛及踏步改成前后错开，后来我才理解空间错落才是完整的包豪斯风格，而不仅仅是立面构图。那个作业后来被选上国际交流的低年级学生作业送出国，当然是出于老师的鼓励。

经过 1960~1962 年的困难时期，1963 年国家经济复苏，国力稳步上升，社会上有一种久违了的乐观情绪。却不知在表面的平静下，已经浮现出一些当时不被注意、后来大有影响的事情。当时建筑系的核心课程是建筑设计，一年级到三年级，建筑学和城市规划专业的课程完全一样。董鉴泓先生曾经说：“建筑学专业的特点是工科中的文科，技术中兼有艺术，沾上了这个‘艺’字，不免就有了许多波折。”一天，我们班一名同学在一楼美术教室和老师发生了争论。老师面对着素描对象的方凳，讲解素描中方凳四条腿“近大远小”的透视学原理。那同学不同意，他拉着老师去量方凳的四条腿，以证明四条腿明明一样长短，不可能“近大远小”，引得全班哄堂大笑。那同学来自农村，当时是学生会的一名负责人，“文革”时期成为红卫兵领袖、学校革委会成员。在“文革”中，这件事曾经被当作资产阶级教授嘲笑贫下中农子弟的典型，由于种种原因，那位美术老师也被审查、批判。当时谁能知道，当外部气候变化时，这么一件小事可以上升到“阶级斗争”的高度？这个事件，也许可以看做建筑系在那个时代的缩影。历史上出现过三次“火烧文远楼”，实际上是火烧建筑系，因为文远楼就代表了一些人眼中“封资修”的建筑系。

二、第二次火烧文远楼

第一次火烧文远楼是1958年，我还没有进同济。听师辈说，建筑系被贴上了“资产阶级思想大染缸”的标签。1959年庐山会议后的“插红旗、拔白旗”运动中，建筑系又一次成为对象，结果建筑系被“拔了白旗”，撤销并合并入建工系。规划专业也受到冲击，金经昌先生被拔了白旗，免去教研室主任的职位，从此以后直到去世，他再没有担任过任何领导职务。

1964年，我自己经历了第二次火烧文远楼事件，即“设计革命”运动。1964年是“文革”前夕，所谓“文艺界的小四清”是后来“文化革命”的序幕，引发点是对电影《早春二月》《舞台姐妹》等及德彪西无调性音乐的批判，发难的先锋是后来大名鼎鼎的姚文元。建筑设计领域的运动和文艺界的批判相呼应，实质是对当时刚刚有所活跃的知识界的整风。在同济建筑系，最大的目标是系主任冯纪忠先生。那时他刚刚完成杭州花港茶室设计，建筑形象有创新，得到杭州政府和建筑界的一致称赞。但是有些人把这种清新的风格看做是建筑界的“大毒草”，认为和电影《早春二月》一样代表了资产阶级的艺术情趣，必须批判。一时间文远楼主进厅贴满了批判花港茶室的大字报，我仍然记得那天看到冯先生在门厅里被围着，要求他阅读所有的大字报并接受批判。不仅如此，他还被迫到杭州的施工工地上，亲自去打掉已经施工到一半的混凝土屋顶。涉及此事的还有参加了该设计的傅信祁教授等人。

设计革命运动不仅仅在教师中进行，也推行到学生中。记得那年冬天，我在文远楼106阶梯教室中听过当时建三一位程同学的自我批评，讲资产阶级思想如何通过设计课潜移默化影响了学生的意识形态，威胁了又红又专的培养目标。在班上，我们自己同样进行了自我批评。一个“成果”是，其后的课程设计如四等车站、小学校设计，都以大庆油田作为榜样，改成了现场设计。我去了枫泾车站、曹阳六村小学参加现场设计，倒也新鲜。现在看来搞笑的是，建筑形式也被戴上了“阶级”的帽子，例如，一些人认为文远楼是包檐，而文远楼代表了西方现代建筑包豪斯风格，所以包檐成为西方现代建筑的代表。而中国传统建筑基本上是挑檐，所以挑檐成为尊重中国传统的表现。结果大部分同学的设计都采用了挑檐加上朴素的清水砖墙。

1965年末，学期正要结束，我们突然接到通知去崇明参加“农村社会主义教育运动”(即所谓的“四清运动”)。在文远楼106大教室听了有关文件的传达后，我们建筑系三年级的两个建筑学班、一个城规班一起开赴崇明，直到1966年初夏“文革”开始后才回校“闹革命”。

三、第三次火烧文远楼

1966年初夏，“文化大革命”开始，北京红卫兵南下，给上海带来了“造反有理”的“革命火种”，同济很快也出现了“造反派”组织“东方红兵团”，校党委及学校机构受到冲击而瘫痪，从此开始了长达10年的“文化革命”。第三次火烧文远楼由此开始。

“文革”对文远楼的改造，也许始于建造大字报廊。原来楼道里的优秀学生作业被一扫而光，代之以铺天盖地的大字报，批判校党委、系党总支成员(认为他们或是“走资派”、或是“叛徒”“特务”)，批判教授(认为他们或是“反动学术权威”、或是“老反革命”“漏网右派”、或是“资产阶级孝子贤孙”)。不仅楼道内部的墙上拉起了挂大字报的绳子，而且整个文远楼的外墙，从三楼檐口到门厅踏步，都被一层又一层的大字报所覆盖，整个文远楼一片狼藉。那时学校里大致分成三派：积极参加运动的“造反派”；同样积极、却反对造反派的“保皇派”；以及不积极卷入运动的大批“逍遥派”。大字报基本上是学生及青年教师中的“造反派”及“保皇派”两方面的手笔，以批判刘少奇邓小平、批判校内“牛鬼蛇神”以及两派相互批判为主要内容。由于出身问题，我既非“造反派”也非“保皇派”，而是一个“逍遥派”，但是也不可能完全不参加运动。我的主要工作是在校内外刷写不断更新的“最新指示”

研究生答辩会场，陈占祥先生发言，他身边是柴锡贤、钟耀华，金经昌先生在抓拍。左面第二排贴边的是翟良山。左上角第四排是文国纬，第三排中间抬头看的是李晓江，旁边是俞佩愈，其他各位则认不清了。

大标语，以及把班里“革命头头们”写的批判稿抄成大字报，其实间接参与了大字报对文远楼的破坏，在此应该认错。此外，作为学校美术组（那时改名为“红画笔”）的成员，为校外单位绘制“毛主席宝像”也是我参加过的“光荣任务”。

根据董鉴泓先生回忆，当时建筑系两个专业加上附属的设计院大约有160多名教职工，而在“文革”中被“揪出来”审查的“牛鬼蛇神分子”达80多个，占了一半。他们被隔离在校，有专人看管，关在所谓的“牛棚”即文远楼215梯形教室里。教室变成隔离审查室，这是文远楼设计者始所未料的。受到冲击最大的是老教授们。在1966年那个高叫着“红色恐怖万岁”的夏天，副校长李国豪教授被人用绳子拖着脖子游街，他的夫人、一起从德国回国的医学博士叶大夫不堪羞辱而自杀身亡。建筑系的谭垣教授毕业于美国宾州大学(UPenn)，由于他面貌看得出是混血，遭到进

前排左起：周家骧(上海规划院总工程师)、钟耀华(同济大学顾问教授)、陈占祥(中规院总规划师)、金经昌(导师)、冯纪忠(系主任)、张庭伟(硕士研究生)、张雅青(建筑系学术秘书)；后排左起：李德华(副系主任)、董鉴泓(导师)、马武定(硕士研究生)、陶松龄(导师)

驻建筑系的一个建工系统“工宣队”成员的耳光，说谭先生“一看就是个洋奴”。由于党总支被推翻，“工宣队”占用了文远楼原总支办公室，那里越发显得神秘。当时的“工宣队”鱼龙混杂，有后来被证明的坏人，也有一些正直的工人师傅，例如进驻建筑系的几名纺织女工。

冯纪忠先生又一次成为主要冲击对象。“文革”开始不久，他就被“揪出来”了。我记得1966年初夏的一天，看到他被围在文远楼门厅挨批，有人把一桶墨汁泼在他身上，墨汁从他白色短袖衬衫上流下来。又有人上来，把一顶纸糊的高帽子套在他头上，推着他游街……其后不久，在文106大教室召开了批判金经昌先生的大会，我们都被要求参加。金先生被迫低头在台前听批判，但是我注意到，他的眼睛却盯着坐在第一排的《文汇报》记者带来的哈苏相机，被其吸引。摄影是金先生的终身爱好，即使身处磨难，他也依旧泰然。这种态度，让我震撼。

1968年12月底，我毕业了，离开了依然处于“文革”漩涡中的同济。上海冬季灰色天空下的文远楼，看起来神色戚然。

1986年建筑规划学院成立，文远楼前

四、重回同济

1978年初秋，我回到同济成为“文革”后的首批研究生。城市规划专业的三位导师是金经昌、董鉴泓、陶松龄先生，带的两个研究生是马武定和我。离开文远楼整整十年，新的学校生活再次让人兴奋。“文革”后的八十年代初，中国社会充满了对未来的信心，无论是年龄大的研究生，还是相对年轻的本科生，脸上都飞翔着一种光彩，文远楼也似乎年轻了。1986年，建筑系发展成同济建筑城市规划学院，学院成立庆祝会就在文远楼前面的草坪上举行，同济建立了全国第一个城市规划系。作为副系主任，我的办公室就在文远楼二楼西端，和规划系办公室对门。在新楼（红楼）建造之前，二楼长廊朝南靠东面的第一间仍然是贵宾接待室，布置也依然简朴雅致。我们在此接待过贝聿铭先生等一大批国际建筑规划名家。

1981年贝聿铭先生的来访，是同济建筑系、甚至是当时中国建筑界的一件大事。贝先生是国际著名大师，在一定程度上，他也可算做同济校友，因为他毕业于圣约翰大学建筑系，而圣约翰大学建筑系是后来同济建筑系的主要组成部分。我仍然记

同济100周年校庆，城规1963级部分同学在文远楼前

得贝先生先在贵宾室和系里老教授们聚会，其中冯纪忠先生是他同学，陈从周先生当年也和圣约翰大学有交集。贝先生为人谦和低调，温文尔雅，让人敬佩。其后，贝先生在学校一·二九礼堂做学术报告，介绍他几个作品的设计理念。会场里不但挤满了同济师生，而且吸引了上海建筑界很多人，包括和建筑规划有关的上海市领导。此次访问的成果之一，是冯纪忠先生、陈从周先生先后访问了美国，特别是陈从周先生被邀请成为贝氏设计事务所的中国建筑项目顾问。1982 年，贝先生设计的北京香山饭店落成，成为他在国内设计的最早、最成功的作品。

文远楼走廊里恢复了陈列优秀学生作业的传统，多少年轻学子像我当年一样，羡慕着、仿效着学长们的设计……

今天，文远楼是学院四个教育楼中最年长的一个，虽然经过内部改造，它的外观未变，依然优雅如当年，就像建筑系的老一代教授们，气度依旧。文远楼代表的同济建筑城规教育精神，海纳百川，现代创新，将在此继续传承。

文远楼，人生的转折点

赵万良[①]

世界上任何故事都有它的缘由和结局，同济大学文远楼对我的人生影响是一个标志点，一个转折点。经历十年浩劫，第一次恢复高考，我幸运地考入同济大学，并在文远楼系统地接受了城市规划专业教育。

当时我们国家经过计划经济年代缓慢发展加上经过十年浩劫，城市普遍存在着诸多问题和欠帐，产业落后，交通拥堵，环境污染，居住困难，文化破败等城市问题已经严重影响到国民经济增长，影响人民生活质量的改善。百废待兴的城市为我们这一代城市规划工作者提供了广阔的平台，国家又恢复了城市规划工作的地位。离开同济，我重新踏上新的工作岗位，正好迎来城市规划的春天。

我是上海市静安区五四中学 1966 届高中毕业。正逢国家取消高考制度，失去了上大学的机会。1968 年，老三届要分配工作了，又成为第一批实行知识青年上山下乡的践行者。我选择了崇明农场，因为它们是国营而且还是市属的，内心还是希望能够重返上海。因为我自幼喜欢画画、写字，在长江农场 49 连被任命为连队宣教干事，负责宣传工作，并绘制毛主席宝像，工作当然比一般知青要轻松很多。一晃四年，1972 年，中央觉得中学师资力量严重不足，上海将华师大、上师院等几所大学联合重组成立上海师范大学，从上海市属农场招收学员进行培训，充实上海中学师资力量。其入学标准是自愿报名，群众推荐，领导批准，学校复审。我幸运地入学上海

① 生于1946年12月，1978年2月进入同济大学建筑系城市规划专业学习，1982年1月毕业。

师范大学文艺系美术班。

进入上海师范大学后，我才知道它不是可以安心学习艺术的世外桃源。学校还是把大块时间用于文化革命“斗，批，改”。我们学美术的还要求兼学音乐，唱样板戏。本来学制就短，时间非常保贵，同学们的美术基础又不一样，学校又没有发教材，仅靠教师们的讲课，绘画示范，大部分时间实行开门办学，去工厂，码头，农村学习速写，人物肖像练习。很多绘画技巧通过临摹来学习。因此学员们很不满足，大家都很焦虑。我作为副班长兼第三组组长，深知未来我们为人师表必备的资本很缺乏。于是组织收集相关教材资料。素描是美术教育的基础，我们找到了苏联索洛维叶夫·斯米尔诺夫·阿列克塞耶娃编著的《素描教学》，还有中学美术教学应提高学生兴趣，所以找来《动物画技法》，美国赓 • 赫尔脱格仑著 (1977 年，该书由人民美术出版社正式出版)。作为人物画的基础则要理解人体结构，我们节选了罗马尼亚的《人体的解剖与构成》。另外还有《水彩画技法》，共四本教材。我们用特制铁笔，钢板锉刀，用刻腊纸，手推油印的方法，硬是做到全班人手一套。白天上课，晚上刻钢板，印刷装订。宿舍犹如工场间，资金全班募集，纸张从废纸店买了自己裁切，忙得热火朝天。学校和系里还表扬我们。

天有不测风云，人有旦夕祸福。1973 年暑假中，我被军宣队的人从家里用吉普车“请”到了学校文艺系小礼堂，用极不客气的语言要我交出“四本教材”的经济账本，并交待“黑后台”。当然我是不会交待的，我们的老师经过“文化大革命”的第一次冲击后都是如履薄冰，再也受不了冲击了。尽管这样，我们的班主任俞歌老师 (俞云阶之女) 还是被逼成了精神病。我们全班被责令停课，批判资本主义黑线回潮，强制收缴“四本教材”并集中销毁。我坚持不交，并保存至今。

事后，文艺系所有学生全部被赶到金山县金卫镇八二大队劳动“锻炼”，每天出工肩扛萝筐搬运金山石化总厂铁路支线的铁路路基石，直到分配。作为惩罚，我比一般同学晚两个月才接到分配通知，而且除了我，所有同学都分配到原户口所在区的中学任教，只有我从静安区被分配到普陀区的光新三中。后来才得知：我们的“四本教材”被人送到当时的市革会，张春桥，姚文元，徐景贤，马天水等人均圈阅并批转朱永嘉、罗毅研究处理，到了上海师范大学已明确事件属资本主义黑线回潮，

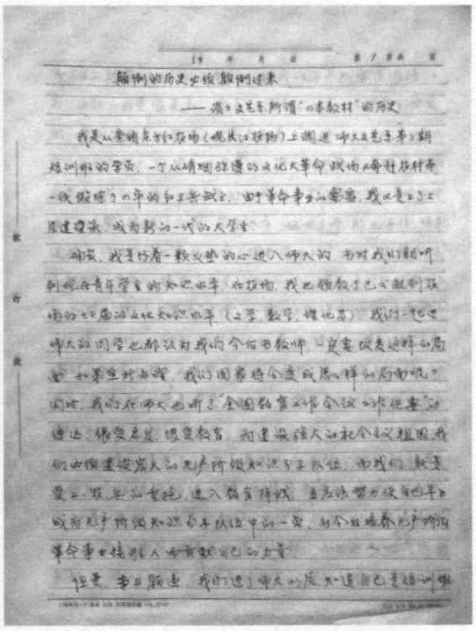
颠倒的历史必须颠倒过来
——谈谈文艺系所谓"四本教材"的历史

编印的美术教材及平反大会上的发言稿

须严加批判。

解放初期鼓励当光荣妈妈，到 70 年代这些孩子都该上中学了。我分配到的光新三中就是在光新中学操场上建起的初级中学，许多骨干教师均是从各个学校调配过来，有上海中学副校长，晋元中学校长，曹杨二中教导主任及一批所谓“白专”教师，他们给我教学经验，也影响了我的人生轨迹。

1976 年 10 月，“四人帮”被粉碎，举国一片欢腾！

第二年，上海师范大学由系主任带队到我工作单位为“四本教材” 件平反，当场烧毁黑材料，并请我参加系里平反大会。1977 年 4 月 25 日，我在平反大会上作了“颠倒的历史必须颠倒过来——谈谈文艺系所谓‘四本教材’的历史”的发言。学校里的老师想请我重返上海师范大学，加入恢复高考第一批的浪潮，重新点燃了我的激情，并立即购买了报名表(价格 50 元，我当时一个月工资才 43 元)。从上海师范大学回到光新三中，我将此事告诉了同事们，他们在为我高兴的同时也替我分析：这场革命不是共产党推翻国民党的改朝换代，而是解决上层四人帮，其思想基础的改变是个长期过程，这些人还在，不然当初不会有那么多黑材料。既然考大学是重新择业，从新择业要分析长线短线，要选择未来的朝阳事业，似乎不宜再回上海师范大学，最终我选择了同济大学城市规划专业。光新三中的人事干部专程去有关部门将我的报名表从文科改为理工科。

西北一楼寝室，左起黄汉达、黄吉铭、王金才、王洵

恢复高考第一届，全国570万人报名，最终录取27万人，考取率4.7%。我们是事后才知道这些数据的，现在看来还比较满意自己当年的勇气。记得考试日期是1977年12月11~13日，当时我儿子出生还不足半岁。收到录取通知书，我首先告别同事四年的光新三中的良师益友们，他们不仅为我祝福，还送上了各种礼物：从香港带来的函数计算器，制图用的圆规五件套，还有我根本无力购买的海鸥205相机，令我至今无法忘怀，所有礼物保存至今。

回家告别年迈的父母、妻儿，我就迫不及待直奔同济大学报到，开始了同济的专业生涯。

那时我已经过了31周岁，与同班年龄最小的应届毕业生相差整整13岁！记得我是用自己组装的凤凰18型自行车驮着简单的行李到同济报到的。学校大门口红旗招展，人山人海，老师们和学长们（上两届工农兵学员）在校门口热情迎接我。走进同济校门，一眼看到图书馆前的毛主席像。走近图书馆右转，就看到了建筑系的办公楼——文远楼了。这是一幢与其他建筑并不一样的楼，体量不大，造型独特，

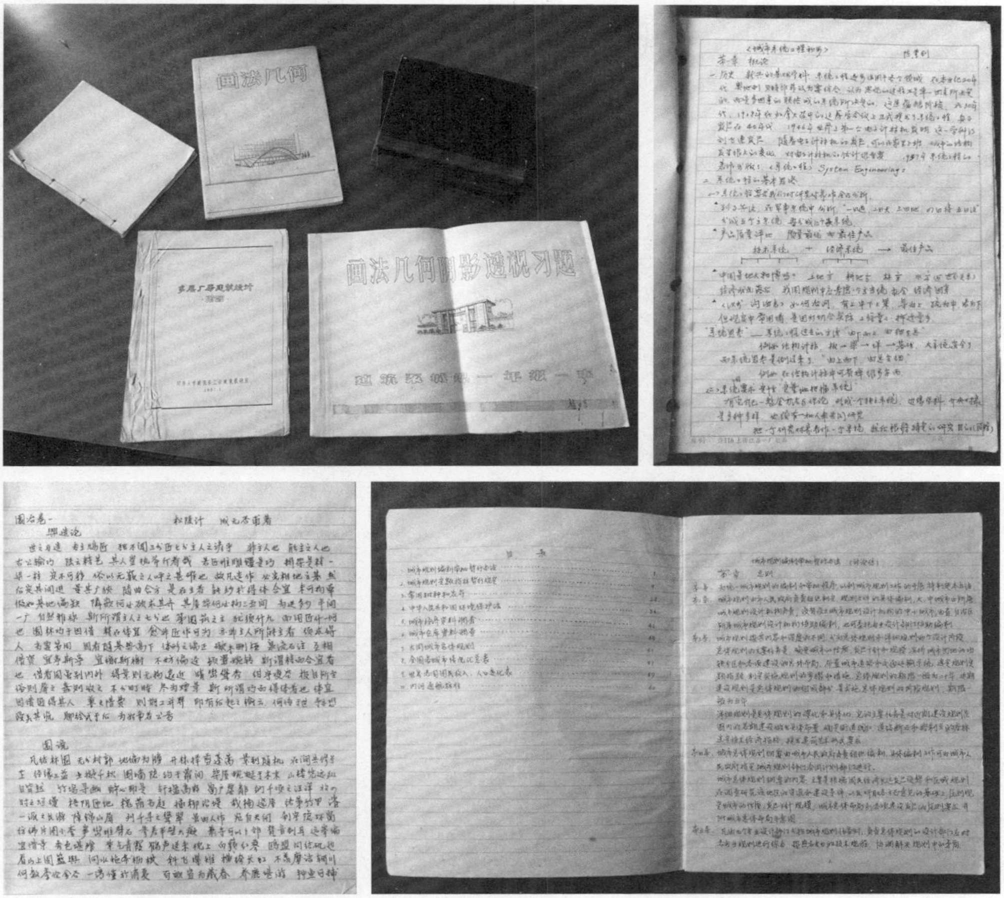

当年的教材及听课笔记

色彩简单，有凝固的音乐之感。我们随后被安排到西北二楼宿舍里，记得我们宿舍8个同学是黄吉铭，黄汉达，陈迪化，王金才，王洵，柯有五，黄晨和我。非常巧合的是，我的上铺王金才，我下铺赵万良，我俩姓名各取两个字即组成“王金万良”与“黄金万两”谐音，因为上海人发音“黄”“王”不分嘛！报到第一天就遇上好兆头！

我们这一届同学来自全国各地，来自各行各业。大家对将要学习的专业了解甚少。最接近的行业是建设工程类，他们算和城市规划有点搭界，有来自隧道公司的黄吉铭，基础公司的王金才，有来自化工局当泥瓦匠的王洵，轻工局当架子工的苏

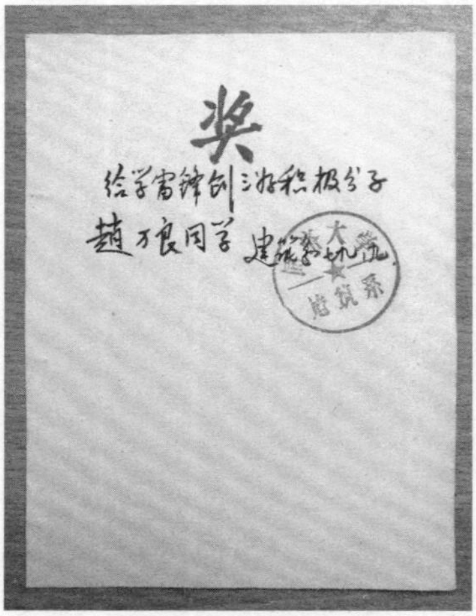

在校期间获得的奖状

功洲，还有两个张木匠：机电局木模工张式煜，房地局维修工张鸣。还有很多同学来自工厂，部队，农村，农场，机关，学校。他们都经过一定的社会锻炼的，特别是来自农村的同学，经济条件差，生活十分艰苦。记得来自福建安海的潘国明，我们开学正是早春，但是他只带了凉席，穿着凉鞋。我们班里还有一批应届毕业生，他们和我们六六届高中毕业生相差十三岁，我们宿舍里来自广西的黄晨就是应届生，由于受“文化大革命”的影响，中学教育质量有问题，他们学习很吃力，但是没有一个人掉队，靠的是更大的努力。黄晨是我们宿舍里睡眠时间最少的。星期天上海的同学都回家了，他们仍然坚持学习，赶上进度。

同济当年的学习条件是艰苦的。大多数学科没有教科书，即使有还是简单的油印册子，有的纸张还是新闻纸。离校 36 年后，这些教材已无法保存至今，十分遗憾！因为“文革”前的教材不能用，尽管后来略作调整还是用了，经历十年浩劫后，教师还是有顾虑的。新教材也不是一天能编出来的。好在文远楼有一批资深的专业教师，他们与我们这一届学生交往后，感觉到我们这批学生对专业知识'的渴求，每个教师都认真备课，全心全意授课，为了给学生们记笔记方便，教师们尽量在黑板上将题纲写的条目清楚，专业课为了给学生们形象记忆，就尽量多准备一些幻灯片。设计课为了每一个学生设计能力的培养，为每个学生反复改图，甚至利用休息时间。学生们则克服教材不足的困难，认真做好各门学科的笔记，怕有遗漏，还利用自修时间相互对笔记。每周 40 课时以上，很少有人缺课，除此以外还有自修课，但教授们还来教室答疑解惑。尽管文远楼的设计被称作是凝固音乐，内部各种空间布局合理，但上课教室还是在北楼，只有合班上大课时才用文远楼梯形教室，有一次学校请到美籍华人建筑设计大师贝聿铭讲课，梯形教室座无虚席，连走道也坐满了人，前排几乎坐到讲台边了，反映出当时学生们对知识的渴求，对国门外的事物，设计理念的热情追求。

我们七七届的学生不仅仅在课堂里认真学习，在宿舍里也从不松懈。尽管当时一间宿舍面积不足 20 平方米，但是要住八个学生，四张双层铺两侧一放，中间放一个长方桌，床和桌之间，人上只能侧身通过。开门空间一侧可以放八个五磅热水瓶，八个人的铁皮塘瓷饭碗，洗漱用品。整层宿舍有一处公共盥洗间，公共厕所，无专门浴室。如此艰苦的条件，没有人抱怨。坚持熄灯前无人停止学习，个别赶不上进度的学生熄灯后只能在走廊灯光下继续学习。第二天坚持“闻鸡起舞”，早锻炼，晨读外语，校园一片生机勃勃。

学城市规划和建筑学比其他学科化钱多一些，因为要画图，要买纸、笔，颜料。只有少数家庭条件好的同学可以在同济大门对面商店里购买，大多数同学想方设法节省钱，大量使用的草图纸和绘图纸是到新闸路大王庙废纸商店称分量买来，然后自己再按需要的规格进行裁切。画设计图需要 0.3、0.6、0.9 (号称 369) 针管笔，不是大家都买得起的工具，我们就用普通钢笔加工成可以不同角度画出不同粗细线条的特殊钢笔，也许现在的美工钢笔就是受我们的影响制造的。另外，圆珠笔芯油用完后我们也不舍得扔掉，想办法再灌油后重新使用。张式煜就经常为同学们灌油而弄得满手油污。

尽管学习紧张，但是大家都很重视体育锻炼，努力完成大学体育锻炼标准。记得标准中有游泳一项，但是班上有几个旱鸭子，短时间又学不会，学校安排了替代项目，负重竞走，他们都完成任务，全部通过标准。早锻炼是每天最热闹的时间，没有人监督，没有人缺席。通过体育课的组织，班级还成立了足球队，史小予，阎整是干将。篮球队张式煜是悍将，排球队黄吉铭是主将。球队还经常与其他班球队进行比赛，足球队是最有影响力的。

七七届本科是在学校教师级配产生十年断层后的状态，除了资深教师外缺少年轻助教，辅导员，好在学员自治能力较强，学校支持学生用民主选举的办法成立自治组织，每个班自选班委，党员自选支部书记，每学科选科代表，最后学校自选校、系两级学生会和团委团总支。我在班上当选班学习委员，学科上任美术科代表，学校里任校学生会宣传部长。(学生会宣传部设在学二楼，主要负责全校的政治宣传和黑板报工作) 尽管学业很紧，但是社会工作也不能忘记，再忙也高兴，人完全处于兴奋状态。

杭州实习

基础课程学习过程中有一次设计实习阶段，是美术实习写生，记得是在暑假期间，我们在胡久安老师带领下来到了人间天堂杭州，借住在浙江大学学生宿舍，大家背上自制的画夹走在风景如画的西子湖畔，用画笔记录下大自然的美景。杭州不愧号称天堂，处处是景，岳王庙，黄龙洞，灵隐寺，还有巨大的宋樟都是我们的写生目标。写生的素材回来后再改画成钢笔画，水彩画。美术实习大大提高了对美术课的兴趣，课堂上练静物写生，宿舍里临摹一些经典作品，野外写生充分体验空间透视，色彩，明暗，构图，为专业课程学习打下基础，培养艺术功底。

杭州美术实习写生作品

难忘的总规实习

学习了城市规划原理专业课程后，大学四年级时学校组织城市总体规划实习，全班分组进行实习，我选择了历史沉淀厚重的山西。尽管实习的城市只是榆次市(1999年改称晋中市榆次区)，实习期间我们在阮仪三老师带领下考察了城市的古建筑群，古文化遗址，文物保护单位100多处。作为现代城市，老百姓戏称榆次当年形象为：一条街，一幢楼，一个警察，一只猴。全城只有一条象样的大街，只有一幢现代的政府大楼，城市中仅一个重要交叉口，常年有警察指挥交通，全城唯一的小公园只有一个耍猴的。因此总体规划要增强城市发展动力。我被分在产业组，基础调研工作量不大，但受到历史文化的影响，我们工作组同学们商量向周边作些探索，领悟山西古文化。榆次市在交通区位上还是相对较优越，向西北25公里即山西省会太原，向南有铁路和公路串联各城市，给我们向纵深探索提供了方便。

在阮仪三老师启发下，我们小组坐火车直奔平遥。平遥的历史古建筑比榆次更完整，更丰富，更重要的是平遥还保存完整的城廓，但城墙破损严重，城墙附近的

拍摄平遥城墙(袁智恂摄)

榆社庙岭山石窟，图右为袁智恂从洞窟中爬上来

农民居然用城墙砖石石砌猪食槽，城墙格局古城门六个，南北各一，东西各二，宛如龟形。城内格局严谨，非常具有城市规划和建筑学的学术价值。由于十年浩劫，城市维护没有保障，历史古建筑缺少保护，大多被任意占用，如不抢救，平遥危也！回到榆次后我们向阮仪三老师汇报，阮老师决定利用暑假组织人员对平遥进行调查，

在晋祠合影

进行保护性规划，那是后话。

榆次，平遥文物集中区以外，广阔的山区，我们(袁智恂，夏佩芳和我)在考察榆社庙龄山时，在山野之中发现了小山头上的塔形建筑，走近后发现山坡上的断垣残壁，并有坐佛雕像，又在附近发现一个地洞，只能容一个人钻进去，进去后发现居然是个千佛洞，穹顶上的彩绘清晰可见，可惜当初没有彩色胶卷，不能展示它的风采。洞壁四周全部雕满佛像，数以百计。回榆次向阮教授请教，判断此为北魏期间的石窟千佛洞。鉴于我们专业知识缺乏，学习课程繁重，无力进一步研究，只好交给专家去考证了。后来听说此发现已刊登在《考古》杂志上，但愿能得到良好的修复和保护。

实习进入山西，祖国丰厚的历史文化深深打动了我，在完成了现场调查以后，回学校绘制总体规划图，编写说明书。利用暑假，第二次去榆次汇报总体规划成果。事后，一组学生跟随阮仪三老师赴平遥进行现场调研和抢救性规划。我们一组跟随董鉴弘老师考察中国历史著名的古建筑群，主要去考察五台山佛教丛林。整个行程

五台山佛光寺合影

十分艰苦，我们从榆次出发，当地政府想方设法用两辆吉普车送我们去五台山，全程自备水和干粮，最好的食品是煮鸡蛋。记得我们住在五台山寺庙里，半夜里给跳蚤咬醒，因为我是过敏体质，再也无法入睡，最后只能在吉普车里过夜。离开五台山，与董先生分别后，我们一行五人（袁智恂、夏佩芳、陈世平、闫整和我）就坐火车去了华山，北京，济南，又登了泰山。充分领略祖国的大好河山。

半年的实习调研远远超过总体规划范畴，特别是对中国的历史文化有了深刻了解，对于我来说，一个从小到30岁一直生活在上海的人，是一个重要的学习机会，开阔了眼界，增长了知识。正如陶松龄教授告诫我们的那样，规划工作者必须培养三样基本功：要有两条铁腿，一张铁嘴，一支铁笔。两条铁腿是要多走，多看，多积累；一张铁嘴是要多问，多说，多宣传；一支铁笔是要能写，能画，能表现。陶教授是城市规划原理的授课教授，除了专业理论的传授以外，还关注学生相关基本功的培养。因此这样的实习不仅仅是一次总体规划的课程设计实践，还是了解社会，了解历史，培养发现问题，解释问题，最后解决问题基本工作方法的社会实践，虽然很辛苦，但是收获巨大，至今难以忘怀。

摄影组，前排左起戴慎志、阎整，后排左起徐波、李颖、袁智恂、王家荣、施绿叶、蒋绿野、吴时杰

前左起排：夏佩芳、陈文琴、李颖、施绿叶、徐波、蒋绿野、俞文怡，中排左起：张鸣、陈宇波、吴时杰、李晓江、周钢、戴慎志、李卫利、苏功洲，后排左起：韩军、阎整、印晓勤、朱若霖、刘洪涛、任雨来、刘阳、袁智恂

参观云岗石窟合影

大学的最后一年，大家都把精力放在毕业设计上，各位教授设了不同研究方向的课题，由同学们自由选择，自由组合。我和夏佩芳，张式煜，王洵选择了徐寅初教授的交通方面的课题：上海体育中心8万人体育场交通集散研究。设计中主动加压，增加研究内容，从8万人体育场建筑设计方案，到已建成的万体馆、游泳馆和规划中的8万人体育场的总平面设计，到体育中心疏散的交通组织，主要包括观众的公交、自行车在城市道路上疏散的交通影响、冲突点及解决方法。由于这是恢复高考后的第一届毕业设计答辩，我被定为系里第一个答辩，除了同济教授徐循初等和校外专家黄富厢等组成的答辩委员会参加答辩会外，七七、七八届许多同学参加了旁听，文远楼106梯形教室人头济济，座无虚席。所幸我的毕业设计被评为优秀，算是对四年同济对我教育培养的一种汇报，对文远楼的一个交待吧！

难忘的平遥实习

熊鲁霞[①]

1981 年，在学校听说阮仪三老师要在暑期带同学去平遥实习。一天在文远楼下课时，我向阮老师说，很想参加平遥实习组，阮老师立马答应了。现在想来真是十分幸运。阮老师让我有幸参与了中国历史文化名城保护规划具有里程碑意义的平遥保护规划的实践与见证。

记得当时我们是从上海乘硬座火车到平遥的，但从哪儿转的车也记不得了。

当平遥这座历史古城尚默默无闻时，阮老师已开始了在中国改革开放初期、具有开拓意义的历史文化名城保护规划的实践，真可谓那个时期这个领域的“革命先驱”。

我们在平遥的住处是一组三合院的老建筑。记得南北向的正房是两层，两侧耳房是一层。正房与耳房的交接处是茅厕，就是那种最古老、最环保的旱厕。

阮老师和张老师住东侧一层耳房，男同学住在正房西侧的一楼和二楼，我和刘晓红两个女生就住在正房的东侧，边上便是旱厕。记得阮老师说，你们屋子朝南，就是一开门便是厕所……说实在的，若当时阮老师不说，我们根本就没有什么感觉，说明缺乏作为建设专业学生的基本生活敏锐度。

在男同学的住房旁也同样有一座古典旱厕。

苏功洲，77 级同学，永不言败的长胜将军，当年也是“英俊少年”。记得有一天，

① 生于1953年3月，1978年2月进入同济大学建筑系城市规划专业学习，1982年1月毕业，获学士学位；1986年9月，同济大学建筑城规学院，研究生，1989年毕业，获硕士学位。

平遥实习，前排左起：吴志强、吴晓勤、李卫利、史小予、熊鲁霞、刘晓红；后排左起：张伟、任雨来、苏功洲、李祖孝(当地干部)、阮仪三、张庭伟、李有华(当地干部)、于一丁、许毅(双林寺，1981夏)

英俊少年的皮夹失踪了，找遍各地仍未破案，于是有人提出，可能是滑落在旱厕了。你决想象不出，为了打捞那“百万英镑”的皮夹，弟兄们可是举了一根五尺长杆将有“八百年历史”的茅厕，搅了个天翻地覆！可见他也绝对是一江湖好汉！

我们住宿的地方也是我们工作的场地，在床边的桌上支一块画板，讨论规划、画图、做方案……

在三合院进口的西侧有一间小屋，就是我们每天的饭厅。厨房在三合院外的空地上，其实就是一个棚屋。记得在露天空地上还支着一口大锅。现在想来，平遥干旱，很少下雨，所以露天大锅经常可以使用。

平遥的苍蝇，大概是每个老师同学都不会忘记的实习记忆。每次吃饭进入小屋，首先进入眼帘的是天花板上停满的、黑压压的一片苍蝇！真是停满整整一片房顶！

在平遥每顿饭，首先迎接我们的永远是小屋中央小桌上四碟满布苍蝇的冷盆——黑的豆干、黑的咸菜、黑的辣椒、黑的牛肉……

每当我们还对着四碟苍蝇犹豫时，每次都是张老师第一个英勇地将筷子插入苍

平遥实习，左起吴晓勤、苏功洲、吴志强、许毅、张伟、李卫利、阮仪三老师、史小予、熊鲁霞、张庭伟、刘晓红、于一丁(双林寺，1981年夏)

蝇的心脏，并豪放地说："不干不净吃了没病！"可悲惨的事实是，当时我们每个人都不仅先后轮流腹泻，而且张老师还发了热度……

当时的保护规划，基本分三个阶段。

第一阶段，是踏勘。将平遥古城中各类老建筑，进行测绘和写生，包括建筑的外立面及有特色的重要节点，如各种式样花色的窗户木棱等；

张庭伟老师，这位江南才子，对于我们这批朦胧的革命追随者来说，他真正是阮老师得力的干将。当时，他经常夹着一画板去古庙写生，回来后就兴致勃勃地向我们讲解他的画作。只可惜我们那时刚刚走出"文化革命"的洗礼，对菩萨远没有对党有更多的崇拜，所以理解甚浅。

史小予 (77 级) 是实习组的主力，工作勤奋、尤其画图十分细致。50 年代的人都知道电影《秘密图纸》，他老爸——史可，就是其中的"特务"，不过史小予他可

平遥实习，阮老师住房前合影，左起：苏功洲、熊鲁霞、阮老师、吴晓勤、史小予、于一丁(1981夏)

是铁骨铮铮的“共党”。

我们竟被误当“华侨”！

记得我和刘晓红踏勘时，听见当地人指着我们说：“华侨、华侨……”由此可见，当年阮老师带领我们来平遥时，平遥和外界的隔离有多大，外面的世界很少知道平遥、平遥也很少知道外面的世界。在改革开放40年的今天，想必平遥人一定看多、看够了各种、各色人群、人种，真正见识了真正的“华侨”，再不会被“盗版”搞混吧。哈哈。

刘晓红(78级)，平遥是我们友谊的发源地。永远不会忘记你动听的嗓音，还有你在我儿子刚出生时送给他的“小房子”。

我与刘晓红的合影，可能就是那顶太阳帽给了平遥老乡“华侨”的误导吧。

张伟(78级)，画得一手好画。记得踏勘写生时，张伟可以将挂在住宅庭院中的玉米都一个个兴致勃勃地画下来。

熊鲁霞在张庭伟老师的住处画图(1981夏)

当听说安排我们一起踏勘时，刘晓红说，那你要准备好了，张伟不与女同学说话的。

可能是看在我“年长的份上”，很感谢张伟小弟，在平遥古城墙上和我这个大姐唠了许多磕，知道你毕业后要回东北老家，因为那里有你的女朋友在等你。在此给你穿越 30 年的祝福！

于一丁 (77 级)，当年我像认识他的名字一样简单地认识他，可 2001 年的武汉之行，使我真正认识到能起这样创意名字的父母，其子女一定也有创意的基因。

吴晓勤 (77 级)，现安徽省建设厅副厅长，小心，未来的省长之星，仔细看好了。

第二阶段，整理绘制建筑的平面、立面、剖面，建筑和建筑群的透视图、鸟瞰图，记得还绘制了平遥历史建筑很有特色的各种图案的木棱窗户立面图。作为平遥很有价值的历史保护建筑的记录与保存。

吴志强 (78 级) 也是江南才子，那时就表现出了在学术之外的组织才能与对公益事业的热心，这就是他现成为同济副校长的潜质。

山西省平遥县建筑采风

· 城墙
· 古建筑
· 典型民居

参加测绘人员

同济大学建筑糸城市规划专业

阮仪三　張庭伟　史小予　于一丁　李卫利　苏功洲

吴小劬　熊鲁霞　張　伟　吴志強　沈　毅　刘晓红

平遥县建委·文物管理所

張光华　孙宝森　李祖孝　　1981·7-8

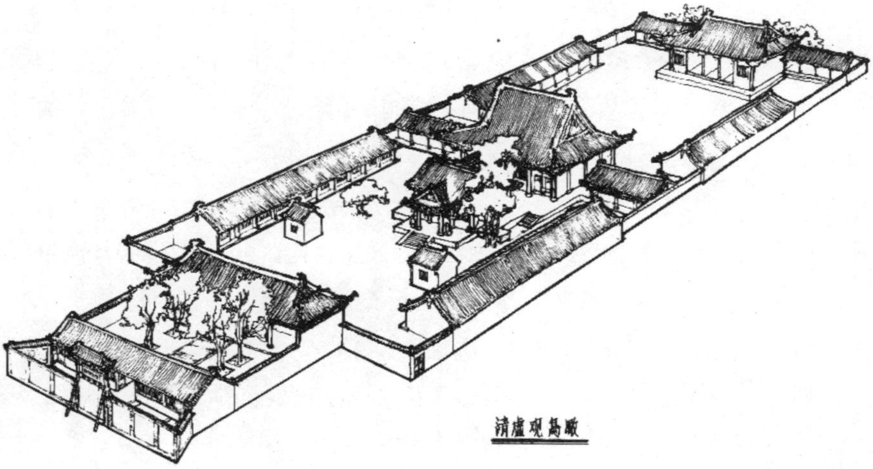

清虚观鸟瞰

《山西省平遥县建筑采风》

记得吴志强画了一个门楼和建筑群鸟瞰，十分形象、精细，很有基本功。

许毅(78级)，典型的上海小生。永远很有腔调地拎着个小皮箱、目中无人地走在前面。在平遥古城，这个有30年代外貌的小皮箱可是很抢眼球的啊……

印象最深的是，他很擅长将古建筑复杂的千年剖面信手画来。所以他后来去了建筑设计院，应是很合适的。

第三阶段，就是平遥历史古城的保护规划。主要主要是由阮仪三老师和张庭伟老师出思路、做方案。当时的方案是将老城保护起来，在老城旁边开发新区，在理念上，与巴黎和梁思成的北京保护方案一脉相承。记得张庭伟老师画了一张新城规划图。

当年的观念——专家应当具有高于官员的权威

记得当地有一城建局干部，每天都要来我们工作、住宿的地方，在旁看我们画图、做方案。阮老师将他写的规划文本给他看。一天听阮老师说，“我的文章董先生(董鉴泓)也不改的，一次通过，他居然改了我的文章！”

在改革开放初期，知识和知识分子受到十分的尊重，专业人员比官员更具权威地位。而现在领导对规划提意见是必然的、必须的、必备的，而且是具有决定和主导作用……

时代与人们观念的变化可见一斑。

2017.3.25

尘封的记忆与开放的文本

孔宇航[①]

进入同济大学建筑系读书，似乎是命运偶然的安排，至今我还很感谢一位尚不知名的招生老师将我的入学志愿书从复旦大学数学系调至同济大学建筑系，否则我也许今生无缘相遇建筑学。1978 年 2 月 28 日到校报到时，先被分到一间临时宿舍，得知我的同学们大多是比我大十几岁的来自上海的老三届中学生，其中有王元、赵尔昌、宋希民等同学，也许在他们眼中我还是个乳臭未干的小孩。等到两个班集合时，才知我是当时 77 届建筑学专业年龄最小的学生。就这样，自中学毕业后，经历了半年的待业、复习、高考，到入学，开启了我将近四十年的建筑生涯。

我被分到了建筑学两个班中的一班，与二班相比，我们班同学平均年龄相对小一些，二班大部分是老三届高中毕业生。由于长期从事建筑教育，现在回想起来，当时 77 级学生的学习热情与勤奋度大概是中国现代教育史上空前绝后的。同学们强烈的求知欲在经历了十年“文革”后变成了自觉意识，基本上过着三点一线的生活：宿舍、食堂、教室。除了星期天少数上海同学回家外，其他任何时间从早上八点到晚上十点，设计教室里均是满满的，大家除了上相关课程外，基本上都会回到教室自习与设计。另一方面，学生生活亦非常单一，与 70、80、90 后相比不可同日而语，偶尔同学们晚饭后会在北楼前的草坪上或者文远楼前的空地上打打排球、羽毛球，

① 生于1962年5月，1978年2月进入同济大学建筑系建筑学专业学习，天津大学建筑学院副院长、教授、博士生导师。

等等，每天早晨亦有晨练。而我本人由于中学时没有学过英语，所以在一二年级时每天早上都会起来背英语单词，差不多持续了三年时间。在这样的集体中，同学们的相处还算融洽。整个年级大约三分之二是上海同学，三分之一是外地同学，我们这个集体中有下过乡的知青，有留城的工人、军人，也有像我这样刚毕业的中学生，由于各自的生活经历不同，处事方式亦存在差异。记得有一次外出实习，二班的刘昭如同学突然跟我说，“小孔，你将来前途无量”，当时我甚是惊讶，心想为何同在一所大学读书会有如此感慨，现在回忆起来逐渐明白，那是他们在为自己曾经逝去的青春年华而叹息，在最美好的人生时光却无法迈入大学之门的遗憾。在学校同学们基本都过着“苦行僧”一般的生活，毕业前也不担心工作的有无，只是担心城市去向的问题，因为那时候所有人的工作都是由国家统一分配。

在经历过那场史无前例的运动后，给我们上课的老师们终于从一个非常规的时代步入了正轨，摆脱了无休止的政治运动，以一种既幸运又无私的心态从事着教学与学术研究，并遇到了可能是史上最特别又最珍惜学习的学生群体。我们也是幸运的，因为大学被停办了十年，我们是第一批通过考试进入大学的门槛，我们的入学标志着一个时代的终结。

大学时老师们的指导对学生专业的影响是潜移默化的。大一时，戴复东老师给我们上设计初步课，从裱纸、写仿宋字、线条练习到渲染练习，戴老师均是一丝不苟、不厌其烦地耐心指导。一个学期下来，尽管当时并不太熟悉其所以然，但这样的训练让我们知晓了建筑学是一门既需要耐心又需要精致的专业。一根线画的均匀度、一组线的精确对位，以及渲染时的褪晕与落笔均有很大的学问。第二学期我们设计制作了一个供专业用的铅笔盒，并做了一个要求水彩渲染的茶室设计，由余敏飞老师指导。余老师在教学过程中的不断鼓励与表扬开启了我对设计与制作兴趣的大门，真是终身难忘。

在二三年级的设计课学习中，卢济威老师指导了我两次设计课。从卢老师的指导中学到了设计的整体把握与细部处理。老师做事的严谨与细致入微亦奠定了我人生中的做事态度。由于毕业后一直从事建筑教育，在全国的各种学术活动中经常与卢老师相见，甚是欢喜。

古猗园合影

大学期间我们也会偶尔离开校园外出实习，对同学们来说应该是令人兴奋的事件。我们去过南京进行绘画训练，参观南京工学院的建筑系，印象中空间虽然昏暗但很有艺术氛围。亦去过九华山进行测绘实习，参观了当地的寺庙以及僧侣的生活场所，见到了那里的高僧、和尚，甚至还见到了地藏王菩萨的“真身”，感到十分好奇。离开九华山后我们一部分同学还顺道游览了黄山的奇山异景，一路上同学们都很开心，现在这些已经成为大家美好的集体回忆了。

毕业设计是大学最重要的设计环节，我的毕业设计由张振山老师指导，题目是新安江疗养院。我们组的同学到广州进行了建筑调研，又到新安江进行了场所考察。在这过程中张老师一直伴随着指导，师生间亦结下了深厚的友情。更值得回味的是从同

肇庆七星岩合影，前排左起曹骏、罗继润，中排左起吴直方、孔宇航、蔡平、张灵，后排左起林志强、周立群

济毕业 28 年后竟来到张老师的母校天津大学建筑学院执教，真是冥冥之中的缘分。

在大学期间作为本科生见冯纪中先生的次数并不多，印象中是具有大家风范、知识渊博，极具亲和力且在建筑系中拥有学术权威的名师。由于从事建筑教育，一直有个疑惑，在历届院士的遴选中，为什么冯先生这样一位集智慧与专业知识于一身的学者从未获得院士的荣誉。如果用现在的话形容，冯先生应该是当时学生心目中神一般的人物，他并没有跟我们上过设计课，但印象中大一做茶室设计的时候，他在文远楼西南角的阶梯教室讲过一次大课，当时很多中年教师都去听了，场面非凡。还有一次，是他请来了贝聿铭先生做了一次讲座，他做了简短的介绍。在我们看来，他是一位虽然出镜很少但极具学术风范又很精神的学者，学生们都崇拜他。然而有一件事我们还是有些失望，就是拍摄毕业照时冯先生并没有出现，而校长李国豪却出现了。还有一件事，77 级的一部分学生恐怕很难原谅冯先生，就是当年的研究生

新安江实习合影，左起周立群、罗继润、林志强、吴直方、蔡平、孔宇航、张灵、张振山、曹骏

录取过程，全年级约有三分之一的同学报名，最后被录取的只有曹庆三、周立群和向继祥 3 人。据说当时冯先生是依据是否保留基地上的树作为及格与否的标准。就这样近二十名同学失去了研究生学习的机会，当时国家还有近十个出国名额亦几乎落空。一大半同学们不仅未能获得进一步深造的机会，而且进入了当时国家的分配体系，一批上海同学被分配至外地，对他们来说离开上海的家是件非常艰难的事情。

77 级作为历史很快就过去了，事实上我的不少大学同学已经退休了，但作为中国当代的重要转折事件将永存于史册之中。中国当代之所以能获得今天的成就，与恢复高考制度密不可分，并从此逐渐摆脱“文革”时期曾经出现的愚昧和贫穷。77 级的大学之门，对于个体、社会和国家都是一个重要的转折点，亦是一个时代的突变。我们从近乎于荒芜的知识状态中走向充满智慧的大学校园。

如果一个人性格的成长可以追溯到青少年时期家庭环境的影响，那么其学术生涯知识结构的形成、认知方式则与大学的氛围与格局密切相关。现在想起来，始于1978年初至1982年四年的求学过程，与其说是尘封的记忆，倒不如是开放的文本，虽然已经离开了人生中最为阳光灿烂的校园时光，但同济的教育却留给我们从未自我封闭的求知态度、海纳百川的胸怀，以及面向未知时空的开放思维。作为同济人，在接收力极其旺盛的青春时段，知识的吸纳固然重要，不过更难能可贵的是大学的开放的架构与自由的思想，开启了学生的智慧之门，教会学生如何在充满不确定的未来中自如地应对与有效地把握人生。

曾经有人问我："在同济读书的时候，对你影响最大的老师是哪位？"我脱口回答了一连串老师的名字，从设计课的卢济威、赵秀垣，初步课的戴复东、余敏飞，到美术课的齐子春，以及毕业设计指导的张振山。老师的学术背景也不尽相同，有来自海外的老教授，也有来自东南大学、天津大学等国内名校的讲师。正是这样一支精英的师资队伍，从各个视角、专长对学生们进行传道授业，潜移默化地提升了我们的专业知识、影响着我们世界观的形成。

尘封的记忆是一段过往的经历，是被封存了的事件，对人生的轨迹多少有一些影响，不过碎片式的记忆片段不会影响人生大的格局。然而即使那段时间虽已过去，但所经历的人生启蒙却如开放的文本般一直影响着人生的动态轨迹，并随着时间的推移，自身获得更多的意义和内涵。从该视角看，作为同济学人，应该永远地对母校感恩，因为教育的最高境界不是知识的传授而是心智的开启。

2017.03.17

于天津大学敬业湖

文远楼和她的故事

吴志强[①]

一、优秀作业的展廊

“文革”刚结束时，文远楼二楼是我们建筑系的教研室，也是优秀学生作业的展示区域。那时资源匮乏，设计类资料非常稀缺，这些橱窗里的作品就成为了低年级学生临摹的最佳范本，从树叶细部到建筑阴影，从人体形态到三大构成，每一份作业都是绝佳的设计资料。不仅如此，在文远楼二楼见到老师的频率也非常高，挂作业的老师和参观的学生经常在这里相遇，我们自然不会浪费这个机会向老师请教，久而久之，文远楼就成为了师生交流的第二课堂。再加上同济的建筑与城市规划专业名声在外，文远楼的学术氛围吸引了越来越多外院的学生，这里便逐渐成为77、78届同济大学生最为仰慕的地方，很多在北楼上课的学生，一下课就跑到文远楼来，一泡一下午。

那时候，老师在评选学生作业时，凡是值得留下的优秀作品，都会在作业上写下一个“留”字，由于每次作业一个班大概只有3到5份作业能够留下，因此这个“留”字代表着一种肯定，能够得到它是一种无尚的荣光。这个“留”字写得也非常有意思，上面两个封口，下面一个田字，与日常书写有所不同，更像一个篆刻的红印。由于这个字意味非常，且写法独特，因而深深的“留”在很多人的记忆里。

① 生于1960年，1978年进入同济大学建筑系城市规划专业学习，1985年研究生毕业留校，1988年赴德国柏林工大留学攻博，1994年获博士学位，1997年回同济建筑与与城市规划学院任教至今。

我第一个“留”下的作业是一个幼儿园设计，当时我感到非常的骄傲，也正是这份骄傲鼓励我更加努力学习。从那时起，我的作业就再也没有拿回来过，全都被老师留下挂在文远楼的二楼。这既是一种荣耀，也是一种遗憾，毕竟每一次的作业都是自己的心血，有着独特的价值，不能够收藏自己的作品，心里很是失落。而与此同时，也一直存有一种疑问，就是那些被挂在文远楼二楼的作业都到哪里去了。这个问题一直没有得到解答，直到从德国留学归来，我才发现这些作业其实都压在红楼最里面的一个厕所间，那么宝贵的东西，就这样在冲水池里堆着，非常可惜。到了1997年，我联合规划系的领导，带着两位工人在红楼的四楼建了一个档案室来保管这些作业。在这次整理过程中，我们还发现了不少惊喜，比如说我们第一次看到了如今已是院士的魏敦山老师的大学作业等，这些惊喜也给了我们在整理保管道路上继续走下去的信心。作业整理还只是前奏，到了2004年，我们学院动用六十万元购买移动设备，专门召集一个老师将这些作业再次整理出来，并建立了学院的第一个图档馆，这个图档馆的规模可以保留二十年学生的优秀作业，非常完善。2006年教学评估时，依托于图档馆，我们将所有的作业全部调出，整齐规律的排列开来，震惊了评议组的所有人。组长看到惊讶非常，但又有些不服气，于是就提出了另一个苛刻的要求：随意指定一个班级的某个学生，要求我们调出他整个大学五年的作业。这个看似刁难的要求被我们在一刻钟之内攻破，并且超额完成——我们把整个班级的作业全部拿了出来！每个学生的作业为纵，整个班级为横，横纵双向，蔚为壮观。让组长心服口服。

这就是文远楼二楼学生作业展示的故事，在这里，建筑与人是一个整体，你中有我，我中有你，这段历史对参与其中的学生都产生了巨大影响，并深深印在了我们的记忆里，引导我们之后的工作与生活，没有文远楼二楼的这段故事，就没有后面的图档馆，也就没有建筑与城市规划学院的现在。

二、学术熏陶的家园

“文革”之后，研究生教育刚刚恢复，学生的数量很少，尤其是77、78届，建筑专业和规划专业两届合在一起都不超过20位。长期以来在文远楼的学习工作，让

陈占祥先生在研究生答辩仪式上

彼此之间建立了深厚的感情。

不仅如此，文远楼还是非常重要的学术交流地点，尤其是二楼的201房间，是全院第一个并且是最高级的外宾接待室，是接待国际大牌教授的最佳场所，这给了我们许多接触国际设计大师的机会，至今我依然记得李德华先生接待郭彦弘教授时关于金山化工厂新的卫星城与上海城区的讨论，以及金经昌先生关于区域规划的核心要素的提问，记得冯纪中先生等教授们接待贝聿铭先生的笑声。这些与大师的交流让我们受益匪浅，拉近了世界与中国的距离，也熏陶了研究生们同济建筑规划的民主学风。记得德国的贝歇尔教授来给我们讲课，金经昌教授站在边上翻译，时过中场，我们学生都如饥似渴，听着金先生翻译的每一句话，突然坐在第一排中央的冯纪中先生打断金经昌先生："老金这句翻错了，应该翻译为……"我们所有的研究生都呆了，就听到金先生反驳道："你才没听懂呢，要不我们再来问问他原本的意思是什么？"然后金经昌先生与冯纪中先生当着我们这么多学生面争论起来如何翻译得更准确，最后两位泰斗与德国教授在敞怀大笑中结束了争论，找到了共识。我们这

硕士研究生答辩，与(右起)陈占祥先生、柴锡贤先生、董鉴泓先生，当时导师李德华先生访美，未能出席

批学生就是这样被他们教育了：在同济教授之间是可以公开争论的，因为这是好朋友。教授之间因为相互间的人格信任，学术争论不会像我们在其他地方常见到的，学术观点不同就恶性地转为人品的攻击。而在同济建筑规划，那是一种平等自由的民主，是真诚交心，是一起对学术的共同追求，转为教授们相互间更加的尊重。

除了各类国际交流，77、78 届研究生的论文答辩也都在文远楼二楼举行，文远楼是我们研究生学术思想和学术精神的起点。

除了学术交流，文远楼也是我们举办活动的首选场所。那时虽然学生数量并不多，但娱乐活动却层出不穷。文远楼三楼的屋顶花园，当时是一个很大的塑料充气建筑，是我们研究生活动最为频繁的地方，无论是研讨会，舞会，方案讨论，还是设计展示等，都在这里举办。久而久之，文远楼三楼就成为了研究生集体讨论和科研实验的家。除了我们自己，很多其他学院的研究生也来这里串门，我们的钱锋副院长和他夫人

在南平市滨江大港详细规划模型前

的爱情就是在这里的舞会上诞生的。

三、学科发育的中心

1995 年我研究生毕业留校，进入了城市规划教研室。在这里，我开始从大学时对文远楼走廊上留下的优秀作业的关注，到研究生时聚焦接待室中国际交流热点活动，进而开始知道了整栋文远楼的学科分布：从一层的基础教学，美术教研室和美术教室，建筑技术实验室，二楼三楼的建筑和规划主干教研室，当然也知道了院系的管理也在二楼集中。

1995~1997 年短短的几年间，规划学科从原来的两个教案室：总体规划教研室和详细规划教研室，学科扩展出了第三个单元：城市规划研究室，规划专业开始从原来纯物质空间的处理，开始走上了更多的城市社会学领域、土地经济学领域、管理学领域、系统工程与计算机技术导入。我们一批青年教师开始大规模学习各个相关领域书籍，开始系列翻译国外的规划理论文献。

原来的建筑系的两个专业建筑学和城市规划，开始从内部大量长出新领域、新技术和新方向。在现在的 B 楼没有建起来之前，在学科大扩张的基础上，一次学科历史性的跨越终于诞生了：同济大学建筑与城市规划学院正式成立了。重量级教授们那天集聚一堂，在文远楼的大门前挂上了学院的铭牌“建筑与规划学院”一起合影，教授们到二楼的接待室挥毫题字，冯纪中先生写下了：“虎虎生气”，金经昌先生与诸多教授们写下了著名的“鸡与蛋”的字幅，李德华先生担任首任院长。

一直还记得那个小小的情报资料室，只有 10 来平米，却做得到位：各种报纸相关专业文章都剪下来用浆糊贴在本子里。

四、未来生活的实验

我在德国柏林读书时，心中依旧念念不忘文远楼。那时两德尚未统一，但我执意去德绍，原因就在于德绍包豪斯有着文远楼的姐妹楼，那里的很多场景与文远楼十分接近，拍照时就好像身处文远楼中一样，而同时，这些照片和拍摄过程也反过来以另一种形式让我去了解文远楼，去了解设计的源头，从水磨石、贴脚、扶手，到铸铁窗架纵向开启的方式，这都让我对文远楼有了一个全新的认识。90 年代后期回国后，我同样也在文远楼进行了对照拍摄，相同的部位，不同的地点，一组两张，成对出现。这个拍摄过程一直持续到 2000 年，意义非常，也正是这个经历促使我在就任院长期间去包豪斯谈校际合作，并构建了后面的双学位，共同研究走向生态城市和节能环保的包豪斯。2007 年校庆时我特意邀请魏玛和德绍包豪斯的院长共赴同济。尽管在观点上略有差异，但在这里，在文远楼，他们终于握手言和，笑谈 21 世纪包豪斯运动的未来。

2005 年，文远楼重新被划归建筑与城市规划学院，那时我产生了将文远楼作为探索生态节能建筑样板的想法，后来在做世博会总规划师期间，我们开始正式着手文远楼的生态改造，并与 26 家欧洲节能减排公司合作，采纳十大生态技术，针对文远楼历史保护建筑的特点，制定了大量针对性举措以保证建筑的原汁原味。比如在隔热方面，我们将原本 8 公分的外部隔热层改为了 3 公分的内部隔热材料以避免破坏文远楼的建筑表皮，同时利用文远楼丰富的地源热泵，向地下直插入 80 根 80 米深的管子，以保证文远楼常年 16-17 摄氏度的室内温度，供整栋建筑冬季供暖和夏季制冷，这套设备至今依然在发挥着功效。文远楼原本的窗户铸铁技术很差，隔音隔热效果欠佳，对此我们本希望采购德国的节能窗户，但限于 4000 元每平米的价格最后只能作罢，为解决此问题，我们利用德国的技术在无锡自行生产，成功将成本降到 400 块每平米，并将工期从 16 个月减少到 4 个月，可谓国内外优势整合的典范。

整个文远楼的生态改造，真正反映了同济的思想与设计的追求——中国的也是现代的，而这也正是文远楼的最大意义之所在。如今依然矗立的文远楼，就如同是一位长者，缓缓讲述着属于他的故事，一个来自德国却扎根于中国的现代设计的故事。

同济建筑人的圣殿

伍江[1]

1979 年高考，我以 367 分被同济大学建筑系录取。9 月 7 日报到，报到地点就是文远楼。当然那时对文远楼毫无感觉，只知道建筑系(今建筑城规学院)与建工系(今土木学院)都在文远楼里。开学后的第一节主课，建筑设计基础课，就在文远楼 215 教室。教室的座椅很考究，每一排椅背后都有一排长条桌板，桌板上每个座位前都有小灯珠，每排统一控制，当拉上窗帘放幻灯时可以打开以便作笔记时的照明。后来灯珠不断地坏，慢慢地就全都不亮了。

一年级时不断听老师讲到包豪斯，讲到文远楼同包豪斯的渊源，学生们则懵懵懂懂。一年级最后一个设计作业，每人发了一块三合板，自己设计一个文具盒并用三合板做出来，要求能够放进全部绘图工具。这是一个很能让学生兴奋的作业，记得最让大家感兴趣的环节是盒子做好后上清漆打蜡克。大家很崇拜王曾纬老师，因为他木工漆工样样在行，亲自动手示范。据说他家里的家具都是他自己做的，这就更让学生们钦佩了。直到几年之后，我才逐步理解这制作文具盒作业实在是包豪斯的教学精髓，继而开始领会文远楼与包豪斯的思想渊源。那个年代国内各校的建筑系都从未听说有这种作业，后来才知道同济的这种训练在全国都是另类而前卫的。

我们的专用教室在北楼 4 楼，因此除了去文远楼 215 教室上大课外一般很少去

① 1960年10月出生，1979年进入同济大学建筑系建筑学专业学习，1986年研究生毕业留校，1993年获博士学位，教授、博士生导师，同济大学常务副校长。

本科时在狮子林合影，前排左起：伍江、张乐；后排左起：阮秀佑、王政、支文军、周晓帆

文远楼。另外就是文远楼二楼走廊上的范图，也就是学生的优秀作业展示，常常会吸引同学们去观摩。最好的作业会得最高分“5留”，然后轮流在文远楼走廊里展示，为后面的同学做示范。再就是设计课、构造课和历史课的老师在讲到文远楼时会带我们到现场讲解，这时才会感觉到文远楼的不同寻常，但却并不理解它的真正含义。对文远楼的真正认识，是在读研究生以后。那时的研究生是享受准教师待遇的，可以配教研室的钥匙，还可以用文远楼走廊里只有教师才能使用的内线电话。我师从罗小未教授学习西方建筑理论与历史，每周都要去位于文远楼二楼的建筑历史教研室上课，其实是面对面向罗先生汇报一周以来的读书心得，并听她讲解。罗先生是西方现代建筑史大家，包豪斯自然是很多话题的中心。她在讲述西方现代建筑史和包豪斯时，常以文远楼为例。我由此了解了文远楼的历史，知道了文远楼设计者黄毓麟、哈雄文其人其事，知道了圣约翰建筑系的故事，还有直接从包豪斯跑到上海

读研时与支文军在青岛考察

来的 Paulick 教授的故事，知道了同济建筑系同圣约翰建筑系的特殊关系，逐渐真正懂得了文远楼与包豪斯的渊源。

不过那时对于大多数建筑系的研究生来说，文远楼最重要的房间当属位于二楼的资料室兼会议室。这里常举行小型研讨会，重要客人来了这里就成了接待室。当然对于研究生们而言，这里总是用来进行论文答辩，因而也就成了我们一生中最重要的房间之一。1986 年 5 月，我也在这间会议室进行了研究生论文答辩，然后毕业留校任教，终于真正成为文远楼二楼建筑史教研室的正式一员。那时建筑史教研室分中外两部分，外建史有罗小未、王秉铨、蔡婉英三位老师，中建史有喻维国、吴光祖、路秉杰三位老师，原教研室主任陈从周则因创建园林专业而调到了园林教研室，尽管他仍时常到历史教研室来转转。罗先生在系里国际交往最多，作为她的学生，我自然就有机会常常承担起陪同外国专家的任务。记得当时在文远楼的建筑史教研室接待过瑞士 ETH 的 Rauner 教授和印度著名建筑师 Charles Correa，这两位如今都已作古，但仍印象深刻，至今难忘。

后来王秉铨、蔡婉英两位老师相继赴美国定居，外建史课程的教学就主要由罗先生带着我来承担。罗先生对我非常放手，不久以后全系的外建史课程她就全部交给了我，她自己则集中精力上研究生的外国建筑理论与历史课程。罗先生在国内最早开创了请不同的老师来讲授，并采用师生课堂互动研讨的方式上课，作为她的助教，我自然也就有机会直接学习她的教学思想和方法。这也为不久以后罗先生将本科生和研究生的全部课程转交给我打下了良好的基础。文远楼 215 大教室，也就成了我最重要的讲课场所。我接过罗先生的衣钵，对每一届学生都要讲一遍文远楼的故事。

我留校几年后，陈从周先生的博士生蔡达峰毕业，于 1990 年加入建筑历史教研室。后来蔡达峰调往复旦大学参与组建文博专业，并因工作出色而成为复旦大学分

罗小未先生在教研室给我和支文军(右)看底片

管教学的副校长，而我多年之后则成了同济大学分管教学的副校长，一个七八个人的小小教研室，竟然有两人同时担任复旦、同济两校的副校长，也算是我们教研室历史上的一段佳话。我们教研室和美术教研室同属同一个党支部，历史教研室因为人少地方大，就成了每个月开支部会的地方。我们教研室几乎全是党员，加上美术教研室的朱膺、刘克敏老师，以及后来加入的詹鸿昌老师等，形成了一个团结、活泼的党支部，这也是一段令人终生难忘的经历。

在文远楼我还有一个有趣的小插曲。留校工作后我在教研室终于有了一张属于自己的办公桌，但座椅却要自己到设备仓库去领。我懒得去领，看中了文远楼角落里不知谁扔掉的一个木制转椅，看看挺好，既古典又气派，我就将它搬到了教研室，

研究生答辩后在文远楼前合影，前排左起伍江、罗小未先生、李涛，后排支文军(1986)

坐坐转转，倒也惬意。谁知刚坐了不到一个礼拜，一天我正转着来劲，突然一个人仰马翻，木转轴断为两截，将我重重摔倒在地。原来这转轴大概本来就是快要断了的，被当作残破家具扔在角落处，我还以为拣了宝贝。不过我也还的确惬意了几天，也算值得。最后还是老老实实去设备仓库领了一只新椅子回来。

我在文远楼工作时间不长，1987 年底，建筑系新楼（红楼）建成，建筑系搬到了红楼，文远楼则全部归了建工系。说老实话，当时还真是有点舍不得，不仅是因为我曾听了那么多文远楼的故事，也因为在文远楼时我们教研室按人均面积是最大的，红楼虽然总面积比文远楼两个楼面要大很多，但我们教研室却因人少，按人头分房，面积足足比文远楼时小了一半！对我个人来说，更有一个至今还遗憾万分的事：我大学 4 年，全部作业都是“5 留”，自己不曾留下一张作业。在文远楼时，我还看到过它们。作业留校是一件很让学生感到自豪的事，而留校后自然也就成了“公共财产”，不曾有丝毫将它们拿回去的想法。然而等搬到红楼之后就再也不见它们的踪影——想必在搬家时当废纸处理掉了。10 多年后我在学院担任分管教学的副院长，到清华大学考察，发现他们几十年的学生作业档案都保存完好，这才下决心将我们的作业档案建立起来。

我再一次有机会对文远楼认真端详，是在 1999 年有机会访问德国德骚包豪斯校舍以后。当我看到“原版”包豪斯，那形体，那线角，那门窗，从外观到室内，那不正是文远楼所力图模仿的“精、气、神”吗？！那时我才真正感受到了文远楼对于包豪斯的一脉相承！当然，文远楼不是对于包豪斯校舍的简单模仿，比起“原版”包豪斯建筑的“纯前卫”，文远楼却在不经意间流露出对于中国传统文化的融合：那个虽不显眼但却意义非凡的中式花格通风口。文远楼也因此而比其“原形”多了一重深远的内涵。今天，文远楼再次成为建筑城规学院的一部分，建筑学子有了更多的机会直接感受这座历史上前卫建筑的精神。相信在文远楼里一代又一代的同济建筑人还会不断演绎更加精彩的故事。

文远楼，说它是同济建筑人的圣殿一点也不为过！

（2017 年 4 月 11 日）

我的城规七九

七九级城规集体

男生 (43)，女生 (18)，上海市 (29)

入校平均年龄 18.5 岁

最高龄：周晓青 (24 岁)

最低龄：季凡、王琼 (15 岁)

有美术基础：王扣柱、孟海宁、许歌 (其他人不会画画)

思想最活跃：杨金荣、汤黎明、周雄、唐勇志、季凡

当年留校：王扣柱、周晓青

当年读研：朱介鸣、何雁冰、汤黎明

公务员 (8)：王扣柱、周雄、冯晓慧、曾勇、王俊禄、俞北华、唐晓东、童纯跃

开发商 (6)：沈俊涛、刘勇、季凡、吴建繁、顾建平、秦国庆

教 师 (7)：朱霞、孟海宁、华晨、程文、汤黎明、赵天宇、朱介鸣

设计师 (21)：王 毅、平玉峰、沈国宝、周慧、张国全、张黎明、吴新纪、谈维颖、廖成忠、黄建民、疏良仁、沈婷婷、李铭、陈芝钦、陈伟明、党春红、胡天文、邹积新、陆 真、茹 葳、唐勇志

海 外 (13)：史宇红、李政、杨金荣、曹沪华、魏丽敏、吴凝、吴峥、周建勤、周晓青、何雁冰、龚应捷、余丹枫、凌怡

其 他(4)：王琼、朱定广、吴晓波、朱俊

离 世(2)：许歌、陈伟国

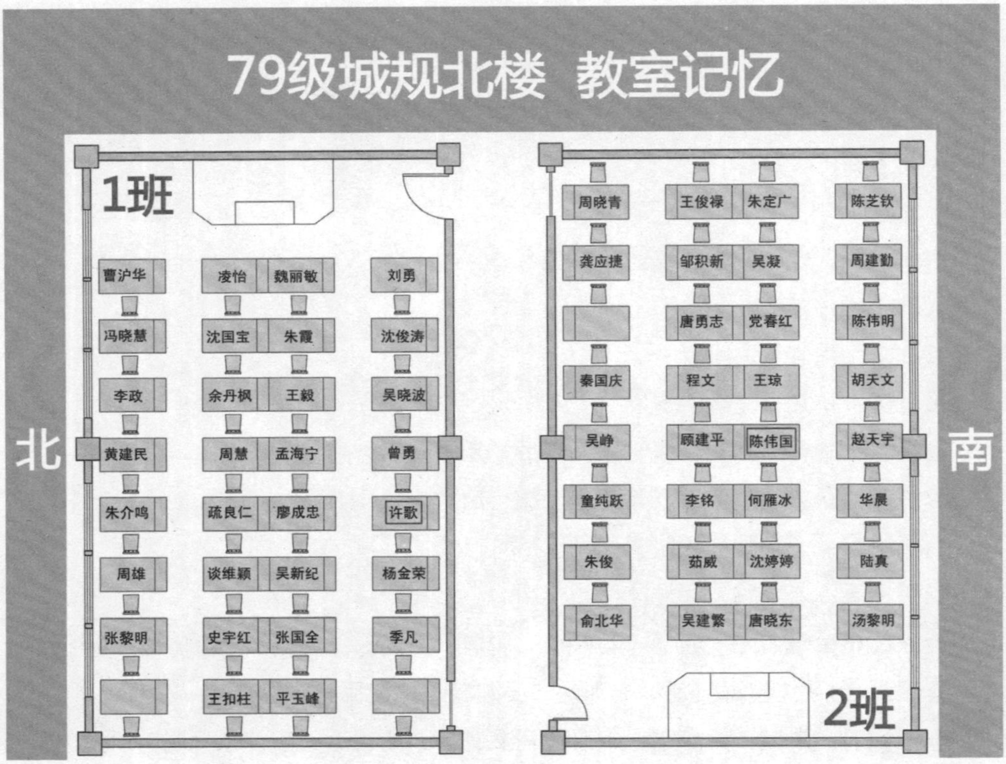

座位表

上学路上(疏良仁)：

小时候我住在芙蓉镇，和电影里的芙蓉镇不是一个地方。芙蓉中学也有很多好老师，但那时候我整天玩，钓鱼，抓鸟，或帮妈妈做点家务事，根本没有读书的概念。高考前一年，父亲调到县物资局工作，有幸托人帮忙进了县中学读书。后来有人说，我真走运，如果我不进县中学，那年高考我可能也会名落孙山，小时候比我学习好用功读书的同学都只有大专、中专的分数。

到了县中，我像换了一个人似的，如鱼得水，一个月后就进了校重点尖子班，成绩突飞猛进，一直保持在全校前 10 名。在填报学校志愿时，记得我们班有一个上届落榜复读的插班生，他家有个亲戚在九江市建设系统工作。有一次聊天，他说读城市规划专业好，将来一定在城里工作。说者无意，听者有心，真不知就这句话改变了我的人生。那年真幸运，我高考成绩 325 分够上同济大学，于是我就填报同济大学城市规划专业，也不知道这专业是在什么系，不像今天的考生信息渠道很多，对学校和专业了解要透彻。

那年夏天，我如愿收到了同济大学的录取通知书，通知书上写着我被录取建筑系，城市规划专业，我还没来得及高兴，父亲看到是建筑系，惊讶地说，怎么去学泥瓦匠专业了。我也不知如何解释，要真是学泥瓦匠专业，我或许是个包工头，发大财了。如果现在的人考上同济大学，那怎么也得摆上几十桌酒席庆祝一番，可那个年代什么都没有。离家前，这是我人生第一次离家出远门，妈妈和亲戚们为我凑齐了 100 元生活费，这对我们家庭来说已很不容易了。一个学期要花多少钱，我们也不知道。后来，每个月我能从学校领到 17.5 元助学金，吃饭要花 13 元左右，还有几元零花钱，家里的钱主要用在买学习用品和生活用品，那时不用交学费，每个学期还能剩点钱买些上海土特产大白兔带回家。

我家县城在长江边，那年没有火车通上海（前几年县城才通火车），我只能乘船去上海。幸好我二哥在九江港务局工作，他熟通长江水路，我从彭泽乘船到九江，再从九江乘船下到上海。哥哥为了省钱，没有买船票，把我直接交给船上乘警，他的哥们，吃住都由他负责。四年大学，我都是乘船上学，不买票，也不知省了多少钱。那个年代，我们班男女同学好像都穿别人给的军装，我小时候穿的衣服都是妈妈亲

左起沈俊涛、疏良仁、刘勇、党春红

手缝制的。离开九江时哥哥把他的黄军装（上衣两个口袋）、黄背包、解放鞋都给了我，还专门花7元钱为我买了一双猪皮鞋，这是我第一次穿皮鞋。那时，长江水路客运是重要的运输方式，今天已没人坐船上大学了。我虽不晕船，但不知是上大学心情激动兴奋，还是第一次出门的原因，一路上鼻子流血不止。船经小孤山，南京长江大桥，南通，两天两夜后终于到了上海黄浦江。

我对上海一无所知，小时候，常使用上海制造的日用品，记得洗脸毛巾上有“上海大厦”的标志图案，仅此而已。一大早，哥哥的朋友把我送上十六铺码头，帮我叫上人力三轮车，经外滩，四平路去同济大学。第一次出门的我，哪有心情欣赏外滩风景，只盼着早点到学校。到了校门口，门卫通知系办公室的人，说有新生报到，不久，系办公室主任很热情接待我，到校门口帮我一起拿行李，暂放在文远楼二楼他的办公室，然后，带我到西南一楼，安排临时地铺，过了一夜。后来才知道因我提早了一天报到，学校没人在码头接新生，宿舍也就没办法安排，只能统一在西南楼临时过渡，刘勇同学也在那里住了一夜，听他后来说他把行李一放，就去外滩看风景了，比我潇洒。

第二天一早，我就到办公室来拿行李。走出文远楼，我身穿两个口袋的黄军装，脚穿解放鞋，肩扛一根扁担，前面是被子，后面是箱子，沉甸甸地走在去西北一楼的路上。路上许多同学都用惊讶的眼光看着我，怎么有这么小的大学生，那年我才16岁。我们班还有比我小的，当时江西中小学学制是小学五年，初中两年，高中两年，要比上海同学少读两年，生活经验相对不足，大学的学习生活也很单调，看不懂大同学们的那点事。没有人帮助我，我独自来到西北楼的448室，一进寝室，就看到我上铺的同学王扣柱和他的父亲，他们正在挂蚊帐，他是我认识的第一位同学，他是上海人，他父亲亲自送他上学。那个年代，我们乡下来的同学不可能指望有家人送你上学，不过，小时候的事都习惯了。

四年大学生活从那天就算开始了……

453宿舍同学点评(廖成忠)：

陈伟国，聪明、勤奋，错走规划建筑门。

李铭，成熟，有女人缘。

季凡，初生牛犊不畏虎，敢把班花搂进怀。

沈国宝，无本生意、淡定。没有四季变化感。

曾勇，踏实，从一而终。我庆幸睡在他上面。

顾建平，老道、城府深、不倒翁，就像上海中心。

朱定广，精明、独来独往。

苏州实习(茹葳)：

那是大二暑假，我们到苏州美术实习，住在当时的苏州师范学院，过去的教会学校，一片红砖的欧式建筑，我、吴峥、周晓青和沈婷婷四个女生住一间屋。白天我们分组外出水彩写生，晚上回来，我和吴峥，周晓青和沈婷婷分别外出吃饭逛街，主要是与男生相约去观前街喝酸酶汤。学校只给了我们四人一把钥匙，在周手里，平时都是她们先回来，我们没钥匙倒也还方便。

可是，有一天，我们先回来了，进不了门，在黑暗的走廊里等了一会儿就不耐烦了，天又热又闷，我和峥一冲动，决定砸玻璃进门，吴峥个头高，力气大，一拳就把门上的玻璃砸碎了，反手就把门打开了。我们简单梳洗后，就和平时一样，又逛观前街去了……

第二天，带我们组的邵老师（美术班，后来在同济分校工作）在开始写生前问，哪位同学砸了学校宿舍的玻璃，我举手承认是自己干的坏事，然后表面上满不在乎地答应赔偿，内心却有几分愧意。后来赔了多少钱也不记得了，反正钱不多，我和峥两人平分的。

两个星期的写生实习很快过去了，那两个星期画了好多苏州园林，由于常下雨，我还学会了偷懒的湿画法，有点像国画的写意画法，先在纸上涂抹上一层水，趁纸湿的时候渲染上植物，让各种绿色在湿纸上晕开，等画快干了，画枝干和点上花，待纸完全干后，画建筑和一些树枝，这种画法见效快，画完后，就可以玩啦，大二是我最好玩的时候，结果，搞得理论力学期终考试没及格，暑假后还要补考。

那次把苏州逛个遍，城内城外去了不少地方，吃了很多苏州小吃，观前街也要被我们踏平了。

回到学校，美术老师樊明体先生把我请到他家去，他那时好像已经六十多岁了，他一人住，儿媳妇时常帮他包些饺子存在冰箱里。我去他家，他首先要求看我画的画，他承认我画得还可以，但还是温和地批评了我，不过还好，有他的庇护，没让我写检查，那个暑假我去他家好几次，还吃过他下的饺子，他对我慈父般的关怀，至今想起，还温暖着我。

那个暑假结束后，大三就收敛了许多，打起精神来认真学习专业课程，为考研做准备。经管我们有时也会看看电影、看看画展、逛逛街，但比起大二的夏天都缺少了一份精彩。

现在想起这些事来，我并不觉得有什么愧疚，如果青春缺少了几分叛逆、几分调皮、几分荒诞，几分惆怅，那青春也太平淡了，太缺乏色彩了。所有的这些也都是成长所必须的经历。

丝 路(童纯跃 朱霞)：

丝路名闻遐迩，从古至今无数人走过。许多年前，大三实习走过的丝路却开启了我们人生特别的路，带给我们最美好的收获。

从上海同济到达兰州，经过两天两夜的火车，穿越中国的东西，终于看到心目中向往的黄河。“哗哗”的河水激荡而下，振撼！壮美！穿越祁连山、河西走廊，目的地武威县城：马踏飞燕的出土地。高原、西域在眼前缓缓揭开了神秘的面纱。

青春的无羁、旺盛的精力，域外的神奇，让武威实习的日子快乐而充实。骑着单车跑资料、写报告、画图，加班加点乐在其中。不过，实习最后的丝路之行才是这次最难忘的记忆。武威、张掖、酒泉、敦煌，同济年轻学子来了！一路洋溢青春，

牵 手

声声迷人。在驼背上悠扬的哨声伴着笑声，在戈壁上龚老弟攀爬古长城而不得其下的危险场景留下阵阵惊叹声，在酒泉用夜光杯喝酒的壮士豪情迸发出的吆喝声，在夜宿客舍时丝路上还留下了兴奋疲劳后此起彼伏的呼噜声。

游沙漠、穿风口、过戈壁、登关缢、赏壁画，丝路是如此迷人。腾格里沙漠浩瀚无际，我们的驼队穿过沙枣林置身茫茫沙海，好像沧海一粟，深深体会到大自然的力量。从高高的沙丘上滑翔下来的感觉惊人又很有趣味。快乐的是很巧合，我们两个竟然骑一匹骆驼。哈哈，那一刻留下的照片成为后来我们家最珍贵照片之一。丝路真美!

途中路过新疆一个小乡镇，一年四季都刮风，号称风城，女人们都戴着头巾，在那里吃了香甜的瓜果，休整后再上丝路。敦煌高窟壁画无声述说着历史，月牙泉边走过，从此魂绕梦牵。别了敦煌，回到嘉峪关，那一关虎距、千夫莫开的雄姿在傍晚的夕阳下展示着铁血豪情。当我们在一望无际的戈壁前行，有点天涯任我独行的感觉。丝路是神奇的，和同学们一起走丝路是难忘的，我们两个同学因为丝路行而结缘，又是特别意外的美好收获。

今夜还吹着风，想起同学们好温馨，丝路上有同学们，丝路上有我的她(他)，从此我们的人生与众不同。

丝路，真美!

同学，你好!

青春，再见!

三十年前的毕业设计(疏良仁):

结合实例用一个学期时间独立完成毕业设计，是我们专业独有的教学特色。在那个年代，真感谢母校老师的敬业精神，为我们创造结合实践的学习条件。也不知那年两个班毕业设计分了几个组？怎么分法？好像两个班都打乱了，但每组男女同学是搭配好的。我有幸分到扬州混编组，由阮仪三和王仲谷老师共同带队指导，我、沈婷婷、冯晓慧、邹积新在王老师小组，阮老师小组有刘勇、吴凝、曹沪华、李铭，五男和三大美女，吴凝还是我老乡，不过，那时吴凝不太和我来往，也许我太小，太不懂事了，有这样的组合是多么快乐开心，很多记忆犹存。

阮老师和王老师都是同济大学培养的优秀学生，阮老师学术研究方向是古城保护，精通中国文化和历史，犀利的语言（苏北口音），炯炯有神的眼睛，以及将古城保护进行到底的同济精神，使他获得了一个大众称谓："中国"古城卫士"。王老师则偏设计，按今天的话说就是城市设计，据说他去过苏联学习，接受西方严谨的空间设计原理的学习，我看他手上也常拿着俄文原版的书。

毕业设计第一件事情就是去扬州现场调研，出发时，因王老师毕业设计带两个组，另一组去海南，我们就随阮老师先去扬州，王老师晚了几天来，我们虽两个组，但都是一个题目——扬州教场。记得到扬州时，扬州建设局规划科长高德山接待我们，把我们安排在离教场不远的市招待所（好像是个园林），我们吃住都在那里，高科长操着浓厚的苏北口音，他的名言："唐宋元明清，从古看到今。"

自吴王夫差开凿邗沟，扬州曾是商贾如云、夜市千灯、富甲天下的"淮江名都"。在明清时期更是个灯红酒绿，繁华似锦的城市，诗仙李白也曾赞美"故人西辞黄鹤楼，烟花三月下扬州"，多少名人乃"腰缠十万贯，骑鹤下扬州"，郑板桥"扬州八怪"、史可法、朱自清、瘦西湖、隋炀帝码头、迷楼遗址等等。教场相当于上海城隍庙，是扬州市井生活的中心，因教场和秦淮河形成了传统商业文化活动场所。这是个很意义的毕业设计项目。首先要研究历史人文，教场老字号店，秦淮河柳岸残景，其次，提出如何重塑教场街区和秦淮河风情。由于王老师没来，我们组相对自由点，我常和邹积新、冯晓慧一起看现场，跑档案馆。不过，对女同学阮老师还是非常关心照顾的，阮老师又当老师，又照顾我们生活，记得有女同学身体不好，阮老师亲

前排左起：?、沈婷婷，后排左起曹沪华、疏良仁、阮仪三老师、吴凝、李铭、刘勇、邹积新(扬州)

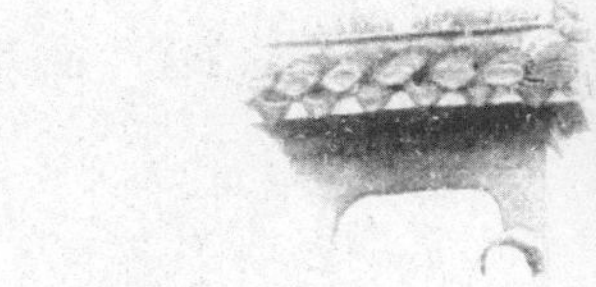

前排左起：吴凝、曹沪华，后排左起刘勇、疏良仁、阮仪三老师、邹积新、、李铭(扬州大明寺)

左起：刘勇、沈婷婷、吴凝、曹沪华、疏良仁、邹积新(大明寺)

左起：曹沪华、吴凝、李政、沈婷婷、周慧、许歌、冯晓慧、刘勇、孟海宁

自把早餐送到女同学房门口，真感动。阮老师还带我们游瘦西湖、走访玉石厂、隋炀帝码头等景点。在扬州时，高科长请我们吃过大餐，其中有一道菜是平地一声雷，要知这是我人生第一次吃宴席，以前除了校园食堂，就是校门口彰武路的生煎、面条。调研时，经常去九如分座吃早饭，有包子和千层糕。

经半个多月的调研，回到学校就开始做设计了。沈婷婷很聪明，速度也快，王老师经常在她桌子上指导改图，我们常在旁边围着听，好像那时，阮老师激情很高，统领我们的设计进度，但是王老师不温不火，似乎是阮老师的助手。我也记不起王老师在毕业设计阶段讲了哪些专业知识，但我铭刻在心的，在当时也琢磨不透的，就是王老师对着我的平面图上说，要把秦淮河和柳巷步行街两个轴线联系起来。

我真佩服和感谢王老师当时说了一句我根本听不懂的话，那话是标准的城市设计语言，今天可翻译成空间的关联性——水系和柳巷街道联系起来；空间的复合性——水岸空间要连续通透。这是多么伟大的城市空间设计语言，只是在当时，这类专业城市设计语言太少，不过，多了我们也听不懂。正是这句话，这辈子我也没

左起吴凝、沈婷婷、?、疏良仁、王仲谷、刘勇、?、李铭、曹沪华(毕业设计, 镇江金山寺)

离开过对城市微空间，中国城市空间范式的研究。还让我欣喜和感激的是：在毕业设计成果制作时，我排定了12幅图板，全部是黑白钢笔手绘，只有总平面上了点淡彩。其中，画了很多钢笔小透视，在给这些小透视注解时，阮老师急中生智，韵色提词，如“林壑幽道、柳丝绿茵、深巷老店、小小金山、古柳双泉”等。正是这些点睛之笔，打开了我的另一扇窗，原来设计是要抒情的。

值得称赞的毕业设计，虽然设计图纸至今还是我自己保管没有留校（后经几次搬家后丢掉了，现仅存图纸照片），可也获了个优，我已知足了，毕竟是在两位老师精心辅导下，小组同学相互帮助，独立完成的第一个案例设计。

有些话不说也温馨(汤黎明)：

我们院报小记者问我，

大学期间最大的收获是啥？

前排左起俞北华、汤黎明、季凡，后排左起张国全、李铭、廖成忠、僧人、朱俊、陈伟国、何雁冰、僧人、哈思庄

我说城规 79 的一帮好同学。
再问最大的遗憾是什么？
我说没学会做人，
人生因而多了些许磕磕碰碰，
还拥有了一张从来没用过的研究生入学通知书。

毕业三十年转眼即逝能记起的只有点点滴滴，
但那些忘不了的却总要占些内存……

我们宿舍是第一批到校的男生，似乎是扣柱最先到，
早起的鸟儿有虫吃所以他做大官。

还记得，

小个子王俊禄背来的大箱国光苹果，

老邹的莱阳梨和山东大汉的花内裤，

疏良仁的自家作香肠和扣柱家父母的笑脸，

还有烦人的何雁冰常常熄灯后才回来扰人辈梦……

和华晨同去吃饭不是猪脚就是鸡头，

饭桌上当吴凝扯起好玩的话头，

周晓青举起了馒头，

而沈婷婷还在数她那份清蒸带鱼的骨头，

我一口就吞下了我的狮子头，

四喜肉配四两饭实在不够，

消夜至少还要二两面包，

春宵才能拥有香甜美梦……

乡下人进城总要吃点亏，

和老俞拼酒我就是看不出他喝的白开水，

之后三天内我吃完饭就晕，

连累全宿舍的同学享受了几天的酸臭味，

因为我可怜的胃啊成了酿酒桶，

这个账部分地要算到许歌头上，

阿弥陀佛。

李铭、季凡等在厕所里和我分享《书

左起邹积新、汤黎明、陆真、疏良仁

左起李铭、顾建平、茹崴、吴峥、沈婷婷(上海展览馆)

左起朱定广、顾建平、沈婷婷、周晓青、吴凝

左起：王扣柱、何雁冰、疏良仁、沈国宝(文远楼)

剑恩仇录》，

当年没过瘾后来又看了三遍。

曾记得某天当我点完最后一片草坪，

正在处理草坪中那几只不小心画下的小蝌蚪，

那个许久没见过叫做刘勇的同学，

夹着份美轮美奂的图纸溜进了教室。

囧啊，人比人比死人。

阿秦帮过我一个小忙，
很多年中我努力想了又想，
却不记得那是件啥事，
我研究生入学被拒后很多同学帮我，
许歌老俞等请我涮羊肉，
早已不记得是谁买的单，
那个时候的乡下人还不善于表达情感，不知道说声谢谢，
感谢的心却一直在……

和柱子耍赖总成，
和小疏争论总赢，
和勇志打牌总输，
就像有些事一辈子总也想不明。

而我们的有些事不说最好，
我们之间有些话不说也温馨……

源自同济的印象(张国全)：

老 师

小区大王陈运帷称冠(平玉峰如是说)，最佩服他把居住小区规划课程的角角落落都能串在一起，滴水不漏；什么婴儿失眠啦(关注小孩心理活动：因为沿街住房有车灯透过窗户投射到天花板并移动着)、番瓜弄的居民把砖头放入水箱可以节约用水……

陈秉钊老师总是忧愁：我们的城市最破旧了……城市建设是百年大计，我们要据理力争。

阮仪三：我是全国县志查阅第一人！……我要你们沿山塘街一路走过来，学会踏看，记在地图上……

郑正：当你设身处地选小区内最差的一套单元去住，你就学会了住宅小区设计。(一定是提前学好了房地产开发的均好性)

陈从周：你们把《说园》小册子拿过来，我给每个同学签上字，以后值钱……

戴复东神秘地说：……我讲最后一遍，颜色是与面积相关的……铅笔削好！

喻唯国：风萧萧兮易水寒……荆轲刺秦王，一路上了阿房宫……

徐循初：道路上的每个坡度，多长的坡，我都要骑车测试。

陈锡山：厨房间里的管道要……

朱锡金：mall，semi- mall，城市家具摆布……老城厢的庙园市热闹啊，体现城市历史文化……

451室友

阿童：我是“梅山”来的，上海的飞地，都是上海人。

唐勇志：带来一大包朝天椒，黄黄的、干干的，你们谁敢试一试。

龚应捷：我家在浦东，摆渡过去，旁边有个浦东公园，经过后再坐八十四路，下来还要走进

童纯跃

去，……

张国全：我家在浦西……毕业到北京……回来便是浦东人（开发者，联洋新社区）……

平玉峰：乒乓？打你们太没劲……

赵天宇：我找程文去了……

张黎明：刘文正唱的……（宿舍里）人没影了，整天就混在文远楼加层教室里画呀画。

北京生活

同济毕业去中规院。八十年代刚到北京很不习惯，住在甘家口的煤场边的八号楼，办公和住宿都在一起，生活单调，据说有个夜公园，我们顺着指点方向摸过去，约莫半小时多才来到公园的边缘，实际上什么也没有，一个湖塘而已，玉渊潭。倒

左起周建勤、张黎明、张国全

左起：周建勤、张国全、张黎明

是那里可以游泳，免费开放，北京人都会当场换泳衣，人气也旺。晚上实际空空然，荡然无人。吃饭是个最大难关，平时米饭不保证，休息天食堂只供应两顿，生活实在是倒退阿！北京还是没有管道煤气的地方，简直让我感到退回到“原始社会”了。直到办亚运会，北京才有 30% 的煤气普及率。北京街道尺度巨大，公交换乘，过个街都是几百米以上，远不像上海同一站点可以换乘了。每次到张黎明的南礼士路，是很不便的，短短的路却要换车三次。后来花 15 元去买了飞鸽牌自行车，回来自己学习拆洗，满心欢喜。北京海淀镇，那年代可以转的地方是不多。周建勤住在中关村，去中关村的话还是要穿越海淀镇八一中学什么的。有一次，何雁冰来京，李政，我几个骑车去圆明园游玩，周建勤的中关村就是落脚点。中关村还有个音乐厅，又是我有机会获得高雅声音的地方，当然那是不多的几次。

国家级规划院规划不了自己的宅院：最早住的煤场边上八号楼连个院子也没有，

记得魏丽敏来过，陆真来过…后来搬到厂洼，好歹有了院子，院子的绿化布置也廉价，几棵小树小草，与隔壁武警大院和团校是大不相同啦。不知道大院文化，还是可怜！

1989年倒是杨金荣来过，那年5月学运，我们俩在我家聊了一个晚上。说到要去研究什么禅文化，后来“东天取经”奔赴日本。同学中去日本确实人多，张黎明，周建勤，廖成忠(不是北京的)……当然还有吴凝……有一阵子，周雄去内蒙古讲师团，北京同学就越发越少，真无奈啊。张黎明单位里的活动我是参加最多的，周末打羽毛球，留宿在他们宿舍，郭子的袜子臭实在难受，但还是要去；下班随他们单位人一起去学吉他，春天一起春游，还去了什么延庆爬山，什么舞会……

北京，我记不得那些，既熟悉又生涩的青春时光。

当然，还是有许多许多闪光，那是我真正的梦幻！我结婚了，有儿子了，还是离开了(北京)。

回家，上海参与浦东建设。

校园草坪上空的音乐(吴新纪)：

离开同济30年，校园里什么东西最令我记忆深刻？当我闭上眼睛，在心里默默怀想，一阵阵熟悉的音乐声不期而至：“罗密欧与朱丽叶”“温柔的倾述”“爱情的故事”“简爱”……那不正是当年校园每天午后，广播里照例播放的音乐声吗？那许多优美动听、婉转忧伤的音乐，仿佛让人融化的音乐！

记得刚进同济那会儿，邓丽君作为靡靡之音，刚刚被解禁，交谊舞才悄悄被引进，卡式录音机还是个新鲜时髦的物品。对于音乐的认识，以样板戏做为启蒙的我辈，改革开放初期，也才刚刚接受了黄河大合唱、长征组歌的英雄洗礼，对于我们本国博大精神、丰富多样的音乐尚且知之甚少，更遑论世界名曲，基本上就是零接触！突然有一天，吃过午饭走过操场，草坪上方传来一阵悠扬动听的音乐声，那是学校广播里播出的乐曲，在空旷的操场上回旋，在午后的阳光下流淌。当时我真是又惊又喜，惊的是世界上竟有如此温暖动人的音乐，喜的是她就如一个老朋友一样来得这么自然，毫无距离。

接下来的几天，为着等待这音乐，午后常常会滞留在操场。听得久了，这些乐

文远楼和大礼堂前留影

曲成为了熟悉的朋友：有外国电影音乐，有世界著名电声乐队演奏的轻音乐，有美国乡村音乐，有台湾校园歌曲，有斯特劳斯的圆舞曲，也有柴可夫斯基的芭蕾舞曲，等等。一时间，在我的眼前展现出一幅幅绚丽多彩，千姿百态的音乐画卷。坐在午后的草坪上，在阳光的浸润下，如痴如醉的欣赏着校园广播播放的世界名曲，可能音色远没有现在高级音箱的好，可在我听来却似天籁之音！我来不及消化，我囫囵吞枣，总之从此无可救药的爱上了音乐。

也许是在最青春懵懂的时候，音乐击中了我们最纤细敏感的心。不仅是我，周边喜爱音乐的也是大有人在。记得有一次上海音乐学院的老师来讲“世界音乐欣赏”的讲座，诺大的阶梯教室坐得人山人海，走道没一点空隙，连教室外面的走廊上、窗户边都挤满了人。在少年不识愁滋味，为赋新词强说愁的年代，在碰到小小挫折的时候，在偶尔想家的时候，优美的音乐的带给我们无尽的遐想，温暖的音乐让人感动,忧伤的音乐恰到好处的给我们安慰,轻快的音乐让我们释放掉或多或少的压力。

大学四年的同学成了一辈子的朋友，同时还多了音乐这个朋友。在欣赏音乐的同时，我们又恶补了很多世界名著，看了一些欧美电影，对音乐背后的故事有了更多了解，伴随着一个个鲜活的人物形象，音乐在我们的脑海更立体，更生动了。最快乐的时光是朋友们坐在草坪上一起倾听天空飘来的乐曲，最难忘的是晚上熄灯后室友们躺在床上高谈阔论，谈电影、谈音乐。大学四年，庆幸有同学，有音乐！

我一直认为在上海高校中，同济的广播站，应该是继同济食堂、黑板报之后，第三件办得水平高，可以引以为自豪的事情。同济在音乐上的作为，不仅在于广播办得好，也不仅仅是出了朱逢博，还在于很多细小的方面。比如“同济歌声”也是高校中独树一帜的，虽然是手刻油印的，但总能汇集到最新、最流行的歌曲。那些音乐、那些歌曲，连同校园的记忆，至今仍是最美好的。

认识规划(华晨)：

1979年初秋，我从兰州七中来到同济大学，因为高考成绩不佳，未能被工业自动化专业录取，只能进入第二志愿的建筑系，从此走上了城市规划的专业道路，至今未变。

第一天对校园的最深印象是拱形大礼堂，这无疑和建筑系有关，西北宿舍楼紧靠其旁，与食堂三点一线，天天多次经过大礼堂使我对它好感倍增，建筑系也不错！中学的数理优势用不到只能怨自己高考的文科成绩拖了后腿。后来逐渐体验到的建筑系生活使我忘却了以数理知识攀登科学高峰的理想，学习原来也是可以激发人的感性细胞的。许多承担低年级课程的老师对我人文知识的启蒙起到了重要作用，当年入学时多数同学没有美术基础，杨义辉老师的第一次课是让我们画教室中的一把椅子，画前的判断与画后杨义辉老师的点评，对于我犹如公开侦探案件真相那样的惊奇，画椅子不容易啊；许多同学由于王志英老师的课，处处关心树木、叶片和盆景，周日不忘去福州路买好6B铅笔；刘克敏老师的美术史课程之后，图书馆中的画册就借不到了。潜移默化中的知识积累省去了不少填鸭式学习的痛苦，教室外的各类所见所闻都可以为专业学习提供第二课堂的教材。在文远楼中听罗小未老师讲授包豪斯、大礼堂周围观摩屋顶结构、测绘学校大门的爬上爬下，这种教学方式在教育学中不知能称之为什么东西，其实和幼儿时期的看图说话方式是一致的，直接明了且结合普通生活。专业知识在考试后不是忘了就是被更新了，能够长久留下的倒是整个校园氛围培育的对专业乃至对生活的态度和理解。

杨义辉老师在我的成绩单上打了个优，之后画图配景时能够做到不照抄资料集，越来越多的专业课老师的到来给人最初印象是画不同的图，设计课高分基本被画图高手所垄断，但专业课老师为我最终揭开了城市规划的面纱，一个极其复杂和相互关联的学科领域，画图是远不够的。

4年的大学专业训练涉及过3个城市总体规划，毕业设计时跟陈秉钊老师做沙洲（现江苏省张家港市）总体规划，一个学期中完成全部成果，外加2个详细规划和1个模型，这意味着以后可以此为业。城市规划专业能带来交响乐团指挥的成就感，沙洲就根据规划把一条河改了道，但城市规划总在信息和时间有限的条件下，需涉及如此多的因素，得到的结论却并不能充分说服自己，科学理应更为严密。对徐循初老师授课的兴趣及之后的攻读硕士，是我大学初期崇尚数理逻辑的一次回归。

攻读硕士期间，数位资深规划老师揭示了城市规划的整体性和系统性特征，包括陶松龄老师的“城市功能与结构”、董鉴弘老师的“城市建设史”、陈秉钊老师的“城市系统工程”等。跟随徐循初老师学习被认为是最需要数理知识，除了必须加修一些数学课程外，我和少数同学也成为全系最早接触APPLE-Ⅱ、Fortune77和Pascal的研究生。两年半后的硕士论文围绕常州市交通OD调查和交通规划，在此期间，以定量方法体现科学性，从而客观认识和理性控制城市，成为我对城市规划的专业解读。但是，当发现所有量化分析的前提和权重都由主观因素确定，数理方法只是工具而已，我不禁感到这个学科距离我理解的科学越来越远。1987年，《城市规划》杂志举办首届全国青年城市规划论文竞赛，我以“规划中的相悖现象”为题参赛并获奖，说明对城市规划学科严谨性的担忧也是许多同行的感受。

1988年8月，浙江大学建筑系为我提供赴比利时根特大学攻读博士学位的机会。带着对城市规划学科进行核心理论研究的设想，我与威斯康星大学的E.R.Alexander教授和当时在阿姆斯特丹大学的A. Faludi教授进行了论文开题的书信讨教，Alexander教授对我选择这一题目能否取得成果表示怀疑，Faludi教授虽没有泼冷水，但在信中说道，所有热衷于这个题目的学者都值得同情。我对这一论断感到既惊奇、兴奋，又担心、紧张，就要得到城市规划学科的达·芬奇密码了吗？望着Faludi教授的一长串论著清单，觉得是这条路，但实在太漫长了！先后两位比利时导师，M.Anselin教授和G.Allaert教授，并不反对我在论文中研究Logical Paradoxes，只是认为这不是城市规划的学科目标。摆脱论文框架形成前的迷茫得益于两个方面，一是按照 Faludi 教授启示的线路，明白了 Logic 在城市规划理论中的代名词是 Rationality，它有 Logic 的血统，更重要的是容纳了价值观。第二个方面是地利的因素，由于比利时在地理上是被英、法、德、荷包围的小国，多元性特征突出，吸纳外来事物迅速，就连语言也全部来自外国。20 世纪 90 年代的比利时城市规划完全没有划一的概念，服务对象均是地方政府或部门。经济相对不景气，使 Minimal Intervention、PPP(Public-private Partnership)、City-marketing 等地方主义思潮大行其道。G.Allaert 教授，我的第二位比利时导师，为我引见了多位痴心于 Marketing 的教授，最终导致我的博士论文从对城市规划理性研究，转变为以城市规划职业理性为导向的目标型探讨，“Making Planning Products Accepted” 成为我博士论文答辩的题目。

我又一次经历了有关规划学科理性的概念回归。理性脱离了目标是无意义的，目标基于价值观，因此，我觉得以往追寻以严谨为特征的科学性在城市规划中容易缺失社会目标，在各种价值观作用下，规划理性的中性化也是一种臆想。城市规划正是置身于社会目标，联络着丰富和强大的人文因素，才变为具有生命力和生长性的学科。2002 年 7 月，《城市规划》杂志邀请我写一篇有关 8 次全国青年城市规划论文竞赛的回顾感想，我以“令人困惑而具魅力的规划学科”为题，记述了 15 年间自己对城市规划的认识变化。它应该是一种科学，但肯定是一种文化。

Context 诠释了规划的文化意义。我之所以一直认为规划学科“令人困惑”，是因为没有从社会和文化的 Context 角度去理解，而其魅力正是由于规划传达着 Context 的基因。1995 年 7 月，我在《城市规划汇刊》发表了“以可接受性为基础的规划理性”的文章，探讨了 Context 限度下的理性和规划职业目标取向应借鉴的市场观念。基于这一认识，我国经历的超常规、快速的城市发展发生了众多规划的仓促决策过程，并不能简单地归结为错误。2000 年 10 月，我在主持“杭州下沙高教园区规划设计”时，受到来自省教育厅、市政府、开发区管委会等部门极为苛刻的时间要求，当时仇保兴市长在各种相关会议的总结发言中都强调要“务必完成”。时隔不足一年，6 所新建大学的学生入学上课，这种速度让不少外国同行目瞪口呆，由于 2001 年 9 月的新生入学时间为规划设计规定了一个不容置疑的 Context，规划的理性过程只能被压缩在定期完成的范围内，上级决策的仓促有时成为我专业工作抱怨的对象，然而，2003年我在银川市挂职担任市长助理时，也同样做出了拍脑袋的事，虽然在主观上总是力求理性地去作为，但实际上可能有相反的结果。

城市规划的实践性特征使其第二课堂具有了第一课堂的重要性，变化多端的事件使人实在无法确信是否有高度概括的描述和特效的应对方法。应该说我以往理解并认同的规划学科范畴和过程过于狭窄，现代科学似乎更倾向于关联性、可能性和开放性。1998年9月，作为法国总统项目“50名中国建筑师在法国”首批4名成员之一，我在法国铁路公司设计院的进修中，见证了Paysagiste与高速铁路选线之间的关联；领悟到摇滚歌剧《巴黎圣母院》与城市复兴两者的相通；结业总结报告时，深感只有“Understanding Parisians”（部分章节发表在《浙江大学学报》〈英文版〉，2000年4月），才能更完整地理解巴黎的城建与支撑其存在的人文精神的依存关系。规划目标取决于人的意愿 —— 动态且出乎意料，以生活的概念和角度去觉察专业工作的特征，有利于追踪城市规划的根本动机和行为轨迹。非常庆幸城市规划专业培养了更全面和客观的生活价值观，没有唯一，只有可能性；没有最好，只有更好；问题即使一大堆，天也不会塌下来。

在生活中学习专业和感悟理性符合人性特点，虽然在过去的34年中，我没有找到打开城市规划理性奥秘的金钥匙，但当听到女儿的第一声啼哭，我似乎找到了生命价值的达芬奇密码；在她张开双臂，微笑着扑向我时，我感到生活氛围的神奇和美好。34年前，母校各位老师的启蒙和校园的生活氛围，影响了我对周围一切的态度。如今我也成为一名城市规划的教师，面对素质优良的学生，深感授人予渔和树立健康生活态度对培养人才的积极意义和责任。与过去相比，获取知识或技能的途径多样，便利程度增强，但大学人文氛围对毕业生的深远影响力却无法从别处复制。同济大学建筑系的学习生活对于一名毕业生来说，不仅是掌握赖以生存的职业技能，或是提供探究学科奥秘的机会，而是赋予一种在过程中发现乐趣和满足的能力。就像当年树木写生时相随的三好坞景致，第一次空间设计和施工的个人专用文具盒，都可以在探究专业和学科的同时，快乐地玩它一把。

童年的原风景，我的大学(张黎明)：

我出生在山东的一个小城，地域上属于沿海城市，但直到中学毕业也没有见过大海；出生仅几个月就随父母下放到了农村，城市在我童年中是一个很遥远的地方。虽然那时的乡间水清天蓝，但童年所拥有的记忆从来就不曾是田园牧歌的那般风情。在日本读书时，某次讨论课老师出的题目是让大家谈自己童年故乡的原风景；原风景？我想不出。童年时代的农村最深刻的记忆就是物质的匮乏、生活的艰辛，虽然地处偏僻却仍有在中国到处都躲不开的各类政治运动；对于下放农村的我的家庭来说，生活大概就更加艰难。当年要是考不上大学，今天的我大概就是个地道的农民了。记得高考前老师对我们说的最多最激励的话就是考上大学脱离农村，也许是这个原因我报了同济的城市规划专业。

那时对外界的认识大多来源于书本，我小时候读书非常多，繁体字就是靠看书学会的——当然只限于在我生长的那个小地方，进大学以前靠为同学代写作业等手段能读到的包括小人书在内也实在太有限了；大学生活不仅带给我知识的丰富，也带给我环境的改变和心智的成长。所以对我及我们这一代人来说，大学真正改变了生活与命运，真正开始懂事也应该是从这时开始的，所以，对于我们这一代人来说，童年的原风景是在这里。

记得那时的同济校园建筑不高，大多数也就是四层；到处是空地，绿树成荫，走在校园里感觉大得不得了；到理化馆那儿写生就好像到了乡间；那时的三好坞非常宁静，一二年级时经常跑去写生，一遍遍地画那总也画不好的树；后来做毕业设计时，也时常拖着疲惫的脚步在回宿舍途中坐在石椅上休息片刻，听那夏蝉的歌唱；学校周边都是农田，春天的宿舍楼外时不时还会飘来阵阵有机肥的味道。最繁华的就是校门口外的邮局和商店了，日常的生活学习用品都是在那里买的，四年间也是一直在那个小理发店理发的。几里外的五角场更像是个镇中心，除了那个圆圆的大环岛，印象最深的就是电影院了，为了买到应场的电影票买过多次门口的瓜子。

我们西北一楼451宿舍因为同时拥有两个班的生活委员，一直就是收拾整齐，干干净净的卫生标兵，回想自己很多的生活习惯也是那时养成的。十年修得同寝住，百年修得上下铺；进大学时都是愣头愣脑的孩子，不同的习俗、习惯没有成为生活羁绊，而成为共同成长的财富。记得有一次自己心情不好，国全就默默地陪着我，就那么静静地坐着，什么话也没说，但自己心里的那份感动无以言表，每每想起就充满了感激——我想这就是我们共同成长才会产生的关爱与友情。

那时大家对知识的渴求是第一位的，记得为了买到“法国250年绘画展”的门票，头天下午就到文化广场去彻夜排队，火爆场面远超今日的小贝；文远楼大教室的讲座从来就是座无虚席站无场地。

记得文远楼上木板房内国宝煮的咖啡，现在回想起来，真不知那夏日的高温炎热是怎样度过的；记得跟天宇、小平、勇志、俊涛等一起去看过的电影，俊涛总是幽默地重复电影中的台词，真羡慕他有那么好的记忆力；记得秋天衢江岸边的残桥落日，怀念那大家为一条规划道路的宽度争执个不停不休的场景；记得福建小镇上的落寞寂寥，在春雨潇潇中期盼着家人和同学的来信；记得我们也曾同样沉迷于舒婷、顾城，读《双桅船》听刘文正；也一直期望把自己生命中的金蔷薇奉献给无悔的青春。

一缕清风，呼唤遥远的记忆

几朵浮云，装点生命的葱绿

最早的呼吸，穿越动人的绮丽

最初的美丽，就在这里

——透过那清新悠扬的乐音，才理解了日本陶笛大师宗次郎的《故乡的原风景》：那种对自然万物与山川土地的感怀，那种对平和人生的追求才是生命的原点。

自己实在太肤浅了，时至今日仍是无法抛弃浮夸虚荣去追求真正的平实与宁静，今天看来，不仅没有理解童年生活的美丽，人生也是。

但大学时代的青春是无悔的，共同的学习生活经历带给我一生宝贵的财富；青春是一场大雨，就是感冒了，还盼望回头再淋一次。

忆许歌(廖成忠)：

在同济校园，我与许歌也许座位距离较近及学习分组（美术小组，设计小组）在一起的原因，互相照应和学习的机会增多，还是比较亲近的。

我向他学过签名，他的是那种特有的连笔年月日的艺术签名（一笔连写），他的画册上的那种。

我对诗的认识较浅，某种程度上是受了许歌的感染，以至于快毕业时坐在我后排的吴新寄还说“小廖也会作诗？”

幽默、反应快，带有些顽皮，决不说同学的非语，在当时对我来说是非常难的，成熟的近乎不可思议的。他的语言掌握近乎滴水不漏，我想不为过，与他的有一拼的是沈国宝的“永做无本生意”。

（大学，我以为特别是同学间的相互学习、提升，超越了老师对学生的传授，这很无奈。不知其他同学认知如何？）

大学毕业，同在外滩，各为单身，自然晚上相聚又多了许多，年轻气盛，想到要自驾汽车，开公司，自接业务，搞开发。还真干了起来，只是没有坚持下来罢了，“秀才造反，不成气候”又一次得到了证明。

他的第一次恋爱是苦涩的，也是短暂的。某一天，不经意中他把小玲带来了，也不记得介绍了没，匆忙中只记得是做会计的，感觉两人相性较好。过不多久，又说双双要去南方发展，我也正办理出国，也就没有深究，不想一别十五年。再回上海时已是二零零二年，也许是天意，差不多同时我从日本回来，许歌从珠海回归，疏兄在同济已发展得很好。

再次相聚时，华发初上，也薄了，但情义如旧。

他不善交际，不阿谀奉承，他的性格是决不主动求助别人，但一旦受人相助，涌泉相报。刚来上海，许歌带了一个团队，要解决生活，一大帮人需许歌照理，劳心又劳力。他时常在我面前唠叨着，感谢着胡天文、沈婷婷对他的扶持。

疏兄伸出了友善的手，要我们去他处，一起干。想到要每天穿越上海，还有其他原因，没有合起来。如果成立的话，或许许歌不用这么劳心力，也或许他能活更长久……

刚开始，我们都希望有个照应，尽可能在一起办公。我不久就在茂名北路、延安中路看到了一处花园洋房的配楼，同许歌一起看了他还是认为房价偏贵了些。他已相中西藏北路的，也带我去看了，价廉物美，我们毫不犹豫地立马定了下来。从此又可以互相帮助，互相鼓励。

左起：朱介鸣、许歌、廖成忠

记得我们的公司年会是一起过的，他为我们两个公司带来了特有的风趣和睿智，他的妙语连珠令我们开怀、铭记 。

常来光顾我们两个公司的有季凡、沈国宝同学。

他又非常敏感，点滴都在他的把握之下，连季凡手不离机的发短信也被捕捉，预告有新的“地震”发生。没多久，许歌公司整个离开，去了斯密思公司。我们调侃他高升了，他笑笑不答。

不久，我们公司也移到了“8 号桥”。

过去多年了，往事还像昨天刚发生，如果由许歌来叙述的话会更精彩……我们已经没有这样的假设了，只有纪念。

回忆·点滴(俞北华)：

毕业时的告别，已经模模糊糊了，记不清喝了几次酒，拍了多少照，走了几趟老北站。

对我们这群同学，始终是清晰的。不管以前说过话的和没说过话的，不管现在变胖了还是更瘦了，不管头发花白了还是戴上了老花镜。

毕业后的三十年里，或聚或别，有的已经模模糊糊了，有的却清清楚楚，仿佛就在昨天，有的更是刻骨铭心。

清晰的记得，那天早晨我们在中山医院病房的走廊上挥手告别，相约晚上再见。令人意外的是等晚上再遇的时候，虽然近在咫尺，却已经阴阳两隔，许歌，相信大家一定不会忘记。

清晰地记得，上学报到那天，向迟到一步的他推荐了下铺，从此上下铺一住四年。把冰冷的锅盘往热被窝里塞的事没少干，把上海滩的画家数落一遍的牛没少吹，眯着眼睛把无数线条弄在一张纸上的事没少做，入夜后评论西北二楼那些人的言没少发。带着两个微微发黑的眼窝，时不时向大家推荐几张画、几本书，念几首小诗，一时性起也会半夜起来与人拼吃辣酱。

清晰地记得，有天临近下班时，没有任何征兆地收到了他当天晚上的婚礼请柬，匆匆赶到四川饭店，婚礼已经开始，第一次看到了下铺同学的新娘子。不知道他什么时候找到的女朋友，也不知道找过几个女朋友。

清晰的东西还很多。

年轮会单向调节每一个人的望远镜，越远越清晰。希望每一次聚会也能调节自己的望远镜，把近的也看清楚，在当下生活得更好！

452寝室留园合影，前排左起俞北华、许歌、孟海宁、李政，后排左起吴建繁、秦国庆、胡天文、周雄

文远楼，我们大写的A楼

李振宇[①]

1.正立面，背立面

我是1981年9月进同济读建筑学本科的，一进校，就认得了文远楼，我们的A楼。我们是改革开放后第一届五年制建筑学班，当时入学之后，要先读一年德语。而其他几个班，八一建四，八一规一，八一规二，八一园林，都是四年制的。新生教育，我们五个班，就在文远楼底楼114室（现在的光学实验室），听当时的系领导冯纪忠，李德华，董鉴泓等教授一一讲了话，说了不少鼓励的话语，还有带着浓重山东口音的院办主任王英奎讲纪律。然后是金经昌和陈从周教授的即兴发言。当时觉得很新奇，信息很多，一下子都摸不着头脑，只记得金先生的发言里有“教授教授，越教越瘦”的几句，陈从周先生的绍兴官话北方同学是听不太懂的。当时阶梯教室的木椅子，木灯罩，花格窗，走廊厕所里的白瓷砖，都跟平常看到的东西不一样。这些对我们来说都很新鲜，虽然也没明白为啥水泥砂浆的建筑立面是“高级”的，只听得老师和高年级学长经常说“包豪斯”“格鲁皮乌斯”“密斯”“柯布西耶”“路易康”等名字。很快，班主任刘利生老师开始讲文远楼掌故了。他说，文远楼的名字，来自于数学家祖冲之的字文远；这是中国真正的现代主义建筑；文远楼设计的时候，主立面在

① 生于1964年10月。1981年进入同济大学建筑系建筑学专业五年制学习，1986年师从陈从周教授攻读硕士学位研究生，1989年留校任教。2002年同济大学建筑与城市规划学院在职博士生毕业，导师刘云教授和柏林工大海尔勒教授。历任助教、讲师、副教授、教授，现为建筑与城市规划学院院长。

本科生李振宇在文远楼前

北面，因为原来校园的中轴线设计在文远楼北面，后来调整到南面的南北楼之间，于是南面的背立面成了主立面，而主立面北面只有小路和树林而已。想不到 10 多年后，红楼——又称明成楼、B 楼，正是建在了文远楼的北面，文远楼的北立面又“扶正”了。赵秀恒老师主持基础教研室教学，贾瑞云老师是我们第二任班主任，文远楼南门门厅是我们练习渲染的必修课。

文远楼留下了老一代大师名家的身影。在我的记忆中，还留下了几位老先生特有的风格和声音。比如，冯纪忠先生的优雅像风一样，他说话从容，娓娓道来，不怒自威，北方口音标准好听。金经昌先生的热情像火一样，他语速很快，观点鲜明，嫉恶如仇，江苏普通话平实易懂。陈从周先生的睿智像水一样，他幽默风趣，不紧不慢，举例生动，只是他的绍兴官话不是每个人都听得懂。谭垣先生、吴景祥先生、黄家骅先生等也在文远楼里见过的，只是无缘听到他们讲话。

我们这座被称为中国的“包豪斯”的文远楼，后来成为 1949 年后建成的建筑中第一座保护建筑，也在中国当代建筑史中占有一席之地。最要紧的是，他成为我们建筑系——后来的建筑与城市规划学院——全体师生的一个精神寄托，那就是，新的时代有新的技术，新的技术产生新的美学。文远楼，不管南立面还是北立面，都是我们的“正立面”。

2.有讲座，去爬窗

八十年代初，文远楼是建筑系跟建工系合用的。建工系好像在三楼，中间变化过不少次。只记得历史教研室，在二楼南面，园林教研室，在一楼北面；系主任室，在一楼南面；会议室里，几把藤椅特别有味道，贝聿铭大师来的时候，冯先生和陈先生陪他坐着合过影。二楼走廊里，挂着优秀学生作业，其中一幅 78 级王伯伟学长的“佛光寺大殿”白描图，被老师们多少次夸奖。我们班蔡永洁同学的作业也经常可以上墙。

青年建筑学会第一届、第二届理事合影。前排左起：黄一如，周伟民，李振宇，王昕，朱婷；后排左起：孙宗伟，彭震伟，张永勤，李志宏，端木山，刘小东，冯杰

八一建五部分同学在北楼教室与上海工艺美校来访同学合影。前排左起：郑刚、徐频、林文蓉、施琦华、美校同学、张鹏、顾继红、蔡永洁、王志军；后排左起：李振宇、杨政、美校同学、美校同学、王昱

在215和213教室之间的小院子里老早就有个修自行车的摊子，好像同济大学除了毛主席像，至今没有变过的就是这个修车摊了。学生的专用教室，大多在北楼。有好事者用粉笔在北楼大厅里写了一副对子：东湖西湖洞庭湖，南楼北楼文远楼，一看就是建筑系的手笔。

文远楼最让全系，以及全校学生激动的地方，就是106阶梯教室。大约是1982年底或1983年初，罗小未教授出访美国澳大利亚回来，给我们讲后现代主义建筑，全系沸腾，不仅走道挤满了人，而且窗台上爬满了人；罗先生讲菲利浦·强生，讲格雷夫斯，最后讲到墨尔本的启示，让青年学子听得如痴如醉，“后现代主义”成为我们那一批学生的时尚，“隐喻，文脉，符号，语言”成了大家耳熟能详的词语。记得后来徐 同学写了一篇文章，题目叫“后现代主义与存在主义哲学”；我请他在文远楼顶楼的临时棚子里与我们“理论部”的同学进行交流，很受大家喜欢。

1982年到1983年，最火的106讲座是刘克敏老师的西方美术史系列讲座，不仅建筑系的学生，而且全校的学生都来抢座位。我自己在窗台上站过好几次；从达·

芬奇、米开朗基罗到伦勃朗、莫奈，打开了跨越时空的艺术之旅。王克良老师不无羡慕地说，“你看刘老师嘴唇多薄，多能讲啊！”又过了一些时候，大约1984年，冯纪忠教授作报告，介绍参加UIA大会的心得，他悠然地说，每个演讲者只能放5张幻灯片，冯先生放的是松江方塔园，我们心潮激荡，记住了“中国的，现代的”的样子。贝聿铭大师来学校讲座也是在106，他的圆眼镜，笔挺的西装以及他夫人雅致的套装让我们特别崇拜，华盛顿国立美术馆东馆的成功让许多学生对三角形着迷。当时李国豪校长在欢迎会上说，请贝先生每年都到同济来，就住在我们同济专家楼！贝先生好像当时是讪讪地笑了。

213，214，215是讲大课的教室。我们一届的女生们最喜欢王秉铨老师讲课的风格，他会讲解很多电影里出现的著名西方古建筑的形象，《罗马假日》《尼罗河上的惨案》《卡桑德拉大桥》等，看得很过瘾。讲大课，有时候会拖堂。有些后面一堂课的老师会宽容地一笑，有些就会较真。记得有一次，莫天伟老师拖堂了七八分钟，陈从周先生等不及了，闯进来嘲讽了几句，莫老师觉得委屈，两人像小孩一样，去找系主任李德华先生评理去了，惹得前面散场的和后面进场的学生一阵轰笑。

3. 办“学会”，上讲堂

213楼上屋顶，做了个充气建筑；后来又在三楼屋顶加建了屋顶简易房，很多学生活动都在屋顶上进行。我们学生自己创办的“青年建筑学会”和《未来建筑师》，就在那里开会、讨论和刻钢板。

“青年建筑学会”是我们在1983年开始创建的学生学术社团，当时提出了这个想法后，得到建筑系领导老师们的热情支持。总支金大钧书记、韩建新副书记，建筑系刘佐鸿副系主任，建筑历史教研室喻维国老师、吴光祖老师，学校科研处詹可声副处长，校刊林章豪主编等老师给了我们很多的帮助。

记得学会第一届理事会，由我担任会长(81建五)，彭震伟(82规划)、徐怿人(82园林)、李志宏(82建五)担任副会长。学会下设四个部：理论部、设计部、咨询部、编辑部。比较活跃的骨干印象中还有蔡永洁、周伟民、刘东洋、张天和、端木山、沈连根、鲁京、张鹏、王志军、朱婷、张小岗等。“学会”跟《未来建筑师》杂志本来是两个学生社团，经过系领导的建议，加上两个社团的积极态度，很快就融合得相当好。在创建之初的两年里，我们主要做了几件事情：① 由学生来组织学术讲座，开展建筑理论讨论；刘东洋、我以及其他几名同学在同济校内和兄弟院校做了好几次公开讲座，面向不同专业的学生；② 开展专业培训服务，例如美术班；③《未来建筑师》的编印与学生学术活动紧密结合；④ 开展专题研究。

在“学会”我经历的最难忘的一件事，是针对当时社会上和专业界“重修圆明园”的提法，提出“不要修复圆明园，应辟为遗址公园”的看法。我们通过去北京圆明园实地调研，形成自己的初步看法，得到社会的关注和很好的反响。《文汇报》记者章成钧在头版头条做了很长篇幅的报道，还加了社评《雏鹰就这样飞起》；《工人日报》、中央人民广播电台都加以报道。这么多年过去了，实践证明，我们提出的观

“青年建筑学会”学术活动后在文远楼213教室合影。前排左起：李振宇、吴光祖老师、詹可声老师、王昕；后排左起：蔡永洁、端木山、徐怿人、鲁京、张鹏(1984)

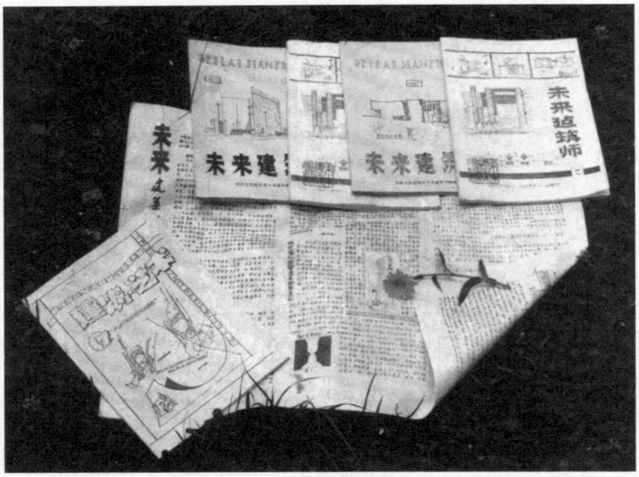

部分《未来建筑师》杂志

点是正确的。在这个过程中，我们得到罗小未先生、喻维国老师、吴光老师祖、研究生李涛等师长的多方帮助，詹可声老师给我们特批了去北京的调研经费200元，韩建新副书记发给我们4卷富士牌反转片，当时非常珍贵。

在北京，故宫博物院副院长单士元、故宫古建部李全庆工程师、清华大学郭黛姮和徐伯安老师、北京建工学院臧尔忠和刘孝廉老师给予各种帮助。当时的圆明园，也没有围墙，也没有人，冬天的北京郊外天色湛蓝，白雪皑皑。我们骑着自行车，一一踏勘了西洋楼、舍卫城、福海等遗迹。北京之行，还考察了古都中轴线上的每一个古建筑。我们还在一位德国友人的帮助下，进入香山饭店参观了贝聿铭先生当时的新作香山饭店，这个作品当时引起很大关注，争论很激烈，我们同济的学生在争论中得到很多了收获。回来之后，我们的“不要修复圆明园”的学术报告很受同学欢迎；另一个受欢迎的报告是“贝聿铭建筑设计作品赏析”，经常使用罗小未、赵秀恒老师编印的幻灯片系列，赵老师把幻灯机和幻灯片借给我们用，现在想起依然感动。

(贝先生2017年农历三月初五就100岁大寿了，我特地写了一首贺诗，在此录下：庭落香山动世尘，狮林门外博园邻。卢浮璀璨三分月，东馆玲珑五尺春。计设一心满天下，寿添百岁有仙身。千家共贺贝夫子，万里相传同济人)

日子过得真快，转眼就本科毕业了，我记得在文远楼门厅里，为北京同学的留言簿上写下了“塞马秋风冀北，杏花春雨江南”的现成句子，一边写，一边感叹本子上面王志军同学的字写得真漂亮。

4. 校庆日，歌声扬

1986 年我开始师从陈从周先生读研究生，很快戴复东先生主持设计的红楼竣工了，新成立的建筑与城市规划学院整体搬进了这座“明成楼”，文远楼大部分给了土木学院，剩下几间大教室和部分实验室还归建筑城规学院使用。记得杨公侠先生在文远楼顶楼做照明实验和行为心理学测试，我们都去参加过测试实验。随后学院的主要活动都在红楼里了，文远楼似乎漫漫淡出了老师同学们的视线。几任院长陶松龄教授、郑时龄教授和陈秉钊教授的就职演说，好像都是在红楼里进行的。我自己也在 1989 年留校当助教，1993 年担任教研室副主任，1999 年出国学习和 2001 年回国继续工作并担任院长助理，2006 年底担任副院长。期间受到鲍桂兰、刘云、路秉杰、沈淑云、蔡文娟、郑时龄、余敏飞、郑友扬、郑孝正、张遴伟、常青、王伯伟、伍江、吴志强、俞李妹等老师的多方关照和指导。我在刘云教授和柏林工大 Herrle 教授指导下完成的博士论文，答辩就是在红楼的 134 会议室举行的。

在王伯伟教授、吴志强教授两任院长执掌学院期间，学院的建筑空间进一步扩大。先是由年轻的张斌老师设计的 C 楼建成；后来又在 2006 年前后学校逐步把文远楼全部交给学院使用。土木学院则搬至新建的土木大楼，钱锋教授领衔对文远楼进行保护性改造。作为历史保护建筑的文远楼，基本照原样修复，采用了地源热泵、辐射吊顶、中空玻璃窗、混凝土加固等新技术，加装了电梯，而原有的木门窗、扶手、水磨石等，尽量照原样保留。改造工作加班加点，要赶着向同济大学百年校庆献礼；钱锋老师等同事的辛苦可想而知。期间还得到德国、法国、意大利等国际专家的协作支持，也有许多方面赞助。学校负责基建的副校长陈小龙教授对文远楼改造非常支持和重视，亲自设计了广场的铺地，布置了竹子和花坛小品。学院的几位老师笑称陈校长跟我们“抢生意”了。

学院暂定文远楼简称 A 楼，红楼为 B 楼，新楼为 C 楼。由此三栋楼之间形成了一个小广场，开始向师生征集名称。建议的名称最多的是“百年广场”。当时我开始担任学院副院长，受学院指派担任校庆“总指挥”。我强烈建议改称 ABC 广场，理由有三：广场在 ABC 楼之间，简洁；ABC 是英语“建筑、房子、城市”的缩写 (吴志强院长认为“建筑、行为、城市”更好)，明了；我们培养专业人才，永远记得从

百年校庆学院庆典

“ABC”做起，有寓意。吴志强院长，俞李妹书记和吴长福常务副院长都同意此说，广场于是就叫作“ABC”了。联合国教科文组织与同济大学合作的亚太遗产培训与研究中心成立，中心办公室就设在修葺一新的文远楼三楼。

2007年5月20日，同济大学百年校庆建筑与城市规划学院专场活动开始了。主题庆典就在文远楼北侧广场上进行，5134位校友回到母校参与庆祝活动。广场上铺了红地毯，架起白钢琴，唱起歌，跳起舞。冯纪忠先生、李德华先生、戴复东先生等百余名老教师、老领导，汪光焘部长、潘云鹤院士等知名校友，以及数千名师生校友聚集于此，盛况空前。国内清华大学、东南大学、天津大学、华南理工、哈工大、重庆大学、西安建筑科技大学的代表朱文一院长、彭一刚院士等几十位嘉宾到场祝贺；柏林工大、包豪斯魏玛大学、斯图加特大学、佐治亚理工、耶鲁大学、南加州大学、维也纳工大等国外大学代表也致辞祝贺。当天的节目，丰富多彩：一场庆典，十个展览，多场学术报告会；等等。真可谓少长咸集，群贤毕至；章明老师、孙乐同学优雅的主持，王志军、李疏贝、曹庆三老师美妙的歌声，黄正骊、王芳同

学的钢琴伴奏，为庆典增色。整个校庆活动，热烈、欢快、不落俗套，令人久久难忘。

5. 讲传统，再辉煌

百年校庆之后，2007 年 9 月 28 日，在文远楼 106 报告厅里举办了“冯纪忠先生执教六十周年庆祝大会”。校党委书记周家伦，戴复东院士、郑时龄院士、李德华先生、罗小未先生、朱膺先生等学院老教师、部分师生代表参加了大会。冯先生是学院的精神导师，他的学术思想和专业气质影响了学院几代人。当天会场的气氛非常热烈，背景板是冯先生的一张黑白照，是穿一件夹克衫坐着看书的，气定神闲，优雅高贵。边上印有冯先生的手书“缜思畅想”。冯先生坐着轮椅来到会场，得到大家热烈的欢迎；会上，我有幸宣读了冯先生的母校、维也纳技术大学建筑学院院长塞姆斯罗特 (Semsroth) 教授的贺信。当时我就问自己，什么是学院的精神代表？物为文远楼，人是冯纪忠。

2009 年初，我调往学校外事办公室担任主任，但是还继续承担学院的部分教学

冯纪忠先生执教六十年庆祝大会

学院60周年院庆标志

李德华规划建筑教育思想研讨会会场

科研工作。学院申报教育部重点实验室成功，文远楼的空间重新进行布置。在吴长福、彭震伟、钱锋、周俭、常青等院系领导和袁烽、郝洛西、戴仕炳等同事们的积极努力下，文远楼底楼布置了实验室的主要先进设备，例如 3D 打印机，多轴机床，云平台数据贮存设备等，科研条件不断优化。文远楼二楼的大部分成为科研工作的主要空间，成立了不少科研合作机构和平台，其中包括吴志强教授领导的智能城市协同创新中心。学校把原来的能源楼划拨学院使用，在吴长福院长领导下，张建龙、谢振宇等老师进行了改造设计，成为学院的 D 楼。加上国康路对面的规划大楼 E 楼，学院 A、B、C、D、E 共五栋楼的格局得以形成，让国内外同行羡慕。五栋楼中，文远楼不仅最老，而且最能代表学院的精神和气质。2012 年，学院 60 年院庆；吴长福院长从文远楼的花格窗中提取了基本型，成为院庆 60 年的标志。

2014 年二月，我接任学院院长。五月，在文远楼举办了李德华先生规划建筑教育思想研讨会。九十高龄的李德华教授，与 87 岁的罗小未教授出现在文远楼 106 报告厅里，受到学校周祖翼书记和新老教师、学生代表的热烈祝贺。研讨会上，卢永毅老师展示了 65 年前李先生设计的围巾，这是作为新婚礼物送给罗先生的。今天，我们把围巾复制为丝巾，作为学院的礼物送给国外建筑学院。

我作为院长上任第一天，就请办公室主任蒋克佑老师陪我去文远楼上下看了个

普利茨克奖获得者伊东丰雄参观文远楼实验室

遍。不到一年时间，我们已经带了近百所国内外大学的来宾参观文远楼和实验室，例如海外的哈佛大学，耶鲁大学，佐治亚理工，南加州大学，密西根大学，宾夕法尼亚大学，夏威夷大学，弗洛里达大学，柏林工大，包豪斯魏玛大学，斯图加特大学，维也纳工大，阿尔托大学，丹麦皇家艺术学院，米兰理工，马德里理工，巴塞罗那理工，新南威尔士大学、墨尔本大学，悉尼大学，东京工业大学，香港大学，成功大学，逢甲大学；国内的老八校和其他学校；等等。科技部、教育部、外专局、建设部的领导万钢、杜玉波等多次来实验室视察。

文远楼不仅有光荣历史，现在也成为新的实验和科研的大本营。生态城市，绿色建筑，遗产保护，数字设计，大数据，数字建造，云平台，协同创新，国际合作……这些代表新发展的关键词，必将在具有光荣传统的文远楼里，再创辉煌。

文远楼，是我们大写的 A 楼。

文远楼，我成长的“摇篮”

徐建华[①]

在结束“文革”十年大动乱恢复全国高考招生后，各学校师资缺乏，因此教育部委托同济大学建筑系成立一个专门为全国建筑类院校培养美术教师的师资班。在1981年秋，作为艺术类美术专业的报考生，我非常荣幸地进入了同济大学美术师资班学习。

我们班一共只有6名同学，全是男生，其他班级都是30名学生左右组为一个班级。我们当时体检时也不止这些人数呀。后来听老师们说，我们这个班学生将来毕业后当老师，经常带学生外出实习，体格要求也较高些。

一个班只有6个学生上课，开始很不习惯，包括上课的老师。平时，基础课的教师上大课有上百人在教室听课，而现在只为我们6人上课，很多时候更像座谈会形式，上一段聊一段……非常有趣。

虽然我们班级人数少，但是，建筑系领导又在美术教研室朱膺、刘克敏老师编制的教学计划上，安排了大量的建筑专业课程，甚至还请了外校的教师为我们开设人文类科目。

从我们美术师资班同学毕业后从事的专业，以及所取得的一些成绩反过来看学校的教学安排与主导思想，我们还是很感激当年学校的安排和敬佩老师们高瞻远瞩

① 1955年生于上海，1978~1981年就读于同济大学建筑系美术师资班，1981年底毕业留校任建筑系美术美术教研室美术教师，1990~1993年赴澳大利亚游学工作，1993年回到同济大学建筑系工作至1996年离开同济大学创立自己的工作室至今。

建筑系美术师资班文远楼前合影，左起：哈思庄、朱猛、黄英杰、邵恩华、陈盛铎(教授)、吴明光、徐建华，王怀佳(进修生)

的眼光。

我们除了学习美术专业课程外，还安排了建筑设计初步的课程。我们那双习惯了拿炭笔和油画笔的手开始小心翼翼地拿着鸭嘴笔学写仿宋字，反反复复练习制图线条……沈福熙老师教“画法几何和阴影透视”这门课，对我来说还不算难。我中专学的是舞台美术专业，又会木工制作，平时也爱动手做东西。但对有些同学来说就很难理解，就用道具在空中比来比去……很是辛苦！但沈老师是特有耐心的老师，手把手帮大家比划理解二维图上的三维关系。

赵秀恒老师给我们上“设计基础”课，他看不惯我们美术班较自由散漫的习气，提出了严肃的批评。用系主任李德华教授要求制图时铅笔、橡皮、尺怎样放，图钉放在哪个固定位置的教学故事，让我们懂得建筑是一门不仅仅需要艺术能力培养，

同学们围着陈盛铎教授看画册

更需要培养一丝不苟的敬业精神。

薛文广老师教了我们 2 周的“室内设计”课，并带我们参观了当时的国宾馆“龙柏宾馆”的室内设计，参观了民航客机的座舱设计……当时，国内还未有专门的室内设计专业，也没有现在这样火热的市场需求。参观这些地方也不是易事。

金大均老师是建筑系党总支书记，给我们上“艺术概论”课。

喻维国老师给我们上的是“中国古代建筑史”，我们参观实习是和七八届吴长福他们那班建筑系同学一起上的。喻老师带着我们参观考察了嘉定南翔古镇。有个笑话，当时我们建筑系有不少非洲、中东留学生，那次看到街上每家门口放着一只红色雕花又描金并且图案不一的马桶，他们非常喜爱又不知道是作什么用途的，便问了中

与陈盛铎(教授)在习作前合影

国学生。一个学生顺口说："这是放酱用的"，引得大家哈哈大笑，我不知这些留学生同学是否真知道它们的功能后还会这样喜爱吗？但以后在我接触到的外国家庭装饰中，还有不少老外把中国马桶买回家当放东西的装饰器皿用呢……

蔡婉英老师给我们上的是"西方建筑史"。

尽管这些属于建筑教学内容，我们上的也都是浓缩版的内容，可还是对我们在艺术方面的成长起到了其他院校美术专业教学可能不具备的素质培养，也可以说是开了美术与建筑教育交叉培养的先河。

给我印象很深的是，学校还专门请了外校专业教师给我们上课。

复旦大学李平老师和江老师给我们轮流上"中国文学史概论"。李平老师会京昆戏，上课吟诵古诗词时，辅以优美的身段手势，比今日"百家论坛"节目精彩得多。

上海画院的张守成老师给我们上"中国白描课"，我们大多数同学是第一次接触中国画，看张老师示范、讲授怎样勾线、染色……临摹宋院体画。我临摹的是竹雀图。

南京艺术学院的保彬老师从南京到上海给我们上了 2 周的"图案设计"课，虽然只是做了一些简单的装饰练习，也算知道一些装饰设计基础知识。这对我们班为同济设计七十五周年校徽也起到启蒙作用。

在美术专业教学方面，系领导安排了陈盛铎、樊明体、刘克敏等老师授课。由于同济大学第一次开美术班，给我们的教室太小不能当画室，陈老先生亲自到校长那里为我们要了一间大教室。没有写生模特，陈先生自己当模特，这样学校拨了些经费请模特。这赢得了同学们深深的尊敬……樊先生教课很善于边示范边讲解，经常为我们分析他自己作品的构思与技法。和老先生不同，刘老师年龄比我们大十来岁，我们同学喜欢课余时间拖他来教室聊天，讲西方美术史以及评论当下国内美术动向。虽然刘老师上课很严格，我们师生间有种亦师亦友的感觉。

美术师资班同学毕业分配时，有三个人在高校任教，有三个人在设计院工作。现在我们各自从事的业务范围和当年接受的教育很有关系。黄英杰现是同济大学工业造型教研室教授，主要从事设计方面的工作，也有许多建筑设计作品；吴明光毕业后分配到上海工业设计院，是当时首届室内设计组组长，他和我先后在中国家具协会举办的国际家具设计竞赛中获得了第一、第二、第三届金奖。有专业媒体评论分析这种“垄断’金奖的现象和我们受到的教育有关。所以，我们非常感谢学校对我们的培养!

文远楼正门旁边的第一间办公室正好是建筑系美术教研室。我是1981年底由系美术师资班毕业留校分配到美术教研室任美术教师的。从我们教研室的窗口向外，可以看清所有进出文远楼的人。

1982年5月20日，是同济大学七十五周年校庆活动日，这次校庆活动应该是“文革”后同济大学搞的第一次大规模校庆活动。回校庆贺的校友从文远楼前络绎不绝地走过，草地上、绿荫下，尤其是在文远楼台阶前，校友纷纷合影留念……

那天，在我脑海里留下最深刻记忆的就是一些两鬓花白、身穿笔挺西装的老校友了。他们胸前佩戴着由我设计的“同舟共济”纪念章，在他们自豪的身姿上，圆圆的纪念章闪闪发亮，他们对纪念章的热爱也让我内心得到一些安慰。

也就是从那一天起，同济大学诞生了能代表同济精神的形象标志。

几个月后，“同舟共济”纪念章设计被同济校务会议定为同济大学校徽，之后被同济师生广泛使用在各种场合上。

回想设计“同舟共济”七十五周年校庆纪念章，这是在1981年。我当时还是建筑系美术师资班的学生，那段时间，我们班正在进行毕业创作设计。有天，建筑系领导(谁？)到我们教室，希望我们用课余时间为校庆七十五周年活动设计纪念章。于是，我们班的同学纷纷利用课余时间进行紧张的创作。

我的同学黄英杰用同济拼音开头字母设计成课桌椅，背景是带有同济129大礼堂标志性建筑的方形纪念章。另一位同学吴明光设计的是用同济汉字组成既像两个擎天巨柱，又像乘风破浪风帆的长方形纪念章。

而我也在思考用什么形象表达出同济大学悠久的历史与内涵。我们美术班的教学有区别于同济其他专业教学的特点，我们的教室已不仅仅是给我们学生上“小锅灶”的教室，又是我们做作业自修的课堂，也是我们美术写生的专用画室，许多建筑学规划专业的学生都喜欢来我们班串门，包括当时“文革”后考入建筑系的第一批研究生，郑时龄、张庭伟他们也常来我们班聊天。

我们班有同学每天播放着当年两种卡式磁带录放机音乐，我的两耳被迫灌输着时而是雄伟壮丽的“贝多芬交响曲”，时而是邓丽君如泣如诉的“靡靡之音”，时而又是高亢激昂的“黄河大合唱”，时而又是舒缓优雅的圆舞曲。

这也许是77、78届青年学子内心共同的需求，宣泄……也就是1981年，中国大地上又一次发聩震耳地呐喊出“团结起来，振兴中华”的时代之音。

联想在同济“一•二九”礼堂仝老校长在全校师生大会上常用“同舟共济，振兴中华”来勉励全校师生的场景，“同舟共济，振兴中华”也成为同济人的口号。这样想着，于是“同舟共济”的创作主题就清晰地确定下来。

主题确定后，用怎样的形象来体现这个主体呢？划龙舟是最具中华民族特色的群众运动项目，而划龙舟又具有一种超越运动之外的集体力量的精神意义。龙又是最具备代表的中国形象，于是一群奋力划龙舟的形象就记录在草图上了。可是，用写实手法表达长长的一排划龙舟的方式，会被误读为划船俱乐部的会标，这显然不合适。那么选择几个划舟的人物合适呢？我再次陷入沉思……

我们中国汉字组合方式有“三人为众”的说法，仅仅用三人就可代表许许多多的人群。在现代传播与设计中都主张：越是单纯、简洁的形象越能被大众接受并牢记。于是，我采用三人奋力划龙舟的构图设计。

纪念章必须要具备可以佩戴的功能，所以必须有一个明确的外轮廓造型设计。我尝试了许多不同的外轮廓设计，都感到不合适，唯独采用两圈同心正圆的形式，这样既内含了中国“天圆地方”的宇宙哲学，三人和龙舟又是传统的适合纹样的构图手法，同时，龙舟造型又串联和表示了同济大学的缩写字母T J U，并且三个倾斜

校门口合影，左起王怀佳(进修)、徐建华、陈盛铎(教授)、吴明光、黄英杰、邵思华、朱猛、哈思庄

着身体奋力划舟人物形成了斜直线又有冲破圆的张力感。

在构图确定后，采用什么样的表现手法，又是一个新的思考点。我去图书馆、书店寻找一些相关的装饰图案资料集，感觉这些手法都缺少我所追求表达的同济大学应具有的历史感，表达不出“同舟共济”团结奋力的精神状态。我希望这个设计虽然只有三个人在划舟，却能让人感受到一群人，所有的同济学子都在奋力向前的集体力量，能在无声处听到深沉的划船号子……于是，我把目光集中在我们从中国建筑史课程里了解到的汉画像造型与秦砖汉瓦的学习研究上。中国古老的砖雕石刻往往用浅浅的装饰浮雕，生动细腻而又高度概括，简洁的表现手法来表达所要表现的形象与故事。我尝试勾画了几张小稿后，才感觉这是我所要达到的设计效果。在

1981年设计的同济大学校徽

中文与英文同济大学字体设计上，当时没有简单的采用印刷体及原来的舒同体，也是感到采用钟鼎文和篆书变体形式会和中心划龙舟的图案更加协调，也更纯粹。

之后，我碰到一些同济毕业的青年学生，问起他们对同济校徽的感受时，他们都以为这个设计很早以前就有了，谁也不认为这会是八十年代初才诞生的。在他们心目中，同济校徽原本就该是这样，大家对校徽的认可与喜爱也是对我本人的鞭策与鼓舞。

我在文远楼工作了近十年，直到后来搬到后面的红楼。我一直把文远楼作为我人生工作学习的“摇篮”和“家”。在这所楼里，我从一个大学生转变成长为青年教师，都是在年长教师手把手教授下，学会了备课、讲课；也在这所楼中耳濡目染了建筑系各科教师的工作钻研精神；也是在这所楼上的阶梯教室里聆听过前辈建筑师的演讲，终生受益。

在这栋楼里，我做了将近九年的教研室教学秘书，从领一支铅笔到组织教学实习，接排上课教师等等杂事，在各个部门间奔走联络……

今天，我已离开文远楼，离开同济大学二十年了，我时常从内心感激我在这所楼里学到的知识，得到的锻炼。我比同时期的同龄同事每天待在这楼里的时间更长，进进出出的次数更多。

文远楼，我成长的“摇篮”，我的“家”。

同济，人生启航的地方

袁奇峰[1]

2006 年，我们 1982 级城市规划专业同学毕业 20 年后终于第一次大聚会。2016 年校庆日，同学们为纪念毕业 30 年再次聚会。又一个月，来聚会的一个同学就殁了。《八十年代新一辈》声犹在耳，泪却已满襟！

人生无常，但所幸我们赶上了一个大时代！由于中国高等教育因为文化大革命出现了一个“十年断代”，我们同学中的多数人在 30 多岁的时候肩上就已经扛上了单位的重担，在国家超速发展中迅速成长，成为各地城市建设领域的中流砥柱。

聚会有三个感受：怀旧——先生们老了，多了些对健康的关切，但昔日的英姿犹存；熟悉——虽然山长水远天各一方，但是同学多还是同行；亲切——或许 30 年坎坷后又坦途、伪装后又原真，无论在那里，无论现在各自的境况怎样，在没有功利的环境下，个人的本性就自然流露出来。仔细端详，每一个人都还是我青年时代所熟悉的那个人，按着八十年代那一代大学生自身特有的逻辑在发展。有家国情怀，有责任担当。

从东南西北中来的几十个读书娃，没有知识青年的怨气，没有社会上的市侩气，但是简单的阅历多少会带上一点地方的风土、家族的沧桑。如果不来同济我们就不会有交集，既然来了就会彼此互动和砥砺。进入大学的时候我们还是懵懂少年，经

① 1965年生于云南普洱，1982年进入同济大学城市规划专业学习，1989年硕士毕业。中国城市规划学会常务理事，全国高校城乡规划学科专业指导委员会委员，华南理工大学教授、博导。

大礼堂前素描写生课

同济校门前留影(1982)

过校园文化的洗礼，毕业时节已经成为意志坚定的青年城市规划师。有人说一个人的命运就是他的个性，而个性恰恰是少年时代的经历塑造的，我们的命运里从此摆脱不了同济的印记。人生其实就是一场加法。

1982 年进入建筑系城市规划专业，竟然要学美术！？入学前只描摹过小人书的我，是在大学才学会了素描、水彩。为了争一口气，五一节假期可以翻窗进入在文远楼一楼的美术教室练习静物写生。美术课印象最深的是有一次朱膺教授参加完上海美术家协会的活动，素来活泼的他在课堂上郁郁寡欢，原来是他艺专时代的老同学赵无极从法国衣锦还乡。我当时想，看到老同学应该是高兴的吧，怎么……现在回想起来才多少能够有一点“基于理解之同情”：作为一个一直在政治运动中摸爬滚打的老艺术家，看着自己的同学几十年持续积累所取得的成就，同人不同命，心中自然会有很多苦楚。

我们也是蛮拼的，为了渲染图效果，在北楼专业教室关灯后我们可以继续在西北一楼宿舍走廊上熬夜。彭震伟同学听别人传说普洱茶的渲染效果好，结果花的时间最长，现在想起来可能是因为舍不得多放茶叶的缘故。最让人生气的是总有师兄来教室帮忙，却只帮为数不多的几个漂亮美眉，虽然那几个入侵我们领地的苦力最终也没能够得逞，但是后来我们班很多同学也学会了传帮带这一招。不像我们班，

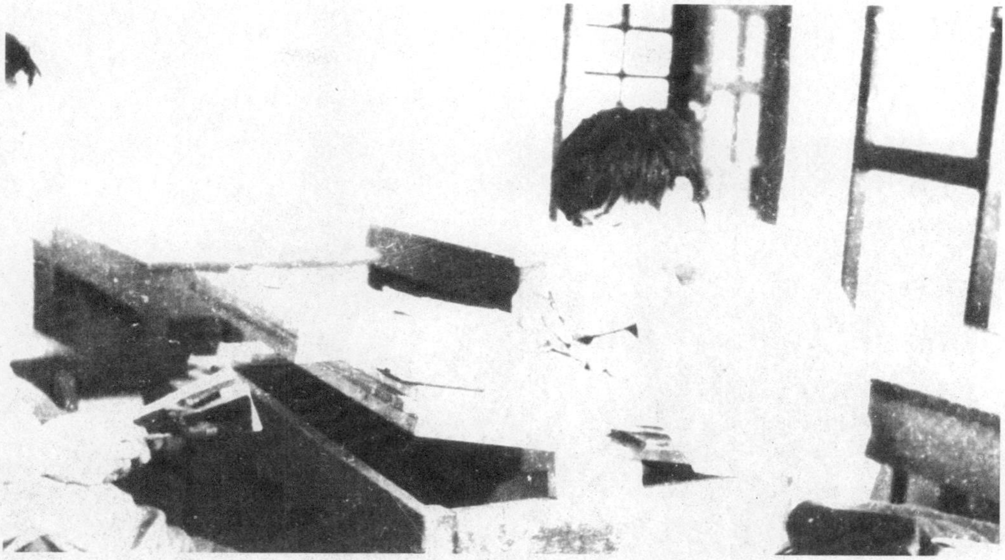

在北楼专业教室画图(1983)

好像同年级的园林班女生大学期间就在这种苦中作乐的情况下基本自产自销了。

在同济我们受到了比较完整的工科训练：首先得益于学院完备的包豪斯式教学体系，从基本设计技能、建筑设计、工厂总平面设计、居住小区规划设计到城市总体规划。听赵秀恒老师的建筑初步；跟着黄仁、莫天伟老师学习建筑设计，让我们学会了发散性思维……记得第一个建筑设计作业是茶室，我好辛苦地做了一个六边形组合的方案，黄仁老师说：你再做一个圆形组合的！等我好不容易把平面方案拿出来，他直接毙了，改！最后做了一个方形加半圆的平面才勉强过关。苦！但是因此明白了设计是一个不断筛选、决策的过程，只不过当时这个决策是老师来做罢了。当然也有少年老成的同学，每次建筑设计都做坡屋顶，一次也不用修改都能过关，所以能够留下大量时间享受大学生活。就我们几个年纪小的同学彼此不服气，都喜欢在方案比试比试，过过招。后来当了老师才明白，同学之间的这种砥砺，其实是最好的学习动力，因此每每挑起班内竞争，屡试不爽。

其次得益于同济建筑系优秀的教师队伍，很多老师都是各自领域理论与实践的达人，经常在《城市规划汇刊》上看到给我们上课的董鉴泓、陶松龄、徐循初、邓

骑车去看方塔园(1984)

述平、罗小未、卢济威、阮仪三、宗林、陈秉钊、邓念祖、张庭伟、朱锡金……等教授的作品和文章。被“文革”耽误了10年的老师们如饥似渴地学习、实践和教学。

记得邓述平先生去德国进修时省下微薄的补贴买了小电影机拍摄教学资料；徐循初教授在课堂上随手列举的城市交通案例都是来自自己的实践；陶松龄教授在课堂上把自己参加各种规划评审获得的鲜活的中国城市发展案例充实进自己城市功能与结构的理论框架；董鉴泓教授带着阮仪三给我们讲城市建设史；陈秉钊教授边学边教我们

城市系统工程；朱锡金不经意让我们知道，他正在和我们读同一套《走向未来丛书》；而张庭伟老师不断把图书馆里的新进外文书籍中的新观点带进课堂；罗小未老师请来的清华大学汪坦教授竟然在讲座中质疑起她自己的近代建筑史研究成果，让我们知道科学研究是需要争鸣和胸怀的……

同济城市规划教育另外一个特点是理论联系实际，我们班的城市建筑认识实习是在南京考察刚刚建成的金陵饭店；美术实习到绍兴柯桥和周庄；城市居住区实习在常州市，而课程作业题目大多竟然是真刀真枪的实际项目。

提着自己打制的画箱到绍兴柯岩写生

城市总体规划设计课程是何林和刚刚留校的唐子来老师带我们在沈阳完成的，题目是铁西区分区规划。记得当时沈阳规划院是沈启亮老校友在做院长，但是我却被抽出来去跟董鉴泓先生做“‘沈阳—抚顺’一体化发展研究”专题。董先生人缘好，跟着他去做城市调研真是享受。当时抚顺规划局领导专门安排我们去大伙房水库旁边一个专门养出口鸡的养殖场吃饭，到现在都还记得食堂那整盘的炸鸡软骨、炒鸡舌头和各种鸡下水做的菜，要知道那可是上海买肉还要肉票的时代，在学校打饭，排在后面就经常抢不到“四喜肉”。终于觉得这个专业学对了！

本科毕业论文题目则跟陈亦清老师做“绍兴城市发展战略及规划形态研究”，他拿出有限的经费让我们去考察泉州古城、参观石狮镇的牛仔服市场，以自己的洞察力谆谆教导我们数学和哲学必然是未来规划师的两只臂膀。有趣的是，在我们一本正经提出要通过建设新城以保护名城的方案时，耿宏兵同学那组的毕业设计课题居

1987年湖南郴州开发区规划，我、朱介鸣、潘志伟等和规划刘局长

然是绍兴古城干道解放路的城市更新改造，要把老街、老建筑都拆除，换成钢筋混凝土的新建筑。而且吊诡的是在我前两年去绍兴的时候发现，这两个方案竟然都实施了。当然是先拆了旧城老街，再搞的新城，只留下几小片“历史文化街区”。这件事正好隐喻了我们这一代城市规划师30年从业经历的尴尬。

本科四年我学会了一整套调查研究、问题分析、规划设计、方案比选、甲方沟通、文本和图纸编制的技能，更多关心“有什么问题”，关注如何解决现实存在的矛盾，总之对“怎么办”有一套！但是在研究生毕业论文选题时就陷入左右为难的境况，纠结于研究城市规划实践还是理论方向？究竟是关于城市还是关于规划的理论研究？是关注“怎么办”还是关注“是什么”“为什么”？

读研究生3年，又跟随恩师邓述平教授和王仲谷、周秀堂老师做了大量城市规划设计项目，累积了大量实践经验，城市规划设计技能得到极大提升，我的论文写到的《青海塔尔寺地区保护规划设计》就是跟随先生和周俭师兄一起完成的。在青藏高原考察现场身体是很吃力的，邓先生当时带了两台相机，我怯怯地问要不要帮忙，

研究生答辩，旁听的学生后来都很牛

他一反常态地给了我最大那个，要知道他爬黄山天都峰的时候都不愿意放手给我们。这个项目甲方实报实销我们出差和打印装订的所有花销，最后给了3千块钱，结果先生给了我和师兄各1千块。那可是我当时最大一笔收入，因为平时一个月最多生活费就35元。我马上就装备了自己第一部虎丘牌135照相机、第一台磁带播放器和当时流行的张行的磁带。

但是毕业前真要提笔写一篇几万字的硕士毕业论文，却发现自身知识的系统性不够的问题。1989年以前是中国思想解放的启蒙时代，上海的《世界经济导报》打开了一扇通过学术观点讨论国是的窗口，我们如饥似渴地学习可以看到的一切资料和图书。期间阅读了大量文献，对我影响最大的是《走向未来丛书》系列，启示是可以用社会科学的方法研究城市这样的复杂系统。通过阅读于洪俊、宁越敏教授编著的《城市地理学》，E. 帕克等著的《城市社会学》，相马一郎著的《环境心理学》，

研究生答辩后合影

李允 的《华夏意匠》、凯文林奇的《城市的形象》，芦原义信的《外部空间设计》、N. 舒尔茨的《存在、空间与建筑》等激发起我对“人与城市空间”关系的兴趣，我的硕士论文通过“场所”和“时间”概念的引入，提出了营造有意义的“城市生活空间”的想法。

我 1989 年 7 月硕士毕业回云南工学院做了 5 年助教、讲师。1993 年底，在去深圳的路上，恰逢一场大型的广东省人才交流会在广州交易会旧馆召开，就因为是同济大学城市规划专业的硕士毕业生，五家城市规划设计和管理机构在没有试用的情况下就当场向我发出了商调函。让我切身体会到强大母校才是毕业生最坚强的后盾。

1994 年成功跳槽到广州市规划院做工程师、教授级高级城市规划师；2005 年通过“百人计划”到中山大学做教授、博导；2016 年再调华南理工大学建筑学院工作，每十年清零一次，逼自己去适应新的环境，保持学习能力。但是无论是在大学做老师还是在规划院做总规划师，我总是以师傅带徒弟的心态诲人不倦。这一职业特质在学生中竟然有一定的认可度，在中山大学十年，毕业生4次评我为“心目中的良师”。今年我发表了自己的第100篇学术论文。而最感欣慰的是，自己每一点滴的进步都有来自母校的鼓励。在我学术生涯刚刚起步的1990年代就两次获得“金经昌城市规划教育基金会”和《城市规划汇刊》的优秀论文奖，后来又四次获得由中国城市规划学会和基金会共同颁发的“金经昌中国城市规划优秀论文奖”。我几乎每年都要在9月的最后那个周末回同济参加中国城市规划学会和《城市规划学刊》联合举办的“中国城市规划学科发展论坛”。

同济大学的建筑与城市规划教育是在中国城市发展的实践中成长起来的，在改革开放后的前30年很好地培养了一大批适应社会需求的建筑师、城市规划师，在推动社会发展中学科教育自身也被社会需求所塑造。但是现实中一边是繁荣的市场，一边却是国内设计市场的重重危机。传统大型国有设计院由于体制的限制，普遍经营窘迫，竞争力下降，改制、转制……扰动多少人心。民营设计机构的大门已经开启，多数却成为少数人赚钱的工具。中国的现代化与城市化相辅相成，经济发展、生活水平提高、人口城市化加速增长。问题是，中国的设计市场也应该成就一代为国际社会所认可、属于自己民族的建筑设计和规划大师。

对大学教育来说，在大国崛起的语境中，必须要通过文化创新引领“现代化”。只有培育出新一代能够用全球化的话语、能够在现代主义的本底上、融入本土文化和地方价值观的文化精英，才有可能让地方性文化转化为国际时尚话语。向东看，丹下健三、矶琦新、黑川纪章、安藤忠雄、西泽利卫、妹岛和世等一大批日本建筑师已经在现代主义的平台上，用全球化的语汇、融入了日本文化和价值观，在国际比较文化中形成了自己的建筑文化流派，而这正是今天中国建筑与城市规划教育的不足。

后发国家在追赶过程中的目标是清晰明白的，改革开放30多年中国社会一直在补市场经济的课，而全球化也给了中国明确的产业分工，发展是硬道理！但是在经济发展取得巨大成就后，一系列权宜性的体制机制的负面性也会约束城市的健康持续发展。随着国家经济告别超速发展期，发展中掩盖的社会矛盾、生态问题日益凸显，如何避免“中等收入陷阱”成为学术界的焦点。

2011年城市规划获批为一级学科，并正式更名为城乡规划学，学科编号0833。对于所有城乡规划专业人员来说这是一个机遇也是重大的挑战！转型期的中国城市规划在社会主义市场经济的浪潮中挣扎了30多年，终于获得了对自身定位的全新认知，进入到城市空间资源分配的公共政策领域。也就是说，中国城乡规划学科要从建筑学走向更加广阔的学科背景，集成人类一切知识以构筑中华民族的城市生存环境，学会用科学与民主两只手去处理日益纷繁复杂的利益冲突，寻求中国城市发展的帕累托最优。

游于艺而近于道。作为一个广州的城市规划师在中国城市化高速发展这30多年来持续的思考和学术探索，我和同事、学生们共同的成长：经历了设计城市形态、形象，规划城市功能、结构，再研究城市发展体制、机制的过程，终于明白了城市空间规划要服从于城市发展基本规律的道理——只有掌握了城市发展之“道”，城乡规划之“术”才能摆脱“纸上画画、墙上挂挂”的命运。

知天命更要行天命。前些年我开始了广州城市建设评论，其价值是把一些技术圈内的城乡规划话题公共化，引入社会讨论，让市民能够参与和监督城市建设决策。记得金经昌教授在我们本科毕业纪念册上的题词是“城市规划是真正为人民服务的专业。”经过30年的磨砺我才终于明白，老先生是在用当时的话语方式告诉我们：要成为一个成功的城市规划师，首先要把自己培养成为有社会责任感、以天下为己任的知识分子，要把保障公众福利、提高城市文明作为己任。这样的价值观正是先生在我们离开学校前给出的最后一课，让我们在社会这个大学堂中慢慢修为。

记忆·文远楼

李亚明[①]

造 梦

初来同济的第一次全系新生大会就安排在文远楼。走上楼梯就听到有女老师招呼大家来“liangyiaoliang”，后来反应过来就是 212。或许每人的笑点不同，这样的数字读法一直到很久以后依然能让我莫名地快乐，直到客居闽南，我成了把 2 读成“两”的那个人。在上海工作生活这么久，哪怕曾经身在上海社会的深处，与上访的百姓打过一年半的直接交道，也没能调动起学习语言的天分，反倒在离开以后，个别的发音不自觉地挂在了嘴上，成了对这段生活历程的纪念。或许，只因为那是初入大学的第一次正规场景，印象才如此深刻。这也正是我们格外珍惜生命中许多第一次的原因。

其实，那天记忆最深的是坐的位置。那天我坐在了最后一排的最左侧，一眼就能看全这一届建筑系三个专业六个班所有的同学。缺乏舍我其谁的霸气当然不能归因于来自孔孟之乡，事实上一个刚刚来到大城市的孩子气质里就带着先天的敏感，满身的触角最大限度地张开，感受着空气中每一个流动的细节——即便如此，我对自己所处的特殊位置还是充满了好奇，期望这个位置意味着什么，至少可以让我成为一个特殊的人——的的确确，我当时希望自己能成为在座所有同学中最出色的那

① 生于1966年10月，1985年进入同济大学建筑系城市规划专业学习，1992级城市规划专业硕士，1995级城市规划专业博士。现任厦门朗乡投资有限公司董事长。

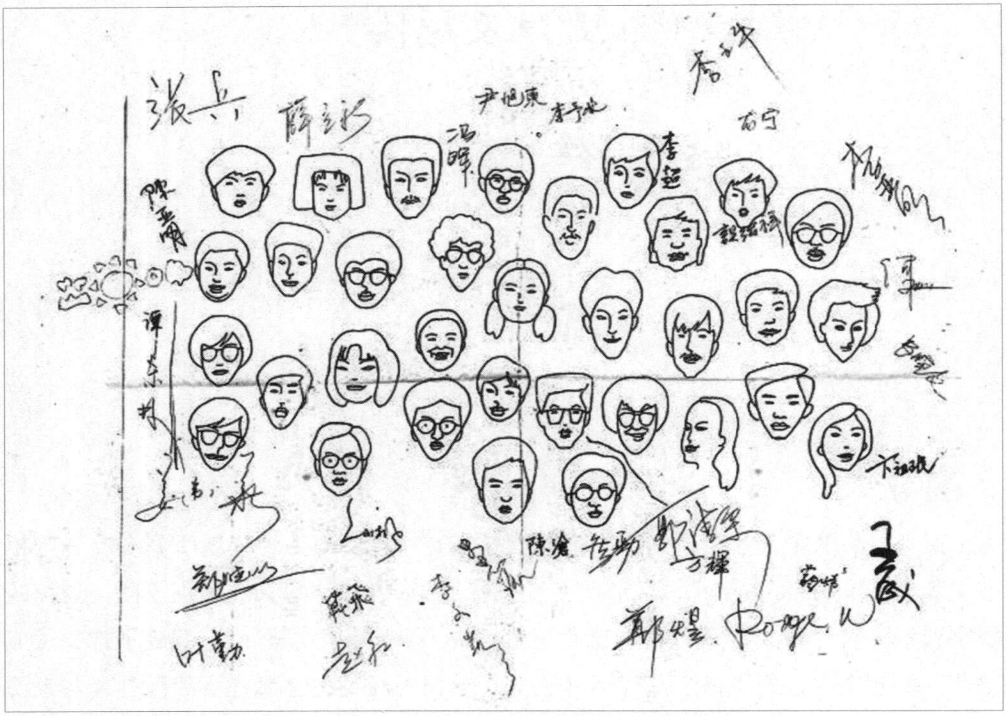

班主任包小枫给全班画的漫画头像

一个。

其实，这种期望在许多年以后变得非常容易，因为在逐步成熟的价值观里，出色已经有了多重的涵义。真正的出色很难评定，但认识到出色的多重涵义，可能才是那个时代单纯的理想能够兑现的最具意义的现实。但无论如何，这种希冀哪怕只是瞬间的一瞥，就足以照亮此后许久的人生了。

先 生

1985 年的中国，先生一词的用途还不广泛，在孔孟之乡，意指医生，尤其是年老的中医。大二阶段给我们上“城市规划原理”的李锡然教授来自新加坡，上课时经常提问，而且每每提问女生必叫“这位小姐”，男生则是“这位先生”。起初当然是漾起阵阵笑声，老师的绅士派头让我们这些“先生”“小姐”们好像受到某种触动

——这也许是我们这一代接触到的极少的有点贵气的氛围。

当然，进同济不久，就已经领教了“先生”最令人仰慕的含义——只有德高望重的老师，才被称为先生。

入校不久，贝聿铭大师来同济。这对当时的中国建筑界绝对是大事，在相对封闭的时代，大师来中国远不像今天一样频繁。为帮助大家更多地了解贝大师的成就，系里通知在文远楼106搞一次讲座。那时我们都知道戴复东教授，一者他是系主任，二者知道他是戴安澜将军的儿子。戴先生每次见我们必称“孩子们”，引来善意的嘘声笑声后，再跟一句“我比你们父母都大”，然后再进正题。那天主持人就是戴先生，他非常隆重地推出了另一位先生——罗小未教授。罗先生那晚对贝先生的解读至今记忆犹新，也是我认识建筑世界非常重要的开始，但那天另一个重要的收获是知道了“先生”一词还可以用在女性身上，而且带着非常特别的敬意。罗先生一上讲台，戴先生迎上前握手，更让我开启了对这个高知阶层特别的好奇心——他们是同事啊，他们为什么这么客气？这些答案是慢慢找到的，但真正能够认识到那一代人的风采，是大三时李德华教授亲自带我们班设计课，而且是整整一个学期。我们或许成为了有一点点礼貌的人——我坚信大三的那个学期成为极重要的阶段。李德华先生的研究生赵广辉讲过一句特别的话，“李先生看我们，就像一位没落贵族看一伙街头艺人”。因为是原话，我必须把“没落”二字写出来，但广辉的原意是充满敬意的，先生当然与大多数人一样过着清苦的日子，但他们的精神始终还在那样的高处，从未妥协。

能被称为“先生”的大概十几位，最亲民的“先生”就是李锡然教授，因为他是我们规划原理的老师，上课提问时还叫我们“这位先生”。当然，凡是被称作先生的大都很难见到，比如金经昌先生，比如冯纪忠先生。高山仰止，这是多少年来对他们唯一能有的评价。

文远楼，就是我们最有可能见到这些先生的地方。因为在这里，足够幸运的话可以听到他们的讲座。

金先生做了一个摄影讲座，成为记忆深处最难忘的讲座之一。此时此刻，一连串的记忆清晰地涌上来——首先是关于他的第一张摄影“作品”——金先生在摄影界与规划界都是泰斗级的人物，就社会影响来讲，摄影界“金石声”的名气更响。

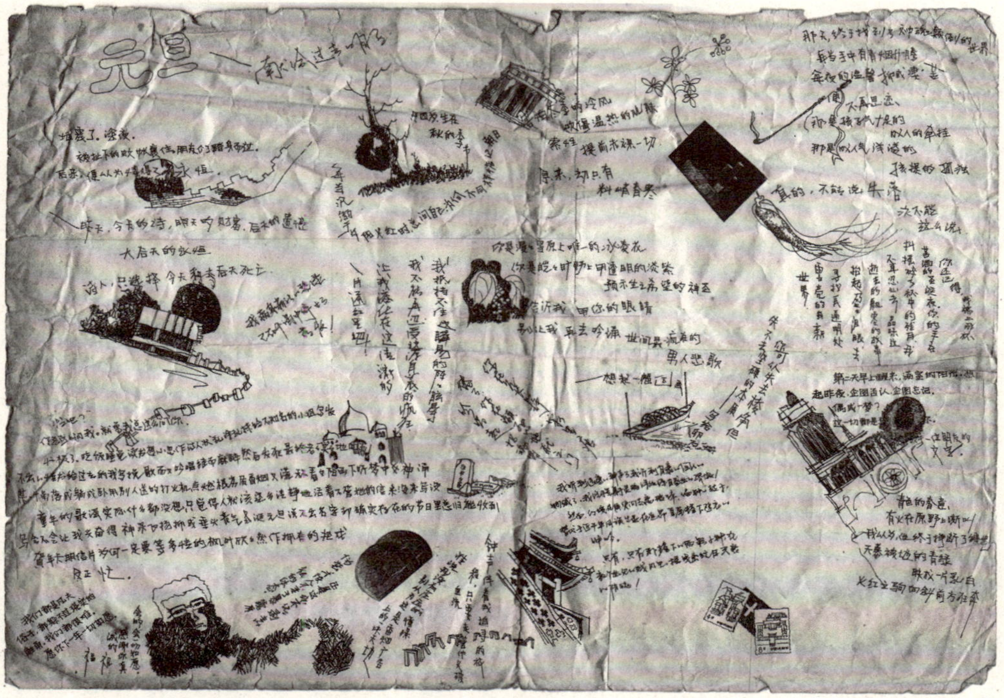

当年的涂鸦

他做银行家的父亲买了第一部莱卡却拍不出影，少年却一拍成形，就成了这部莱卡的主人。二是先生提到最能看功底的是拍摄静物。先生大量的静物作品通过幻灯放出来，虽不能真的看懂，但知道那就是美的标准。三是器材并不重要，海鸥 DF 已经足够。先生这句话自是云端水准的不经意流露，但对于我们这些有部最普通的海鸥 KJ1 就已很知足的同学们来说，无疑是一种增加信心的暗示。当然，第四件才是记忆最为深刻的——讲座期间，先生若无其事地告诉我们，他得了绝症。在崇拜的氛围里足以让人动容的话，却被先生平静的表情修饰得像一件微不足道的小事。或许，只有在那样的修养之下，才能拥有如此淡定的面对生死的态度。许多年以后，李锡然先生数次与我提到要把他在同济新村的住处在他身后卖掉，一半留给照顾了师母多年的保姆，另一半就捐给金经昌基金会。

第一次见冯纪忠先生也是在文远楼。见他之前，我们听说他在很早就提出过类似新陈代谢的理论，内心的敬仰非同小可。那天冯先生留给我最深的印象就是仙风道骨，这或许应验了后来听到的关于陈从周先生与冯纪忠先生的细微区别——陈先生是文人，冯先生是士。在讲述了方塔园的设计之后，冯先生流露了一种无奈——说了句“机会太少了”。那些人杰刚好遇到了荒唐的时代，我们失去了现当代社会变迁过程中理应出现的新的文化浪潮。冯先生的方塔园既是这代大儒为数不多的修为的见证，更是那个时代在建筑艺术领域可能达到的高度的简约注解。后来李锡然先生把冯先生送他的书留给了我，书中见到冯先生三十年代在意大利时的留影——一袭的白西装，帅气的翩翩少年。真的，我几乎不能相信那时的中国竟然拥有如此令人骄傲的现代儿女。当然，对冯先生的评价里，最早，印象也最深刻的来自班主任包小枫老师——冯先生虽然 70 多岁，但他的思想永远走在所有年轻人的前面。这是原话，不能忘却。

一个学科的地位表述，其实正是这些先生们影响力的物化。文远楼，就是我们认识先生们的地方，那是即便时代交替却形成基因传承的杏坛。

橱窗

我的好友沈益人是卢济威先生门下的硕士与博士，本科则毕业于苏州。如果说一个本科生能够引起十几届学弟的敬仰，可能非益人兄莫属。原因很简单，他们建筑系的橱窗里，一直挂着他那个阶段的作业。文远楼二楼的橱窗里，就挂着这样的作业，与其说那是示范，不如说那是本科学子最高级别的勋章了。虽说搬到系馆以后依然有这样的橱窗，但真的记不清在什么地方，记不清什么人的名字曾经挂在那里。可能是气场不能同日而语，可能是个人的注意力已经转移，也可能在新系馆呆得太久，记忆里的物与事过于繁杂。就在文远楼二楼的橱窗里，我记住了吕品晶与黄斐斐的名字。这种不经意的记忆，至少让我在后来看到中央美院建筑学院院长吕品晶的名字时，有一种莫名的亲切感，并一直非常在意当年的那个黄斐斐是否已经有所成就——当然，另一个原因，就是她的父亲黄仁老师就是那个带我们参观系馆工地的人，他也是系馆的主要设计师。

至今记得二楼橱窗白炽灯的亮光——当然可能是记忆编造的；甚至记得橱窗散

发的铅画纸的味道——当然可能是思念青春的幻觉。当然，文远楼之于莘莘学子，都会有诸多的元素被深深怀念，因为它们构成了最为重要的成长过程。

数学

大一的数学课是大课，六个班的同学一起上，在文远楼最大的阶梯教室106——就是贝聿铭先生来同济前一天罗小未先生给我们做讲座的那个教室。有一天，记不起是上午还是下午，反正天色昏暗，教室里开了灯，张宜瑄老师正在讲课。在所有的课程里我最讨厌数学，这种讨厌得到的回报就是大学的第一个期末考试就亮了红灯——而且作为本专业两个班唯一的代表参加补考。但我对数学老师却一点不反感，至今能记得住名字的本科期间的副科老师也就张老师了。后来硕士博士阶段经常在校园见到坐在轮椅上的张老师，因为数学不及格，一直不好意思去问候，但每次见到，总能想起那天的场景。张老师正在讲课，突然从教室大门走进来一个长者——好像不是单纯走进来，而是走得很深。张老师的声音自然停下来，只听长者操着浓重的口音说，同学们，外边有自然光的时候不要开灯，两个方向的光线会伤害你们的眼睛。长者说完，向张老师示意了一下，出去了。

这种关心是暖心的，但多少有些不合时宜，毕竟这是课堂，老师还在讲课。但张老师表情没有任何的不悦，甚至还有些小得意——其实从这样的过程里，我们已经猜出这长者应该是个“人物”！

“同学们认识这位先生吗？”

在瞬间的沉默后，张老师一脸尊敬：“这就是大名鼎鼎的陈从周先生。”

相对于关心我们的眼睛，大家多么希望陈先生更关心我们的课程。他走进教室如果说出让系里停掉数学课的话，相信一定会掌声雷动。对学设计的来说，的确找不到喜欢数学课的理由。到底有没有价值本来还是件悬案，因为总有被设定的理由，哪怕说为了提高智商你也得接受。但系领导的一次解释，地地道道地说明了我们的“冤屈”，也说明误解在任何层次、任何时代都曾明确地存在。说话的是戴先生，就是当时的系主任——孩子们，你们以后要学计算机的，没有数学怎么行？后来大家都知道了，计算机应用与数学没有多少关系，编程是个别偏执狂的事。如果说大一人傻，开个数学课就算了，但后来越来越不像话——我作为城市规划专业的学生，从本科到博士，分别学了三种计算机语言，一个数学不及格的人竟然被迫学了“C 语言”，与其说浪费了宝贵的时间，不如说浪费的是大学难得的教学资源。80 年代的中国大学，哪怕是学科内中国最好的专业，一方面太多课程没有意义，另一方面又有多少涉及人文修养的课程却又无故缺席。偶有特别的选修课，却因为人数限制报不上名，比如音乐欣赏——上课地点就在文远楼。当然，有些公共课就不是某个大学能决定的了——政治课就一直从本科伴随到博士，而且博士阶段的分量更重——一年级每周有一个下午上“马列理论”课，好像是单周四节双周三节，远远超过任何一门专业课程。当时的马列老师是个红光满面的人，其实我记得他的名字。老师格外宽容，教室里明明只到了一半人，但点名时都到了也从不追究，即便大家都在忙活自己的事，丝毫不耽误老师慷慨陈词，依然的红光满面。唯一的遗憾，是一次我缺课时，老师与后来的普利策奖获得者王澍在课堂上有一次辩论。与其说辩论，不如说是一边倒的搏击。当然，这种搏击多少有些不公平，他只能在绳圈之内出拳，而且必须使用固定的拳法。据说老师大败，有点不高兴。

协 会

文远楼规模不大，系馆建成之前，我们的专用教室在北楼，文远楼更多是一个上大课的地方——没有谁有事没事往老师的办公室跑。因为号称喜欢文学，一年级下学期就被推荐到刚刚恢复的校刊《同济人》杂志做小说编辑，因为这个原因，二年级时，《未来建筑师》杂志的主编杨贵庆邀请我到杂志社帮忙。就在他们文远楼的办公室里认识了赵广辉——青年建筑师协会的会长。人的一生总会受到环境的影响，广辉就是那种非常具有影响力的人——第一次见他的记忆就在文远楼的走廊里，十米开外就会伸出右手，嘴上喊着“哥们儿”，于是我非常乐意地做了他的哥们，并且在此后的一年做出了巨大的改变——大三时，我做了这个协会的第三任会长。

第一任创始会长叫王新，是 83 建筑学五年制的师兄。认识他是因为在《未来建筑师》杂志上发的一篇写西安的文章，开头就是：只要这个城市比北京小，我心里就有底了——尽管那时上海还是中国第一大城市，但这种霸气已经让我至今不能忘记。

毕业合影

协会经常组织活动，有时也会代系里接待前来做讲座的老师。有一次是北京建筑设计院的总建筑师刘开济先生来同济，在文远楼的正门，与前来迎接的建筑系卢济威先生寒暄。刘先生西装笔挺，拿出精致的名片夹，抽出一张名片递给卢先生。卢先生显然准备不足，忙从夹克衫里掏出钱包，翻了许久，从一堆纸币中捻出一张名片来。从那以后，我格外地喜欢随和的卢先生，后来我的许多好友都做了他的弟子，从听到的有关卢先生的故事来看，两年级之前，我就具备了很毒的观察师长的能力。刘先生开始讲座，我就坐在卢先生边上聆听。当北京昆仑饭店出现在屏幕上时，听到卢先生说了句：他们的审美有些特别。真的，从顶着旋转餐厅的电梯井的角度，我看到的是一个伸长脖子拉开架势准备决斗的巨人。的确，在文远楼这样圣殿级别的建筑里，讨论设计必须小心翼翼才行。

名 楼

在 1980 年代的同济建筑系，“包豪斯”是最早的专业教育内容。而包豪斯在中国播下的第一粒种子，就是文远楼。读书阶段，曾经在类似于《文摘报》的媒体上见到“中国十大现代建筑”，其上赫然写着“上海文远楼”——相对于其他九大建筑的体量与知名度，文远楼显然是靠绝对的内在价值上榜。在中国的建筑与城市规划教育体系之中，同济的特点一直是多元而富有活力，这自然与当年院系调整时各路大师齐聚同济有关，更可贵的，是院系调整以后的文远楼的建设，把这种多元而富有活力的精神固化为基因。一个专业、一个学校走出的人的气质取决于他的成长环境，文远楼，正是那个时代能够提供的育人情境中最好的典范。

一年级的某一天，在文远楼二楼的阶梯教室，“建筑概论”课的沈福煦老师给我们讲西方古典建筑史。沈老师描述巴黎凯旋门价值的收尾激情洋溢，直接掀起了六个班热烈的掌声。这时，无论是作为老师还是学生，相信一定体会到了极完美的角色互动。

这种掌声，
这种氛围，
在我 11 年的同济学生生涯里，
从未停止，
而且延续至今……

2017 年 3 月

零星的记忆

范文兵[1]

建筑系需要有自己独立的系馆空间，这在今天的中国大学，似乎已成为常识。但在我 1985 入读同济大学建筑学本科时，国内建筑学老八校几乎都没有自己专门的系馆，大多是教学与行政分两块。教学空间，主要包括专业教室、美术教室（那时只画图不做模型，也不强调建造，因此模型建造空间是没有的），多分布在学校公共教学楼部分，行政与教师办公，则在另外一些地方。

一直到我本科毕业时的 1990 年，同济、清华、天大等高校才纷纷造起独立的建筑系馆，而且都曾作为重要建筑，登上了当时专业杂志的封面。建造这些独立系馆的行政原因，作为学生的我不甚了了，但今天再回过头去看，这些独立系馆能在较短时间内集中落成，似乎与全国后来延续了近三十年的大建设时期的开始有关，在此背景下，建筑规划专业在各高校内的话语权日益强大，经费也比较充裕。

1987 年之前，同济建筑系的行政和教师办公室，位于 L 形文远楼南北走向体块的二楼，我们本科生除了开学报到，或者特别事务，一般是不会过去的，三楼是土木系行政与老师办公室，更是几乎从未踏足。一楼由于是建筑系美术教室，每周要去上两次课需定时来，常常是从中午开始画起，一直画到傍晚昏黄时刻。宽大、微暗的走廊里，时常回荡着我们画画中间，跑出来放松打闹的嬉笑声。

文远楼东西走向体块南端二楼的两个大阶梯教室，255 和 215，也是我们常来的

① 1968年1月出生，1985级本科生，1992级硕士研究生，1996级博士研究生。

当年的涂鸦

地方，主要是上全系专业与非专业公共课。那时，建筑学、城市规划、园林三个专业都还在一个系里，1 到 2 年级，三个专业课程基本一致。于是，经常性地，一个年级，三个专业，六个班，青春少艾，近 200 人，闹哄哄地在文远楼 215、225，一起上大课。

215 通常是早上有课，上政治、数学之类的非专业公共课。早上上课，如果有迟到或晚到的学生，就需在众目睽睽之下，步入座位。早起的学生通常带有浓浓的睡觉气，如果此时，哪一个晚来或迟到的女生，能够在浑浑噩噩的睡觉气中，辟出一条清新通道，让学生们用目光组成一座 T 台，开门瞬间能让一群人集体抬头，看到从南窗射进来的屡屡阳光，晚上男生们卧谈会上的女神，就会无声地诞生。

225 通常是下午有课，上历史、理论方面的专业公共课程。不知为何，记忆中总是将这里与夏日联系在一起。老先生们认真地站在讲台一侧，用南方口音的普通话一字一句地仔细讲课，同时一帧帧切换着在当时非常贵重的幻灯片。老式幻灯机有节奏地咔嚓、咔嚓着，在挂着窗帘的暗黑教室里清晰地回荡着，此时，窗帘外的蝉声，一阵阵鸣叫着从窗缝里挤进来。四下望去，黑暗中，各种坐姿、睡姿的鼾声，也在克制地此起彼伏。

文远楼这两个大阶梯教室，也是当时建筑系最拿得出手的公共空间。贝聿铭、朱逢博等知名人士曾引起全系乃至全校拥挤围观的讲座，就在这里举行。我们低年级本科生，除了那些和学生会走得近的同学有关系能拿到票进入会场外，一般是没资格进场的，建筑系拿手的伪造入场券，就是从那个时候开始流行起来。

当年收集的资料

由于没有系馆，专业教室就在校园里四处分散。建筑学、城市规划专业教室主要在北楼西端，园林专业教室则在遥远的129大楼。当时所有专业作业、专业动作，全是手绘、手做，耗时耗力，建筑系学生除了晚上回寝室睡觉、食堂吃饭、上课外，剩下的时间几乎就是“住”在专教，加上那时没有网络，没有“宅”，一切交流、通知、信息，必须面对面沟通，学长们为了追学妹们，学生会为了发展各自会员扩大实力，高年级自会跨越千山万水跑到分散在四处的低年级专教里，去联谊、去沟通、去帮忙画图。所以，虽然专业教室分散各处，但整个建筑系各个年级、不同专业之间，基本是熟门、熟路、熟脸的。

我们85级五年制建筑学一个班，一直在北楼二楼朝南一侧，建筑学四年制两个班二楼朝北了两年，其它高年级在3、4层。由于大家一天绝大部分时间都待在北楼专教，于是宽大的走廊和门厅，就成为大家画图、看书疲累时，调节的运动之地。当时从高年级传下来的羽毛球运动颇为流行，每到中午，必能听到走廊里的阵阵劈杀之声，以及，闻声而出的大楼管理员，追赶、驱散、抢夺羽毛球拍的声音。这样猫捉老鼠的游戏，一直持续到1987年夏天，我们离开北楼搬入系馆。

系馆(现在叫B楼、红楼)的设计师是黄仁老师。设计、建造系馆期间，他正好指导我们二年级设计课。黄老师是系里出了名的快手，指导我们设计时，也是语速很快、思维清晰、手起刀落，同时，也会带着同济建筑系大部分老师普遍具有的尊重学生看法的和蔼态度，仔细倾听我们的意见。那时同济的设计理念，基本是形

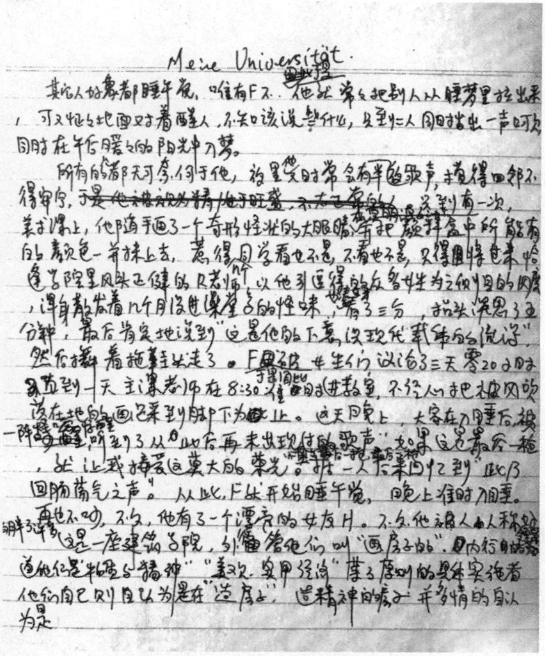
Meine Universität

当年的笔记

态构成+功能解决，并强调空间效果，出效果的空间，往往会在所谓中庭或门厅部分实现。黄老师大概也是用这样的观念设计系馆，所以他做出半圆形母题控制整个形体，包括倾斜面的入口大厅效果，我们作为学生，还是非常容易理解的。

记得一次上课时他偶尔提起，让系馆后来得名红楼的那些外饰红色面砖，是某个厂商赞助的（而且还据说还是地砖）。由于赞助省了一大笔钱，虽然颜色太重，但也不好返工改换了。

同济这个系馆与当时清华、天大的系馆非常不同，按照我们那时偏重形式的理解角度，清华、天大系馆都有着那时国内流行的后现代风格（和发源地美国有个近20年的时间差），而同济这个系馆，则是彻底的现代主义风格、形态构成。同济建筑学的独特性，就是这样，在一个个的不同中，丝丝缕缕、一点一滴地熏陶着我们。

文远楼西侧朝南两层通高的门厅，混响效果特别好，校园里喜欢唱歌的人们，常会在夜晚来此聚众弹唱，一直唱到管理人员关门赶人。一直记得，一个停电的初夏夜晚，来自青岛的机械系吉他高手小明哥，轮番弹奏着《英文经典歌曲101首》里的歌，我们几个来自不同系的歌手，一会儿独唱，一会儿和声，与琴声做着即兴互动。这个门厅位于从北楼专教回学生宿舍的途中，时不时地，就会有学生走进来，或静默聆听，或轻声应和。临近10点，一个规划专业来自江苏的女生和建筑专一个业来自上海的男生，走进门厅。她一身白色飘飘的连衣裙，他身形颀长挺拔，两人不由自主地，在我们的歌声里旋转起舞……不远处三好坞池塘里的蛙鸣声，断断续续地，隐隐飘来……

文化底蕴，流传久远——再读文远楼[①]

邹德侬

虽然来过同济大学建筑系无数回，认真阅读它的系馆文远楼却是第二次，此番借建筑学专业教学评估之际再见文远楼，突出感到有两大改观：一是粉饰一新，二是换了主人。

1982 年起，我和窦以德先生在龚德顺先生的指导下，开始研究中国当代建筑(1949-)，这个题目在当时是一个十分敏感而又困难的课题，因为自 1949 年开始的这几十年间，政治背景是非难断；人、物具在不易畅言；何况自己有时亲历其间，不免有点儿个人情绪，难以客观、准确地描述其事。1983 年我们对全国十几个重要城市做了调研，我们惊异地发现，在建国之初的 3~4 年间 (约在 1949~1954 年间)，全国各地竟有一批设计水准很高的“摩登建筑”。但是，这批“摩登建筑”很少在媒体上正面介绍过，有的甚至被当作港台的“臭牡丹”批判示众。随着苏联“社会主义内容、民族形式”的输入，这些建筑全然销声匿迹，仅仅残留在作者和老一辈建筑师的心中。

我们调查的几十座此类建筑之中，与同济大学有关的就有文远楼和武汉医学院医院等建筑，同济大学的教师黄毓麟、冯纪忠等前辈建筑师的这些作品，同其他城市的此类建筑一起，形成了建国初期对 1949 年以前已经开创的中国现代建筑的自然延续，它们鲜明地标志出中国现代建筑师在 1949 年之前原有的设计水准，指出了中

①原载：时代建筑，1999(01)：59~61，本文调整了图片。

同济大学文远楼全景

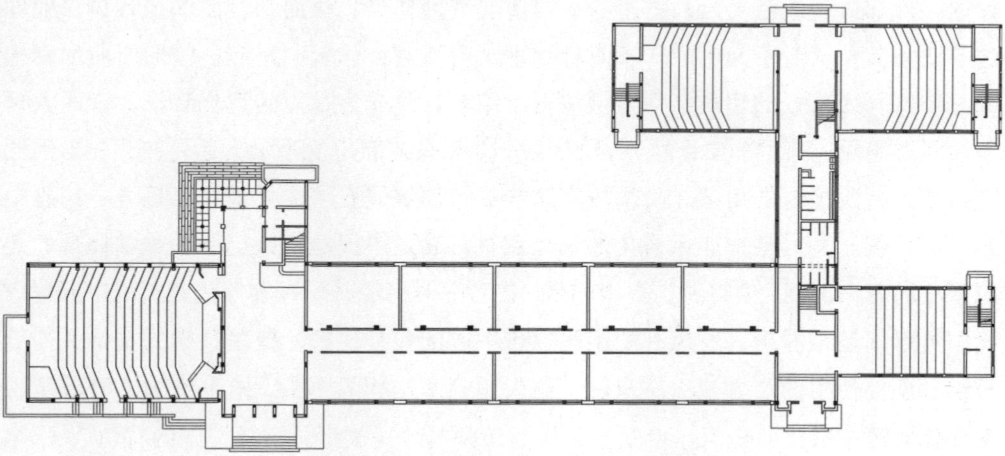

同济大学文远楼平面图

国现代建筑与国际现代建筑运动之间的亲缘关系。我们把建国初期的这个被人批判又被人忘却的"摩登建筑"现象，冠以"一个应予充分评价的短暂时期"，写到了《中国现代建筑史纲》之中。据我所知，这是第一次在正式的出版物上，以正面的态度充分肯定建国初期的这一现象。我们并且认为："可惜的是，我国三年国民经济恢复时期所开始的这一过程，在以后全盘学习苏联那貌似先进实质向后看的创作理论时被基本中断了。中国现代建筑走了另一条路。"这样说和这样做，在当时是需要担点儿风险的，特别是龚德顺、窦以德两位先生，他们是在任的政府官员。

文远楼是这个时期中国现代建筑文化珍贵遗存的代表。作者是青年建筑师黄毓

麟 (1927~1953)，当时只有 26 岁，毕业于之江大学，建筑的合作者有哈雄文等。令人无限感慨的是，就在设计完成的当年，作者却英年早逝了，真是中国建筑界的一大损失。

建筑约 5000m^2，平面按功能需要灵活布置，在最接近入口的部位布置阶梯教室，以利于疏散。建筑立面阶梯教室的部位，其开窗直接反映内部阶梯形地面。阶梯教室的室内布置，除考虑合理的视线和声响效果外，小桌板上设计了简易的弱电小台灯，以利于学生笔记。建筑里的交通流线十分简洁通顺，楼梯、走廊宽阔，室内踏步和楼梯扶手栏杆的处理，干净流畅中不忘点以装饰。廊壁上可布置作业，利于交流、评图。外部体量组合灵活，体量的纵横虚实处理精当。正面和背面两个入口，处理的手法尤其灵活：正面门廊作不对称处理，与不对称体量向呼应，圆形断面的廊柱毫无装饰，入口处的切角斜面点缀块石，结合台阶成为重点的现代装饰；背面入口上卷弧形雨棚，造型非常新颖，是国内近 10 年来才启用的手法。还要注意弧形雨棚的角部、台阶平台的角部、阶梯教室踏步的角部镶嵌石块的处理，都是统一构思中的装饰母题。文远楼并非风格化的现代建筑，它是中国建筑师已经熟练掌握现代建筑手法的有力例证。值得特别提出的是，作者那时已经开始探索现代建筑的中国化，我们可以清楚地看到，通风孔的图案取自中国的勾片栏杆；壁柱顶端的纹饰如传统云纹；反复使用的小方块石头母题，令人想到木结构的隼头。这些努力，开辟了探索现代建筑中国化的先河，要知道，让建筑师搞“民族形式”或“中国特色”，那是以后的事儿。

听说，过去同济大学建筑系新入学的学生，都听老师讲文远楼，学生能从这座建筑里学到许多现代建筑知识，学到同济大学建筑系的建筑思想，文远楼是建筑系学生入门的第一本教科书。这样，文远楼就不单单是一座有形的建筑遗存，而是一个蕴含中国现代建筑文化脉络的建筑学教学环境。建筑系置身于内，就在比较深的层次上表现并延续了这种文化脉络，门厅里所镶嵌的一白一黑两块石碑，把这一切说得清清楚楚。这笔珍贵的建筑文化资源，不只属于同济，它属于全中国。同时期、同功用、同意义的建筑系馆，文远楼在中国恐怕是硕果仅存的了！特别是在当前这个“日新月异”“热浪滚滚”的建设大潮里，文远楼依然挺立，难呀。

建筑立面阶梯教室的部位，其开窗直接反映内部阶梯形地面

入口处的切角斜面点缀块石，结合台阶成为重点的现代装饰

就在逗留同济的短短几天里，我听说武汉的洪山礼堂“改造”了，那是武汉极有现代建筑历史价值的建筑遗存；此前北京的和平宾馆“改造”了，它是1949年之后，现代宾馆建筑的开山之作；北京外贸部大楼主楼拆除了，它是徐中先生在设计官方建筑时，用民居的手法与大屋顶对垒的见证，这些都是与文远楼同时期的优秀作品。大体上与同济大学学生饭厅同时期的作品重庆两路口的山城宽银幕电影院，最近拆除了，著名的广州友谊剧院“改造”了……那些拆除的建筑自不必说，那些“改造”过的建筑，已经把最有意义的信息源给清除掉了，因而有关这座建筑的原有内涵都已经荡然无存，那些内含是重要的时代见证。假若有人发问，中国有现代建筑文化吗？它的实例在哪儿？我们该指哪儿说起呢？仅仅说解放前外国人在中国盖的高楼大厦吗？还是说改革开放以来数量惊人的建设规模呢？

同济大学的校园充满了中国现代建筑的故事，而且新故事的演绎与之融会贯通。它的校门保留了历史的原貌又赋予新的活力，在纷纷讲排场“改换门庭”风气中，

文远楼背立面入口周围

楼梯踏步和扶手栏杆的处理，干净流畅中不忘点以装饰

真是难能可贵；正门的新建图书馆，保留了红砖的平房，也就保持了图书馆的历史，与两侧的红砖平顶建筑一起，讲述当年同济教师上书中央不要大屋顶的往事；它的学生饭厅，是 1958 年之后全国探索新技术浪潮中的代表作，可能是仅存的落地拱、钢筋混凝土联方网架的孤例；听说教工俱乐部没有保持好，那也是一件曾经受到不公正批判的优秀建筑。同济大学的一批有意义的建筑，是中国现代建筑史的特殊注解，它们真实地反映出同济师生在过去的岁月里，一贯崇尚现代建筑的独特立场。

由于文远楼是同济大学建筑系师生崇尚现代建筑的最早明证，对于这座建筑硬件严加保护，并让它的建筑文化内涵得以久远地延续，不但具有重大历史意义，也是同济对中国现代建筑文化的贡献。应该说，它的硬件情况还好，外部体量和内部空间保持了原状，只是内部花巨资作了装修，外面粉成白色。虽说是这个白色粉刷，掩盖了原来由高超工艺做成的棕黄色砂面肌理，但毕竟满足了让建筑焕然一新的美好愿望。室内装修不知是否有几间房保持原状，我希望不要让装修的塑料皮子和胶合板掩盖了现代建筑朴素的魅力。

最让人遗憾的是建筑系的学生搬出了这座建筑，它的文化底蕴被大大地埋没了！大厅里堆满杂物，墙上是过了时的海报，大厅里一黑一白的石碑，说了一些和新主人毫无关系的话。它和新的建筑系馆如此之近，本来正好可以延续不同时代的不同空间，可是现在，它们相隔得如此遥远……

（1998.8 于“有无书斋”）

我认知的“文远楼”

赵辰

文远楼给我的第一次印象，是很不怎么样的。

应该是在 1980 年的夏天，一群南京工学院建筑系的二年级学生，建筑实习旅行经苏州园林洗礼之后而来到大上海，直接就进驻了同济大学的校园。除了在学生宿舍、食堂生活之外，也同时对校园的各类建筑都有所游历。当时南京工学院在上海的考察内容，一般都是与现代建筑与城市有关。

文远楼作为建筑系的所在地，大家都很愿意去看看。由于是在暑假期间，并未能在楼里见到建筑系的任何教学活动，所有房门也是关闭的。大家只是在门厅、楼道、走廊等公共空间里瞎逛。看到的是一个破旧、拥挤、脏乱的内部空间环境，走道里到处都堆放着杂物。也许是外部空间局促，对其外观上也未留下什么好的印象。作为南京工学院建筑系的学生，习惯了中大院之空间环境：一幢独立的建筑系楼，内部有完整清晰的空间布局，外观有足够的外部空间和壮观的建筑形象，就如同在南京工学院校内以“王牌系”自居的印象——鹤立鸡群；而对比之下，文远楼内、外空间让南工的学生难以感受到建筑系的存在。一边在走道里走着一边大家还纳闷：“这里到底是不是建筑系呀？”还是从走廊橱窗中陈列的建筑设计图纸和楼道角落的建筑模型，大家才确定这里就是建筑系的所在地。随后也了解到，虽然设计之初是为建筑系楼，而当时的文远楼是建筑系与土木系合用的，且建筑系在其中只占有少于土木系的空间。

当时的同济校园，缺少空间轴线感和压阵的地标建筑，多数区域教学楼排列密集(文远楼也在其中)，宿舍区域又近乎荒野。对于一个建筑初学者的眼光来讲，实在不会有什么好印象。

让我改变看法的大约是在1993年。再次来到同济大学校园，文远楼让我眼前一亮，或者说是我看到了完全不同的文远楼：这是一幢精彩的现代主义(Modernism)建筑。其实，我并不了解文远楼的设计与建造的背景资料，但是直觉让我坚信这是一件在中国难得的现代主义建筑。尤其是，在形体处理、空间组合、立面开启、构件细部等等方面，都能很好地体现了欧洲现代主义建筑的精神与手法。这样大型的现代主义建筑作品，在我们的城市环境中实在是不太多。其时，在经历多次的对西方建筑误读之后，正在再次盲目地接纳美国的“后现代主义”(Post Modernism)，能够见到这样的真诚的设计作品，是让我十分兴奋的。

其实，当时新建成的“红楼”已经作为建筑与城规学院的主楼，正招人显眼地开张使用。而打动我的却依然是，对比之下已经显得老旧需要维修的文远楼。其原因是，我已经历了瑞士的留学和欧洲的建筑游历，视觉上对欧洲发源的现代主义的建筑有相当的敏感度。当时，我经常会从中国城市的某些角落里的近代建筑中(一般都已破旧)，兴奋地发现一些精彩的现代建筑素质。我现在依然清晰地记得，在见到童寯先生设计的“地质研究所”和杨廷宝先生设计的“美军俱乐部”时，那种十分激动的心情。文远楼正是在这样的个人视觉经验之下，被我重新认知的。

由于工作的关系，同济校园是我经常要光顾的。我看到越来越多新盖的建筑都在花枝招展地展示自己，而校园的整体空间质量却也在不断受到挑战。文远楼在其中却显得越是清新而不染，我真心希望该楼的条件能得到进一步的改善。终于在几年前，同济大学校园的多次改造中，我高兴地看到建筑与城市规划学院的空间不断得到大幅度的增加，既建新楼也修旧楼。最令人欣慰的是，校园的建筑空间文化价值在不断地积极地体现着。

终于，文远楼也实现了当年设计之时的意愿，成为建筑与城市规划学科的所属空间，并得到完整而有效地修缮：外墙、门窗等建筑细部也被修整一新，整个建筑的空间形态被很好地展现出来了，这个优秀的现代主义建筑作品得以被大家清晰地观摩，从而有条件理解其原初的设计思想与手法。我的感受是，在同济与我有共同认知的人增多了，并开始具有决策能力了。

我个人的文远楼认知经历说明：我们对一个历史建筑的理解并不是一成不变的，在很多情况下，是随着我们的认知的提高而改变的。因此推论，全社会对建筑文化的认知水平提高，才是我们的建筑环境质量与建筑文化水准都得到发展的必然目标。

(2014 年 2 月 12 日于宁)

后记

这是一本姗姗来迟的回忆录，却正好赶上同济大学 110 周年校庆。

2014 年是文远楼落成 60 周年，这座中国早期现代主义的经典建筑，和同济、和同济的建筑学人有着太深厚的渊源。从 52 年院系调整前以医科、工科闻名的那样一所同济大学，到现在以建筑、规划、设计学科见长的同济大学，这样一个重要转变，基本上是在文远楼的时代 (1954~1987) 完成的，所谓的“同济学派”也是在这个时代形成的，以冯纪忠、金经昌、陈从周等为代表的那一代学人的工作，基本上是在这个时代完成的。今天同济在业界的“江湖地位”基本上也是在这个时代奠定的。可以说，文远楼见证了同济学科发展的重要时期，见证了学院和那一代学人成长的重要历程。这样一段时光值得后人铭记。

由此，我们准备邀请从 1954 年搬入文远楼到 1987 年搬离文远楼这一段时间在文远楼里学习、生活、工作过的前辈学人，分别撰文回忆亲身经历的那一段岁月的点点滴滴，学习、生活、工作、师友，等等，留下关于那个时代的一些切片。

这项工作启动于 2013 年初，最早联系了远在美国的张庭伟老师，他立即表示支持并在 2015 年底寄来了文章。邓述平和王季卿老师都是上世纪 50 年代初参与校园设计的前辈，分别撰文回忆了那一段的岁月。远在昆明的顾奇伟学长积极赐稿支持，张为诚老师和赵秀恒老师分别提供了基于日记整理的大学期间的大事记，为我们呈现了上世纪五十年代中后期至六十年代初期校园生活的日常记录，非常珍贵。陈久昆老师撰文回忆同济园林专业第一班，留下了重要的历史切片。齐子春老师作为同济校园重要景观的塑造者，积极赐稿支持，最近又重起炉灶，提供了关于那一段岁月的重要回忆。

“文革”后入学的这批学人目前正处事业高峰，身处教学、科研、设计一线，有的还担任重要的领导职务，事务繁忙，约请他们赐稿回忆成为一个极大的挑战。

孔宇航老师和袁奇峰老师不堪“骚扰”，终于在百忙中寄来了文稿。熊鲁霞老师专门回忆了平遥实习的经历，留下了宝贵的现场记忆。

李振宇老师积极支持这一设想，很早就赐稿并支持本书的出版。

吴志强老师很早就赐稿支持，最近又拨冗修改补充，凌晨三时发来邮件。

伍江老师几年前就答应赐稿支持，甚至把约稿函打印出来带在身边，终于在4月10日开始排版前发来了文稿，使这部文集圆满“收官”。

对于“文远楼时代”的回顾，无疑具有相当的公共性，超越了同济一个学校的范畴。天津大学邹德侬老师提供了他的一篇得意文章。南京大学赵辰老师2014年春节后就早早寄来文章，收录在这本文集的最后。

感谢所有关心和支持这项工作的前辈和朋友，由于精力所限，以及诸多其他原因，还有很多前辈没有来得及约请赐稿，十分遗憾，只能留待以后有机会另行弥补了。

陈牛、袁智恂、支文军老师提供了部分影像，特此致谢。

感谢夏军校友的支持。

感谢所有赐稿的作者，这是一代学人的生活史，其实也是学术史的一部分。希望这些点点滴滴的碎片，能够为后人了解那一段岁月，提供一点小小的帮助。

这是一栋楼，也是一个时代！

编者

2017.4.23